———— 想象，比知识更重要

幻象文库

博物馆行星

(日) 菅浩江 著
丁丁虫 译

新星出版社 NEW STAR PRESS

目录

1	天籁的知音
35	这孩子是谁？
67	夏衣之雪
99	祈候天赐的手型
121	拥抱
149	永恒的森林
177	说谎的人鱼
205	闪亮的星星
241	情歌

天籁的知音

即使不从罗马神话的角度来解释"爱与美的女神"这一名称,仍旧会有人认为博物馆设在金星上。这也难怪。毕竟,作为人类已知的宇宙中最宏大、最庞杂的博物馆,而且还有着"阿弗洛狄忒"①这种过时的名字——难道它还能在别的什么地方吗?

希腊神话中的爱与美的女神,其实相当无聊。在传说中,她一直追求阿多尼斯②,也一直在嫉妒普绪克③,是位很喜欢惹是生非的神明。虽然我也知道多神教的魅力就在于把神祇的凡人性演化为庸俗喧闹的戏剧,但我还是忍不住要怨恨给这里起了这样一个名字的人,特别是当博物馆也如同希腊诸神一样嘈杂的时候。

---

① 阿弗洛狄忒:希腊神话中的爱与美的女神,在罗马神话中被称为维纳斯;另外,金星也有维纳斯的别名,所以会有人认为博物馆在金星上。

② 阿多尼斯:希腊神话中的美少年,得到女神阿弗洛狄忒的眷顾,被藏在桃金娘中托给冥后珀尔塞福涅抚养,但是随后珀尔塞福涅也爱上了他,两个女神为此争执不下,最后宙斯决定:一年中阿多尼斯同珀尔塞福涅生活三分之一时间,同阿弗洛狄忒生活三分之二时间。

③ 普绪克:希腊神话中的美少女,因其美貌引起阿弗洛狄忒的嫉妒。阿弗洛狄忒令自己的儿子厄洛斯(罗马神话中的丘比特)去惩罚她,然而厄洛斯一见到普绪克便深深爱上了她,并与她结为伉俪。

上个星期，博物馆里发生了一场围绕钢琴的大骚乱。人们不远千里把有着"九十七键的黑天使"之称的绝品钢琴——贝森多夫帝王大钢琴从小行星带开发基地搬来博物馆进行展示，结果由于涉及究竟该由哪个部门进行展示的问题，导致了一场至今无法收拾的动乱。音乐与戏剧的管辖部门"缪斯"[①]认为，既然是钢琴，理所当然应该归自己；而绘画与工艺管辖部"雅典娜"[②]却认为，这架钢琴体现了人类历史上的技术发展，应当属于工艺展品范畴。双方针锋相对，寸步不让，可怜黑天使至今还被捆在包装箱里，躺在仓库睡大觉呢。

在这场风波中，置身事外的只有"德墨忒尔"[③]。不过，与其说这种独善其身是因为动植物部门与钢琴没有一点关系，还不如说是因为前些日子他们闹得太凶了，不得已要休息一段时间来恢复元气。就在三个星期前，绝对零度室的接缝和八十倍气压室的通风管同时发生故障，导致德墨忒尔辛辛苦苦搜集来的植物珍藏品都陷于濒死状态。由于这个事故，德墨忒尔发动了全体职员，轮番向我这边的综合管辖署发起进攻，要求重新计算保险金并大幅追加他们部门的预算。说起来，他们就像是、就像是……像是什么来着？

——摩涅莫辛涅[④]，连接开始。检索数据。喏，就像这样：养在笼子里的、一直叫着"你好、你好"的……

——鹦鹉或者八哥。需要图片吗？

啊，不用了，这样就可以了。那些家伙就像八哥一样反反复复、反反复复一直叫，直到他们自己也叫得筋疲力尽为止。要不是因为这个原因，德墨忒尔那些不省事的东西肯定也会跳出来，找些莫名其妙

---

① 缪斯：希腊神话中掌管科学、艺术、音乐、文学、史学等九女神的总称。
② 雅典娜：希腊神话中的智慧女神，也是农业与园艺的保护神。
③ 德墨忒尔：希腊神话中的谷物与丰收女神。
④ 摩涅莫辛涅：希腊神话中的早期神祇，十二泰坦之一，记忆女神，九位缪斯之母。

的理由,比如说"钢琴是以树木为原料制作的,当然应该由动植物部门负责",加入到争夺展示权的战斗中来。

这种局面已经够让人郁闷了,再加上来自"稻草人"的传唤……这个传唤绝对不会有什么好事。绝对、一定、不是好事。

田代孝弘重重叹了一口气,开口说。

"不行啊,连日记都写得这么傻……摩涅莫辛涅,全部取消吧。取消之后断开连接。"

——了解。

柔和的声音直接在孝弘的内耳里响起。

然后,按孝弘的出声指示,直接连接型数据库服务器"摩涅莫辛涅"终止了对孝弘近乎下意识的思考电位监测,切断了与他的直接连接。

夜色中,孝弘忽然发现外面只有自己一个人。从居住区到"阿波罗"①综合管辖署的自动道路上,除他之外,一个人影也没有。观光道路上同样也没有任何人。只有街灯星星点点地亮着。

很安静啊,孝弘想。博物馆的气温总是保持在20度,凉爽宜人的气候让人的心情也不禁跟着轻松起来。落户在这个博物馆的美术品、工艺品,还有所有动物、植物,其实同观光客的喧闹、同学艺员的嘈杂没有一点关系,它们都生活在这样的恬静中……

博物馆"阿弗洛狄忒"漂浮在地球与月球间的第三拉格朗日点②。人类从小行星带强行拖来一块与澳洲大陆差不多面积的巨大岩石,把

---

① 阿波罗:希腊神话中主神之一,司掌光明、青春、艺术、诗歌、音乐、预言、医药、畜牧等。
② 在天体力学中,拉格朗日点是限制性三体问题的五个特解。在两个环绕运行的天体之间,可以将第三个天体(质量忽略不计)置在拉格朗日点上,使得这第三个天体与前两个天体始终保持相对静止。

所有能够搜集到的动物、植物、绘画、音乐、戏剧等一切统统集中保存在这里。同时,为了妥善保管所有搜集来的物品,人类发挥出最高级的技术能力,用一切可能的手段来模拟每一种物品所需要的环境。重力由量子黑洞提供;岩石上本来就存在的凹地改作海洋,险峻陡峭的地方改作山峦,如此等等。在这里,既可以看到用于火星地球化工程的奇异植物悠然生活在与那个红色星球同样的环境中,转回头又会发现本该生活在马里亚纳海沟底部的通体洁白的海虾正在一旁欢快地游泳呢。

不过,如此完备的环境控制也并非仅仅为了动植物。比如说,年代久远的绘画必须要在严格的空调管理下才能保存更长的时间;而曾经风靡一时的低重力戏剧①如今眼看着只剩下作为研究资料的价值,偌大的宇宙中也只剩下这里才有常设的舞台能让它们一遍一遍地重演。

简而言之,博物馆的目标,就是搜罗一切能够吸引人们前来游览参观的东西。

不过,如果只是把所有乱七八糟的东西都搜集过来,很容易背上一个"杂货铺"的名声。而阿弗洛狄忒之所以能够避免这样的诽谤,则要归功于阿弗洛狄忒本身所具有的学术研究能力。

以希腊神祇的名字命名的三个专业部门,各自都配有专业的数据库服务器,并且同样都有着美惠三女神的名字。负责音乐与戏剧之类文艺形式的"缪斯",配备的是光芒女神"阿格莱娅";绘画工艺部"雅典娜",配备的是喜悦女神"欧佛洛绪涅";动植物园"德墨忒尔"配备的则是花卉女神"塔莉亚"。这三个数据库服务器分别协助各自部门进行分类鉴定与收纳保存工作。

但是真正的工作却并没有这么简单。所谓艺术,很大程度上都是一些只可意会、难以言传的东西,即使借助于能够处理海量数据的计

---

① 低重力戏剧:作者虚构的一种利用太空中低重力的特点进行表演的戏剧。

算机系统，要想从浩如烟海的资料中查找到对应的东西，也是一件相当困难的事情。所以说，真正让阿弗洛狄忒得到很高评价的，最终还是要归功于学艺员中的那些直接连接者。那些直接连接者都接受过大脑外科手术，能够与数据库进行直连。对他们而言，只要在自己的脑海中浮现出形象，计算机就可以检索数据了。

举个例子：譬如新送来的青瓷，乍一看感觉比较熟悉，似乎以前在哪里看过，但一下子又想不起来。这时候如果要手动输入检索条件去查找信息，那可是一件非常痛苦的事情。虽然在感觉上可以说这件青瓷的璺纹、颜色、形状等与过去见过的东西比较相似，但问题在于要把这种很个人化的体验用语言或者图形表现出来，然后再输入到计算机里，不花费难以想象的时间和精力是办不到的。在某种意义上，甚至可以说这根本是不可能完成的任务。

但如果是与欧佛洛绪涅直连的雅典娜学艺员，问题就简单了。首先，只要在头脑中思考"就是这样的形状"——如少女的肩般圆润；接着，"用在佛寺里的"——绚丽的釉彩光泽；最后，"以前在哪里看到的呢……"——只要这样就可以了。接受了检索任务的欧佛洛绪涅会捕捉学艺员头脑中每一个突然闪现的思考电位，随后就可以在浩如烟海的数据中把最终需要的东西找出来。

其实，上面的例子还没有真正体现出直接连接的威力。在一般情况下，这种直接连接的方法只限于列出相似的事物，但有时候也会得到意料之外的结果。

比如说，如果没有阿格莱娅以及具备敏锐直觉的缪斯学艺员，那么对流行于21世纪初叶的、作者不详的塔希提歌谣《请在我身边倒立》，恐怕至今也不会有任何令人信服的解释。

缪斯学艺员觉得这首歌的前奏听上去很熟悉，于是在阿格莱娅中检索"像这样不断上升的曲调"。虽然符合这一条件的乐曲非常多，检索出的结果数量非常巨大，但当把怪异的歌词"大门牙的你"作为相关的检索条件来限定范围的时候，芭蕾音乐剧《胡桃夹子》中的《大团圆》这一曲目就展现在眼前了。《胡桃夹子》是圣诞节时人们最喜欢的节目之一，再考虑到芭蕾的起源地……这样一来，所谓"倒立"实际上是对北欧发生的十二月事件的暗喻也就浮出了水面。于是这也就证明了，这一首歌谣表面上看来不过是诙谐幽默的恋爱歌曲，实际上却隐含着社会批判的黑色内容。在这一研究成果发表之后，地球上的历史民族文化研究学者们也终于开始对美术领域的直接连接学艺员刮目相看了。

但是，《倒立》的例子同样也显示出了艺术的极端复杂性。所谓艺术，其实是历史、风俗、民族、文化等各种范畴的混合产物。工艺品的纹理，既可能与绘画的技法相关，也可能与植物学相连，还可能取材自著名的神话或者诗歌。凡此种种，虽然可以用"分类"这样一个词来表述，但实际上却无法分类到任何一个专门的部门中去。

正是为了解决这个问题，才建立了总揽各个部门的、孝弘所属的名为"阿波罗"的综合管辖署。这个部门中的学艺员相当于学界所说的综合学者。在录用过程中，考核的内容不仅仅局限于艺术，社会常识和杂学方面的知识也相当重要。

阿波罗存在的意义就在于要以一种超越狭隘分类的至高视角来分析研究最为广义的"艺术"一词所涵盖的广大事物，因此，这一部门的学艺员都被赋予了超越其他部门的裁量权限，同时他们连接的电脑"摩涅莫辛涅"也在硬件上拥有总览美惠三女神系统的能力。摩涅莫辛涅拥有高于三位女神的权限，在学艺员的指令下可以自由介入到下属的各个系统中。

但过分突出精英分子也会带来一些副作用，其中之一就是在客观上把他们变成了下辖各部门的纠纷调停者。这一点阿波罗的学艺员都有抱怨，孝弘当然也是其中一个。虽然孝弘自己也知道，既然被赋予了优越的权限，也就需要面对各个独立部门内部无法解决的问题。但是作为孝弘的上司，总应该有一点同情心吧？哪怕只是设想一下在讨论货物归属权的会议上压制各部门之间的争吵有多困难，也应该理解自己的操劳了吧？

马上就要进入官署了。上司会把怎样的难题推给自己呢？鬼才知道。不知怎的，孝弘总有一种很不祥的预感。

怀着绝望的心情，孝弘走进官署的大门。

与外表庄严大气的人造大理石不同，官署内部彻底暴露出主导官员的庸俗口味。虽然名义上阿弗洛狄忒是半民半官性质的设施，但凡是观光客目光所不及的地方，全都归官方所有。

孝弘穿过冷色调的走廊，来到所长室的门前。他深吸了一口气，推开所长室的门。门里，在办公桌上堆积如山的图书资料后面有一颗圆圆的脑袋，脑袋上飘动着几缕少得可怜的头发。

"您找我？"

听到孝弘的声音，桌子后面的亚伯拉罕·柯林斯站了起来。他的身体细细长长的，套在过分宽大的西服里，简直都可以在里面游泳，而四肢却又从尺寸不足的袖子和裤管里伸出来。整个人身上最醒目的就是那张光润的圆脸，再加上他的双臂一贯喜欢夸张地张开，配上那副笑嘻嘻的表情，和稻草人一模一样。

"你好啊，孝弘。美和子很好吧？这里有一件很适合新婚丈夫的好工作等着你哦。"

"哪儿会有什么好工作啊。"

"不要说这么没意思的话嘛，确实是件很值得去做的工作。"

亚伯拉罕示意孝弘坐到椅子上，但孝弘并没有理会，只是扬起眉毛说:"所谓很值得去做的工作,实际意思就是很棘手吧?"

"唔……你一定要这么想,倒也不算错。不过这不也很有趣吗?这工作可是我为你度身定做的。你先坐下吧。"

孝弘把散在椅子上的拍卖商品目录拨到地上,一脸不高兴地坐下去。亚伯拉罕在自己桌子上的电脑终端前手忙脚乱地捣鼓起来。

"后天的飞船会带来一张画,很有……那个什么……很有说头,也挺复杂。奇怪,要给你的东西在哪里……啊,找到了。好了,现在先把资料给你看看。"

亚伯拉罕这样的官员大多都是从美术协会之类的地方空降来的,没有直接操作数据库的能力。他从桌子后面走出来,衣服领子上别着麦克风,以便向终端输入指令。

"连接摩涅莫辛涅,检索给田代孝弘准备的文件。"

完了,被点名了。孝弘暗自叹了一口气。看来自己不可能推掉这份工作了。

房间里的光线逐渐暗淡下去。右面的墙壁上逐渐显出一幅图画。

"这就是那幅画,考耶恩·李所作的《童稚曲》。在进一步说明之前,想先听听你的第一印象。这可是一幅块头很大的作品。"

亚伯拉罕双手背到身后,得意地笑着。

墙上映出的这幅画,一言以蔽之,是幅抽象画。看上去画家似乎是从颜料软管直接挤出颜料涂在画布上的,满眼都是不规则的线条和色块。

"唔……我要查过欧佛洛绪涅后才能说得清楚,不过目前至少感觉它有一些怪异的地方。说它是抽象画,可与一般的抽象画又不大一样……似乎是没有经过任何构思随手画出来的,但是与奉行不构思的不定形艺术派作品又有什么地方不大相同……"

"换句话说,这幅画只是在随手乱涂乱画,基本不具有任何美学价值，是吗？"

"唔，差不多。"

"没错，专业的美术评论家也都这么说。如果检索数据库，你也会发现，考耶恩·李根本不是画家，只是个无名的作曲家。三年前，他在画了这幅画之后不久就过世了。"

亚伯拉罕说完这几句就不说了，只是笑嘻嘻地看着孝弘。孝弘有点不耐烦，可是为了让话题继续下去，又不得不给上司帮腔。

"既然是业余画家画的无价值作品，为什么要拿到这里来？"

"你这问题问到点子上了。"稻草人用力挺了挺消瘦的胸脯，"李死了之后，给医院留下了这幅画。其实这幅画是在所谓绘画疗法的环节中画的。他在萨克斯纪念医院的脑神经科病房度过了自己最后的时光。"

墙壁上的图画变成了李的自画像。那是个老年男子，深陷的双眼显得炯炯有神，嘴唇薄薄的，嘴角高高吊起，仿佛现在都能听到他用高亢的声音说话。

"医院在整理房间的时候，把这幅占地方的画在走廊临时放了一下。然后，唔……"

亚伯拉罕又故意停了下来。孝弘可没有心情陪他玩第二次了。稻草人等了一会儿，看看实在没有人接话，终于不情不愿地开了口：

"这幅画就那么靠在走廊上，可是不知道什么时候，它的前面聚集了一大群患者。整个局势可以说一度无法控制。"

"都是脑神经科的患者？"

"对。不过，虽然说是一大群，其实也就是几十个人，整个脑神经科大楼可有三千多号患者。但问题是，这些人都在喃喃自语，说这幅画是全世界最伟大的杰作。"

孝弘禁不住苦笑起来。

"在脑神经科那种地方，像这样的事情应该很常见吧。只要有一个人说好，很容易就会导致群体性歇斯底里……"

亚伯拉罕举起皮包骨头的手摇了摇，拦住孝弘的话。

"不是你以为的那种癫狂状态……而且，最先说这话的人可是布里奇特·哈伊阿拉丝。"

"哈伊阿拉丝？是那个一向以言辞尖刻著称的美术评论家？"

看到孝弘惊讶地挺直了身子，稻草人满意地眯起了眼睛。

"正是！去年去世的时候，你也以艺术家同事的身份出席了她的葬礼。哈伊阿拉丝因为慢性偏头痛住院治疗……瞧，这就是她对《童稚曲》的评价。"

神经质似的李的画像消失了，取而代之的是一行行文字。这是一篇刊登在美术杂志上的文章。作为极具知名度的评论家，哈伊阿拉丝一生中评论过无数作品，只不过其中的绝大部分都受到她辛辣的讽刺，但这幅业余画家所作的《童稚曲》却得到了她毫无保留的最高评价：

"……这是音乐，不，是天籁！这世上所有只能靠耳朵来听的音乐，都会在这幅画面前黯然失色。我真渴望能在医院的走廊里一直站到时间的尽头。为了观赏这幅画，我情愿放弃这世上所有东西。我徜徉在色彩里的荡漾旋律之中，沉醉在无法言表的醉人音色里。良久良久，当我终于长吁一口气，从恍惚出神的状态回到现实中的时候，突然发现身边已经站满了人，他们和我一样为这幅画所折服，屏息静气地看着这幅画。在这些无言伫立的人当中，甚至有那种平日里根本无法控制自己狂乱情绪的男子。后来医生告诉我说：'只有在使用强效镇静剂的时候才会看到他脸上如此平静的表情，这实在太不可思议了'。但是在我看来，医生们居然会说出这种话，居然感受不到这种无上的幸福，这才是真正不可思议的事情。医生们显然并不知道，当我们在观赏这幅画的时候，我们已经被它引导到了天堂——彻底的、纯粹的、没有一丝杂质的幸福天堂。沉浸在如此美妙的天籁里，我们忘记了一切疾病与苦楚，只剩下至高的美丽与无上的幸福环绕在我们的心上。"

文字窗口渐渐缩小，然后一个新的窗口打开，李所作的那幅绘画重新投影在墙上。

孝弘摸着自己的下巴，陷入了沉思。

无论怎么看，这幅画也不像是能让哈伊阿拉丝如此迷恋的作品。音乐这一比喻，一般而言常用于评价富有节律性的绘画作品，显然与眼前这幅画搭不上半点关系。

"她到底看中了这幅画的哪一点，给它如此高的评价呢？"

房间重新亮了起来。亚伯拉罕低声发出指令，关闭了画面，然后带着一副这就是你的工作了的神情，对孝弘说：

"确实，大多数人都和你一样困惑，但哈伊阿拉丝毕竟是评论界赫赫有名的人物，如果随随便便反驳她的意见，肯定会招致尖刻的反击，搞得不好还有可能被逐出艺术界，所以没人敢反对。相反地，已经有评论家附和哈伊阿拉丝，从不定形艺术——就是你刚刚也提到的那个玩意儿——的角度来分析、赞美这幅画了。"

"这算什么？根本就是穿着新衣的国王嘛！"

孝弘脱口而出。对这种在各派系间见风使舵的事情，他已经不知道烦恼多少回了。

"比喻得很恰当啊，说不定哈伊阿拉丝真的只是在夸一件谁都看不见的衣服吧。无论如何，这幅画当初是医院转让给她的，现在她既然过世了，这幅画也就成了她的遗产。医院方面好像想趁这个机会把画买回来，说是要详细研究它为什么能够安抚患者的情绪。但是另一方面，由于这是为数极少的得到著名评论家哈伊阿拉丝褒誉的作品，所以已经有夏威夷富商提出要以高价购买收藏了。听说那个富商是日本人，唉，这些日本人啊，真是把美感全都丢到19世纪去了，也不看看东西到底怎么样，只要听说有好的评价就拼命往自己的保险柜里塞……"

"您这话说得可真……"

"啊啊，对不起，我忘记你也是日本人了。"

被孝弘一提醒，亚伯拉罕有点尴尬，干咳了几声。

"所以你是要我告诉我那个同胞，这国王实际上根本没穿衣服？"

"当然不是啦。如果只是这么简单的话，那谁都可以去，反正哈伊阿拉丝女士已经死了，没必要再怕她的反驳了——你的工作远比这个重要得多。要你做的是找到这样一个问题的答案：国王到底是真的没穿衣服，还是穿着一件谁也看不见的透明服装呢？"

"也就是说，要我找出这幅画的美妙之处？根本不可能！这幅画根本没有一点艺术价值。"

亚伯拉罕皱了一下眉头，随即又换上了原来的笑脸。

"要用心、用心、再用心。不要那么简单下结论。你要知道，人们将根据这一次的判定结果来确定这幅画是否具有亘古不变的价值，而且阿弗洛狄忒存在的目的之一，本来就是要积极接受充满挑战的鉴定委托——这可是管理委员会的结论。"

"哦……"孝弘懒懒地应了一声。

亚伯拉罕无聊地摇着身子，圆脸上浮现一条条皱纹。

"委员会认为有三种可能。一种是，这幅画确实是毫无价值的作品。"

"我同意。"

孝弘夸张地举起一只手，亚伯拉罕故意装作没有看见。

"第二种，这幅画平时看起来很普通，但是挂在墙上的时候说不定就成了一种未知的精神安定剂。第三种，也是最后一种可能，就是哈伊阿拉丝确实具有常人所不及的锐利眼光，能够从《童稚曲》中发现我们所不能理解的、异度时空中的、终极之美的秘密。"

"终极之……美？"

稻草人点点头，开始现学现卖他在委员会听到的东西。

"我们注意到，给这幅画极高评价的是两种人。一种是极具才华的美术评论家，另一种则是脑神经科的患者。据此我们可以认为，只有对美学理论有着最深研究并以此涤荡了自己灵魂的哈伊阿拉丝，和处在另一个极端上的、对美术理论全然无知的灵魂，才可以认识到这幅画的价值；反过来说，我们这些被现有美学体系洗脑的、一知半解的凡人完全无法理解这幅画的价值。在这之中，委员会尤其认为那些患者的反应更加引人注目。那些患者显然没有听说过所谓的技法、流派，有的甚至连'美'这个词都不能很好地发音，但这幅画竟然可以震撼他们的心灵，那么这幅画所具有的内涵，应该就是艺术所能具有的真正、纯粹的力量。找到这个内涵，也就找到了美的核心——如果找到了美的核心，公司的股票也就会随之上涨。"

假说、假说、都是假说。把这幅画当作艺术品来看待，根本就是拿这个全宇宙唯一的阿弗洛狄忒的脸面开玩笑。终极之美？美的核心？这种莫名其妙、毫无意义的话倒是常常出现在对《蒙娜丽莎》或者《断臂维纳斯》之类的评论中，可那些艺术品本身确实具有艺术价值，而这幅画里能有什么？难道在这种乱涂乱画的东西里头还能找到黄金率不成？

但这样的话不能说。孝弘强忍着怒气，用恳求的口气说："这是绘画领域的事情，我请您还是分配给雅典娜去做吧。"

"咦？你刚刚没看到吗？哈伊阿拉丝的评论不是提到音乐了吗？这是跨越了缪斯和雅典娜两个部门的工作啊，换句话说，也就是你阿波罗的工作嘛。"

居然以评论家的比喻作为理由来分配工作，孝弘怀疑亚伯拉罕是不是故意在开玩笑。但是亚伯拉罕的脸上一点笑容也没有。看起来稻草人是很认真的。

"……可是，要探寻终极之美，我还太年轻，难堪重任啊。"

"哎，年轻人要多一点朝气，不要怕这怕那的。你只要想着刚刚说的事情就行了。我可对你寄予厚望啊。"

似乎把该说的话都说完了，亚伯拉罕又躲到了桌子堆积如山的文件后面。

"努力吧，孝弘。"

这是稻草人在分别时最喜欢说的客套话，在他说出这句话之后，再说什么也没用了。

"……好吧，我知道了。那么告辞了。"

孝弘和进来时一样一头雾水，只是出去时头垂得更低了。

《童稚曲》是考耶恩·李在精神疾病状态下创作的无价值绘画，哈伊阿拉丝在重度偏头痛导致的判断力低下状态中对该作品做出了过高评价。其他患者之所以会长时间出神地观赏这幅画，很显然可以用集团心理来说明。

"真是完美啊……"

孝弘对自己的解释很满意。接下来的工作就是要找一些理论武装自己，以便去说服认为存在着什么"终极之美"之类玩意儿的委员会，让他们赶快把画转给医院就行了。是不是真的对精神病有什么作用……嗯，这种事情还是交给医院去调查比较好，毕竟是医学领域的问题嘛。至于怎么和夏威夷富豪解释，那就是亚伯拉罕的事情了。

这样就全解决了。真是太完美了。

孝弘收拾了一下，回到了自己的房间。

桌子、椅子、沙发——房间里只有这么几样东西。直接连接者已经把办公室装在了自己的身体里，房间里只要有个能躺下睡觉的地方就足够了。

孝弘从左手护腕里取出折叠的薄膜显示器，小心翼翼地把它在桌子上铺开。

——摩涅莫辛涅，连接开始。

——连接完毕。

摩涅莫辛涅的回答并没有来自于孝弘的内耳。系统监测到十四英寸的薄膜显示器已经展开，便自动从听觉监控方式切换过来，以文字形式表示在薄膜显示器上。

在需要输出画像或者大量文字的场合，薄膜显示器是一种非常有效的方法。过去曾经尝试过将视觉信息直接投影输出到视网膜上，但是那种方法太过危险，而且效果也不好，所以还是继续使用这种可谓原始的薄膜显示器。

直接连接状态下的信息接收方法，还有一种是通过埋在护腕里的针来对皮肤进行压感刺激，就像读取盲文一样。这就是所谓的压感交互方式。遇到听音乐会或者观赏演出的时候，即使是在黑沉沉的观众席上，也可以很方便地得到有关资料，更不会因为要听介绍而干扰音乐欣赏。不过这种方式能提供的数据量很有限，所以除了上述几种特殊情况外，很少会有机会使用。

孝弘首先在薄膜显示器上调出了考耶恩·李的生平经历。

这个人的生平资料，即使是在最大的人物资料数据库中检索，得到的信息也是简短得可怜。

——李毕业于普赖奥利音乐学院作曲系。曲风倾向古典。对他的毕业课题，学院的评价相当尖刻："乐曲虽然华丽流畅，但是缺乏内涵，只能算接近于背景音乐之流的乐曲。"似乎是验证了这个评价，自从毕业以后，李就一直靠搞些不痛不痒的环境音乐勉强糊口。有一次他因为"将往日名曲整合在自己的作品中"而受到著作权协会的指控，当时缪斯也作为证人出席了审判。

孝弘忍不住轻轻叹了一口气。人类喜爱音乐已经有数千年了。除了实验音乐之外，人们所作的曲子或多或少总有些相似的地方，况且环境音乐必须要让人听起来心情舒畅，音律和节奏更受限制，这样到最后就会落得像是剽窃来的一样。为此被卷入诉讼，只能说他一方面不会钻营取巧，另一方面也是运气太差。

——此后，李由于脑部近颞叶肿瘤而无法控制自己的情绪，刚刚六十岁就住进了萨克斯纪念医院，五年后在那里去世。

在李的生平经历中，只有一条与绘画相关的记录，上面只有这样一句话："住院时所画的《童稚曲》得到布丽奇特·哈伊阿拉丝的高度评价。"

不知怎么，孝弘忽然觉得真空管从咖啡室送来的咖啡很苦。

"好吧，下一个，摩涅莫辛涅。"

——检索考耶恩·李所作绘画《童稚曲》所有相关信息。

——了解。访问路由器。检索绘画工艺数据库"欧佛洛绪涅"。检索完毕。六条相关信息。

但是，出现在薄膜显示器上的评论全都追随了哈伊阿拉丝的腔调，没有任何超出亚伯拉罕所说的内容。

"那么，再下一个。连接萨克斯纪念医院脑神经科。考耶恩·李的……"

——这幅画是在绘画疗法的环节中画的。既然是疗法，那么在病历或者别的什么地方应该保存了医生的看法吧……

——了解。探测萨克斯纪念医院的网络路由。访问路由器。检索萨克斯纪念医院脑神经科的公开记录。检索完成。一条相关信息。

这次的文件内容好像很复杂，孝弘不禁伸手摸了摸自己的下巴。

绘画疗法医师会诊意见

在考耶恩·李的绘画中，可以看到具有运用大量线条的过度修饰倾向，并且充斥着毫无脉络的点与线，明显具有不加抑制释放冲动的行为特征。

但奇怪的是，考耶恩·李的病症不应该表现出这样的特征。由颞叶肿瘤引起的无法自控的病症尚不足以导致无法感知周围环境的异常状态。因此，会诊医师试图进一步分析考耶恩·李绘制此种破坏性绘画的真实原因。

首先，导致绘制此种抽象画的病症，通常是由视觉中枢的认知能力下降导致。捕捉具体物体能力的丧失会导致把握现实能力的下降，患者的画作便会从现实主义向非现实主义甚至抽象主义风格转变。但针对李的进一步测试表明，他既可以准确说出每一个物体的名称，也可以正确指认医生所点名的物体，因此，考耶恩·李的认知能力应该没有问题。

第二种可能，是由于神经传导物质多巴胺增加导致患者情绪急躁，从而绘制出这样一幅画作，而多巴胺增加的原因可能是由于抽动－秽语综合征、神经性梅毒，或者L-多巴系麻醉品摄入过量。但是，观察表明，他在作画时没有任何狂躁不安的表现。从外表上看，李似乎是在以一种真挚的感情作画。因此，上面的推断不能成立。而且，当对他投入抑制多巴胺生成的药剂令其自由书写的时候，会发现他表现出写字过小症，而该症状严重程度与健康机体的反应相同，属于正常范围。

根据以上研究，会诊医师一致认为，考耶恩·李的绘画，是他克服了脑部肿瘤导致的情绪失控状态，以自身的意志创作出的、严肃的抽象绘画作品。

"以自身的意志创作出的……严肃作品？"

一群笨蛋，孝弘想。这种乱七八糟的东西根本就不是正常人能画出来的，孝弘从一开始就坚持这么认为。他本来已经打算要将整个事件都当作一场群体性歇斯底里了。

可是按照医生的这份意见，难道说李真的是在认真研究绘画？哈伊阿拉丝的高度评价也是发自内心的？难道真是我们这些人看不见国王的新衣？

难道李不是不走运的音乐家，而是足可以翻开艺术史崭新一页的天才画家？

难道真如稻草人所说，只有哈伊阿拉丝和那些患者才具备鉴赏出终极之美的眼睛？

"这种事情……根本不可能啊。"一股莫名的急躁攫住孝弘的内心，他随手把已经空了的咖啡杯放在桌上。

——摩涅莫辛涅！

孝弘微微闭上眼睛。

——启动图像检索。

孝弘开始在记忆里挖掘他所了解的绘画流派。以三原色为基调的抽象画、特别是那种运用闪回手法的绘画，是他考虑的重点。

——三原色的线条……不，不是莫迪里阿尼[①]的作品，颜色比那个要多得多。嗯，不是这种，也不是这种。以前经常会被认为是设计而

[①] 莫迪里阿尼（1884～1920）：意大利绘画大师。

非绘画……肯定不是曼·雷①或者毕加索的风格！混蛋，我怎么老是想到那些有名的绘画上头！要是找雅典娜的同事帮忙可能会有用……啊，这个很像！

孝弘猛地睁开眼睛，女神已经把他的大脑中的画像检索出来了。薄膜显示器上映出一片纷繁凌乱的色彩。

但是，看到这幅画面的解说，孝弘完全泄气了。

"怎么会是移印画的制作图示啊……"

被孝弘当作抽象画检索出的东西，是一幅移印画的制作示意图。图上演示了两种方法：一种是把颜料夹在两张纸的中间；另一种则是把颜料滴在纸上，然后用嘴吹气，把颜料吹开。看来，孝弘的思路是由知名作品突然转入小学美术教育了。

孝弘重重叹了一口气，把咖啡杯举到嘴边，随即发现杯子已经空了。他皱了皱眉，用手指擦了擦眼睛，再一次与摩涅莫辛涅一起沉入到记忆的大海之中。

两天之后，问题绘画《童稚曲》连同其他许多绘画和动植物标本一起运抵了位于阿弗洛狄忒临时北极的太空港。

拥挤不堪的太空港入关大厅里，充斥着学艺员们的大声叫喊。

"当心！当心！"

"别晃！别晃！"

"快点！快点！"

各部门的学艺员们一边怒吼，一边还不忘抽空去偷看别家部门的箱子里到底有什么。虽然各系统间的情报相互调用基本上没有什么限制，但进货清单却是为数不多的各部门私有秘密之一。每逢这种收取

---

① 曼·雷（1890～1976）：美国艺术家，达达主义奠基者，先锋摄影大师，也是超现实主义电影开创者。

货物的场合，学艺员们全都摇身一变成了专业间谍，偷偷记下其他部门得到了什么新鲜东西，等回到自己的地盘后，再想尽一切办法找阿波罗交涉，务必要把别家有的东西也弄一份堆到自己的地盘上才肯罢休。所以，这些学艺员们就算已经领完自己的货物也都不肯回去，全留在大厅里面磨蹭呢。

熬夜熬得两眼通红的孝弘知道，这一次自己领取的绘画，单看标题就能让人明白它和音乐有关，所以绝对不能让缪斯们看到。他一拿到货物便赶快给它套上了一层事先准备好的包装，然后用阿波罗专用的金色小车把它装了起来。

孝弘决定绕路回自己的官署。先把这幅画本身的难题放到一边，眼下最要紧的是不能让人起疑心，要让别人都以为这只是普通行李，走路的时候千万要和其他部门的学艺员保持距离。

几乎所有的学艺员都在太空港闲晃，公共道路上看不见其他手推车。偶尔遇上几个散步的观光客，最多只是远远地向这个颜色罕见的手推车投来好奇的目光。

看起来这条路还是比较安全的，孝弘一边这么想着，一边接通摩涅莫辛涅考虑今后的研究。

"喂，新郎先生！"从人行道上传来一个熟悉的声音。

"啊，奈奈。"

一位中年黑人女子以与猫一样灵巧的、同年纪殊不相称的动作一下子跳过棣棠灌木丛，仿佛一头矫健的黑豹。这是雅典娜的奈奈·桑德丝。她是比孝弘早四届的老练直接连接学艺员，总是穿一身黑色的连胸紧身衣，一头短发已经斑白，眼神却和动作一样机敏。

"拿到什么好东西了，是不是打算瞒着我啊？"

她一向把孝弘当作弟弟看待，每次碰上都会开点玩笑。

孝弘苦笑着回答："哪儿有的事，我正要欣然进呈给您检验呢。"

'稻草人'那个混蛋给了我一道难题,正愁解决不了。"

"哎呀呀,注意说话的口气哦。你把亚伯拉罕最得意的第一秘书美和子抢走了,他已经很不高兴了呢。"

孝弘重重吐了一口气。

"那我宁愿把美和子退还回去。再不行我去别的地方工作总可以了吧。"

听到孝弘突然说出这么刺耳的话,奈奈禁不住也换上了严肃的表情,挑起一条眉毛,身子靠在手推车上,问:"看起来问题好像很严重嘛。怎么回事?"

"正徘徊在垃圾艺术和终极之美中间。"

"哈,这说的是什么话嘛。"

"我接受的就是这个任务。帮我一个忙吧。"

孝弘把车停到棣棠丛旁边,鬼鬼祟祟地把包装打开,然后压低声音向奈奈解释这幅画的来历。

"我一开始认为这是由疾病导致的毫无价值的绘画,因为李的颞叶受了损伤……但是这幅画表现出的特征却是多巴胺或者大脑基底核[①]存在问题,就是说,疾病和绘画的表现不一致。另外,这幅画看上去似乎也不是由于癫痫或者非随意运动引起的……可是,要说这真的是他在神志清醒时画的……"

见多识广的老学艺员瞥了一眼夹在保护板中间的绘画,也不禁皱起眉头。

"这是什么呀!完全是用来擦画刀的抹布嘛。能在这里看到这个东西也真是稀奇……还有,'能听到音乐'又是什么意思?应该只是比喻吧。"

[①] 基底核:靠近大脑半球的底部,埋藏在白质中的核团,控制着各种运动讯号的调节。此处受损会导致运动减少或运动过多。

"这些都是需要调查的内容。而且,所谓韵律之类的描述也和这幅画差得很远。感觉好像是推理小说一样,作者故意要把音调藏到颜色里面——当然,前提是哈伊阿拉丝的夸赞是真心的。"

"哈,你傻了吧。哈伊阿拉丝女士那么刁的口味怎么可能看得上这种画。"

"可这是真事啊,真的看上了。我调查过大脑与绘画之间的关联性。实在不行的话,只能认为是那种白痴天才一类的事情了。"

奈奈疑惑地眨着眼睛。孝弘看她一脸不解,进一步解释道:"所谓白痴天才,大致就是一种在计算、音乐、美术等领域表现出异常才能的人。比方说,一瞬间就能完成因数分解,听一次复杂曲调就能在钢琴前流利弹奏,看到什么东西就能完美地画下来……我一度以为是这种情况,可惜不是。像这种白痴天才,一般只能把看到的景象如同照片一样精确地模拟,而李的抽象画完全是不同的东西。"

奈奈看着孝弘,仿佛看见一个成绩糟糕的学生居然很罕见地开始做家庭作业了。

"真的很用功嘛。你有没有去找找那些同样反映大脑问题的绘画?说不定会发现类似李的情况呢。比如说兴奋剂艺术?特征一致吗?"

孝弘耸耸肩,否定了这个说法。

"李没有用任何兴奋剂,而且这幅画没有重点,连普通器物的花纹都比不上。"

"也不像那个什么修女的幻视绘画?"

"希尔德加德[①]的幻视。不过也不是那个。"

[①] 圣希尔德加德·冯·宾根(1098~1179):中世纪神学家、作家、哲学家、科学家、医师、语言学家、博物学家、画家,第一位生平被记载的女性作曲家,传说三岁时就具有"灵视"能力,逝世后被教廷封为圣人。

"但是,那确实也是一直备受头疼困扰的修女啊,和哈伊阿拉丝一样……"

奈奈停住了话头,把薄膜显示器拿了出来。孝弘看到她眼睛微微斜吊,眼珠转动着,知道她肯定是在自己的大脑中连接欧佛洛绪涅进行确认。

孝弘调查过那方面的内容,但是那条路一样走不通。12世纪初叶的修女留下了许多据说是来自天启的幻视绘画。那些绘画虽然也是异常状态下创作的作品,却仍旧不是李那样的抽象画,特征完全不一样。

"你看,这些绘画始终是具体的。偏头痛下的绘画特征是同心圆一样的光影加上各种星点,可是李的绘画当中看不到这些。如果说哈伊阿拉丝是因为自身的特殊体验才将之评价为杰作,那倒还有点说服力,可是……"

奈奈从薄膜显示器上抬起头,凝视着《童稚曲》。希尔德加德的绘画至少可以看出某些规律。可这幅图根本就是拿颜料乱涂一气。奈奈放开抱着的胳膊,吐了一口气。看来是要投降了。

"我真是不能相信,一个人怎么可能在神志清醒的情况下画出这种乱七八糟的东西。要说这里面存在着超越一切理论的终极之美,更加令人无法相信。看来,我们从前所受的一切教育都是虚妄荒谬的东西啊。"

奈奈扑哧一笑,洁白的牙齿映在黑色的脸庞上,明艳动人。

孝弘也跟着笑了。他脸上的肌肉已经僵硬很久了。

"你知道的,我们两个绝对不能一起走,被那些家伙看见肯定没完没了。我还打算安然无恙地回综合管辖署去呢。"

两个人一起大笑起来,开始重新把画包起来。

奈奈首先注意到异常:"糟糕,那边有人来了。赶快收起来。"

孝弘顺着她的视线望去——

一个男子正在快速跑来，不过方向似乎并不是正对孝弘他们。他穿着一件引人注目的土灰色西装，跑步的时候手肘几乎不弯曲，手臂摆动幅度很大，脚步踩在厚厚的积雪里似的深一脚浅一脚的。他的眼睛眼白居多，嘴巴张得大大的，不停喘着粗气。

"发生什么事了吗？"

孝弘自言自语的时候，奈奈正要把画重新放回到保护板里。

"住手！啊啊啊啊啊，住手啊，住手！"

奈奈吃了一惊，停下了动作。

"那幅画，那幅画！"男子号哭着，"听不到了，听不到了！"

男子突然转了一个方向，跑到孝弘他们面前，然后开始狂暴地撕扯保护板。

"你要干什么！"

"听不到了！挡住了就听不到了！"

孝弘转身试图阻止他，却被他以超乎常人的力量推开了。大滴大滴的泪水从男子的眼睛涌出来，淌得满脸都是。

"听不到了！"

"什么啊！"孝弘禁不住怒喝。

男子吓了一跳，然后一边抽泣，一边如决堤的洪水一样喋喋不休起来。

"你们听不到吗？音乐啊！你、你也认为我是个傻瓜吧，是吧？听不到的人都会这么说。大家都认为我是傻瓜，特别是说'从画里听到声音'什么的。只有大夫和布丽奇特才愿意听我解释。可是、可是我的确听到了啊！你们还没把它挡起来的时候，我真的听到了！不要拿走，不要拿走画。你们！不要！"

男子突然一拳重重打在孝弘的脸上。

在倒下去之前，孝弘刚好听到奈奈愕然的低语。

"真的能听到音乐吗？"

男子的脖子下面挂着一张牌子，上面写着名字"麦克·雷蒙德"，住所是萨克斯纪念医院。

麦克的感情起伏很激烈：上一分钟还安安静静，下一分钟就来了疾风暴雨；刚刚还在用鼻子轻轻哼着歌，接着就会号啕大哭起来；说话会在同一个内容上来回打转，但也会突然大幅度跳跃到完全不相干的话题上去。好不容易和他说了三个小时，连蒙带猜算是大致弄明白了他的意思。麦克好像是说，他不是私自逃出来的，而是确实拿到了医院的外出许可，自己还去银行取款机取了钱，乘坐太空穿梭机追赶这幅画来到了这里。

孝弘一直坐在狭小的单人房间里盘问麦克，感觉自己已经快要到达极限了。他深吸一口气，以极大的耐心重新开始新一轮的询问。

"那么，'能听到音乐'是什么意思呢？"

麦克的双腿一直不停地抖动，把床都弄得咯吱作响。听到孝弘这个问题，他突然停下动作，抽抽搭搭地哭了起来。

又来了，哭啊哭的，可就是不回答。孝弘摸摸自己的下巴——还在火辣辣地疼。老是这样兜圈子，真恨不得狠狠打他一顿。

不行啊。

孝弘把杯子里最后剩的一点咖啡一饮而尽。

麦克的心与天真无邪的孩子一样，可糟就糟在他是大人的身体，所以人们不自觉地会以大人的言行来要求他。从麦克的角度来说，尽管被人这样对待，可他确实也已经尽了自己最大的努力。他之所以总是哭个不停……还是要更加和颜悦色地询问才行啊。

"麦克，我不是在责怪你。你不要觉得我是在强迫你对我解释。

别哭了，我只是很好奇，想知道《童稚曲》到底让你听到了多好听的音乐，让你这么辛苦地一路追着它来到这里。你看，其实我也恨自己没有你那么敏锐的听力，没办法听到那种天籁啊。"

麦克抬起头，用哭得通红的眼睛看着孝弘，带着很重的鼻音说："大夫……"

"呃，我不是医生……"

男子没有理会孝弘的解释。"大夫……现在大夫的脸，就像那幅画的音乐了。"

"啊？"

"很温柔、很好听的音乐啊。又亮、又轻，就像玛丽一样。玛丽呢，是我们的护士长，很温柔，很温柔。总是微笑着对我们说'做得很好'。我们看到其他东西总觉得很吵闹，只有那幅画和玛丽很好很好。我就想一直盯着看下去。死了的布丽奇特，还在医院的巴德，还有乔丽婆婆都这么说，不是我一个人哦。所以，看的时候能听到声音，不要说我在说胡话哦。"

"当然，当然，我绝对不会这么说。"

——摩涅莫辛涅连接开始。

孝弘的心怦怦直跳。难道真的有这种事情？真的能在看东西的时候听到声音？

——访问路由器。连接萨克斯纪念医院脑神经科的记录。申请检索关于麦克·雷蒙德的文件记录。特别是与视听觉混同有关的数据。还有，同时也检索一下被称作"巴德"的人，以及名叫"乔丽"的老年女性。

——了解。有来自奈奈·桑德丝的信息。哪个优先？

——奈奈的。输出到薄膜显示器上。

——了解。输出完毕。

"呐,大夫,让我看画吧。"

"唔……"孝弘含糊地应了一声,偷看一眼监视器。

奈奈发来的信息看起来是从头脑中直接生成的,完全是口语,内容是说医院的主任医师明天要来这里。麦克今天晚上就由阿弗洛狄忒医院的临床医生看护。

"让我看吧,大夫,那幅画啊。想看啊。快啊!要看啊!哇!"

男子似乎又激动了起来。孝弘赶快用力把他按回去,劝说:"马上就给你看,先安静一下。"

——地球资料检索完成,传输完毕。现在输出吗?

"等等!"

孝弘的对手是个完全不知道控制力量的男子,两个人的样子简直像是在摔跤。

临床医生们赶来的时候,衣服凌乱的两个男子正喘着粗气在地上滚来滚去。

"哎呀,不单单是下巴,连脸都弄破了啊。"奈奈看到孝弘走进会议室,忍着笑说。

"别碰,疼……对不起,让您见笑了。我是负责调查《童稚曲》的学艺员田代孝弘。"

背靠着窗子、和亚伯拉罕坐在一起的一位老年绅士站了起来。看上去,这位绅士的年纪大概已经过了七十岁,可突然一站起来,身子依旧挺得笔直,人显得相当精神,说话的声音也很洪亮。

"我是萨克斯纪念医院脑神经科的阿朗·鲁尔。这一次来到这里是为了麦克的事……麦克让您受伤了,真是非常、非常对不起。完全是那幅画导致的。这样遥远的距离,怎么也没想到他能一直追到这里来。"

不管什么人第一眼看到阿朗，都会觉得他是个很慈祥的人。有这样的医生，确实是麦克他们的幸福啊。孝弘不禁觉得有些不好意思。

"哪里哪里，应该是我道歉才对。不能让我理解他的意思，他肯定感觉很痛苦。"孝弘看了一圈房间问，"那个……我听说其他的患者们也一起来了。"

"是的，借了贵处一间房间，现在他们都在那里看画呢。"阿朗脸上又露出过意不去的表情，"实在对不起，我也没有办法。那些患者听惯了音乐，全都要跟着我过来，怎么拦也拦不住。"

"哎呀，没关系啦。我们还要承蒙他们赏光呢，"奈奈莞尔一笑，"我正想亲眼看一看这些能把视觉作为音乐来感受的人们会怎样与绘画接触呢。"

"那样的事情啊……"稻草人干咳了一声，"按理说，像这种能把看到的东西当作声音来听的事情，我不应该要求您能用我听得懂的语言来解释，毕竟您是专家，我是门外汉……那个……怎么说呢……我们最初的目的只是为了判断李的绘画到底是否有价值。如果医生也认为这幅画具有精神上的安定作用，那么价格肯定不一样了……"

这种赤裸裸的说话方式让孝弘感觉很败兴。对终极之美的探索已经快要把阿弗洛狄忒的脸面丢光了，现在所长的脸上又笼罩了一层铜臭味。

"恐怕要让您失望了，"具有贤人风范的医生似乎也注意到了亚伯拉罕过度的期待，开门见山地说，"《童稚曲》是否会表现出药物效果，必须要等待调查结果。当然，如果不把这幅画还给我们，调查是无法进行下去的。现在我只能就你们所关心的问题——也就是麦克他们一直声称的'能听到音乐'的说法进行一点简单的解释。"

阿朗的话很长，其中又混杂着许多医学专用术语，不过他说的话很有诚意，而且用优美动听的嗓音说来，听着一点都不觉得累。

生物化学、分子学、医疗技术、心理学这些日新月异的科学技术，使人类逐渐得以了解生物乃至人类本身的秘密。其中，人之所以为人的根源在于大脑，而大脑在传统上一直属于哲学范畴。然而随着对大脑研究的不断深入，本属于哲学的领域也在一点点被科学侵蚀。在20世纪，人们就已经知道五感分别在大脑的哪个区域感受，关于各种类型的思考分别会在什么地方进行的问题也逐渐变得清晰。很快，"大脑地图"就出现了。进入到21世纪，"大脑地图"变得更加详细，人类对大脑的研究也使得人们可以从单纯的"思考"中分离出语言和图像。孝弘他们便是承蒙这种进步的恩惠，才得以进行人机间的直接连接。

"但是，当生病或者发生事故的时候，大脑机能就有可能发生异常，直接导致'大脑地图'混乱。本来应该畅通无阻的道路被封死，本来应该相互隔绝的场所却被打通，各种信息就会泄漏到本不该接受此类信息的地方。这个时候，当事人的感觉就会错位，本来可以看到的东西却被当作声音——这也就是我们通常所说的'共感觉'或者'通感'。"

一般情况，人的感觉不会发生混同。脚"接触"鞋子内侧，眼睛"看见"蓝色天空，耳朵"听到"小鸟的鸣叫，鼻子"闻到"树木的清香。虽然在色彩学上会有"发酸的色彩"，音乐评论上会有"厚重的声音"之类说法，但那些都是比喻，实际上感觉并没有发生混同。

但当大脑某些部位发生问题时，就会发生把光线当声音、把声音当味道的情况。根据20世纪神经心理学家亚历山大·鲁利亚的研究，某些患者在听到铃声响的时候，眼前会出现来回旋转的球状物，手指会有触摸到绳索的感觉，嘴里也像喝到盐水一样。

引起共感觉的原因，一般认为是由于大脑皮层的联合区异常。联合区是文字感觉感受器的信息处理部位，如果这里的血流量减少，感受器接收的外界信息就不能被正确地分析。

共感觉出现的另一个原因则可能是海马、扁桃核之类的大脑边缘系统发生故障。边缘系统虽然也和联合区一样负责感觉情报的分析，但这里包含掌管意志、情感的额叶，与人类的情绪变化也有着密切的关系。

考耶恩·李是因为颞叶肿瘤而导致情绪无法自控，颞叶刚好紧挨海马。哈伊阿拉丝也曾经接受过阿朗的检查，也有情绪不稳定的症状，是由于阿尔茨海默症导致的轻度脑萎缩引起。还有孝弘他们所见到的麦克，也有边缘系统血流过多的病史。

"边缘系统异常的他们，内心就变得格外敏感纤细，随之而来的就是由于共感觉而能'听到'那幅画——"

阿朗的眼睛眯了起来，脸上的表情既像是在称赞自己患者的能力，也像是在悲哀自己不具有这种能力。

"我不是美术领域的专家，不能判断李的绘画具有怎样的价值。我只是向你们陈述这样一个事实：为什么对于'能听到绘画'的他们来说，《童稚曲》是具有最高价值的杰作。"

亚伯拉罕发出"唔"的声音，身子陷到了沙发里。孝弘觉得嘴巴发干，说话前也不得不舔舔嘴唇。

"哈伊阿拉丝的评论……诸如从色彩中听到旋律之类的语言，不是比喻，而是她真的听到了那个声音啊……"

"但是——"奈奈把盘着的腿放下，上半身往前倾，"那种共感觉是有一定规律的吗？换句话说，特定波长的光对有共感觉的全体人员来说，会听到完全一样的声音吗？"

"坦白地说，共感觉患者究竟如何捕捉声音，其原理我们至今还没有完全弄清。我们一直都不知道患者们如何把真正从耳朵听到的声音和来自共感觉的声音区分开来，我们也同样不知道每个患者各自听到的来自共感觉的声音是否相同。人的头脑中还有许许多多奥秘等待我们去探索啊……比如说，像莫扎特那样的作曲家竟然可以把睡梦中听到的《魔笛》完整记录下来，这也是非常奇怪的事。人类在睡梦中'听到的'音乐应该和共感觉原理类似，但是这样的音乐太过模糊，按照通常的看法，这种音乐不可能被记录下来……"

"啊，那就是说，不能保证看那幅画的人们听到了同样的音乐？"

"是的，他们听到的很可能是完全不同的音乐。我们曾经研究过另一类患者，他们可以从声音中看到图像。我们让这些患者把他们看到的声音画下来，结果发现，即使是同样的声音，这些患者画出的图像也很少有一致的地方。"

孝弘重重点了点头。

"我想，就算颜色与图形可以与特定的声音对应起来，哈伊阿拉丝和麦克也不会听到同样的音乐。那幅绘画尺寸很大，人的视线只能在画上不同的地方徘徊。视线转移的顺序不同，听到的旋律也应该完全不一样。"

阿朗微笑着，看上去就像和蔼的圣诞老人。

"各位愿意听一听我的大胆推测吗？我猜，那些患者的共感觉是依赖于情绪的。医学上，边缘系统有时候也被称作'乡愁部位'——我们孩提时代的记忆纠结着潜意识里的感情，一同保存在这个部位，只要刺激这个地方，人们就会情不自禁地回想起自己的孩提时代……李虽然不大可能知道这些医学知识，但奇妙的是，他居然也给这幅画命名作'童稚曲'。是不是他在作画时真的在孕育着某种乡愁呢？"

"借着能唤起音乐的绘画来表达自己的乡愁？"

"很有可能……但是，没有进一步的研究，我只能说这只是一种可能。"阿朗这样说着，视线落在亚伯拉罕的圆脸上，"所以，如果不把这幅画交给我们，我们的研究也就很难……"

稻草人窘迫地避开阿朗突然充满压力的目光，转而用乞求的眼神望向孝弘。

孝弘给出了结论："《童稚曲》没有任何艺术价值。相比利用哈伊阿拉丝的评论来发不义之财，我认为，交给萨克斯纪念医院进行进一步研究才是正确的做法。"

"这是阿弗洛狄忒的正式结论吗？"

"毫无疑问。"

亚伯拉罕从沙发上慢腾腾地爬起来，把芦柴棒一样的手伸向阿朗。

"好吧，那幅画是你们的了。"

麦克他们蹲坐在冰冷的地上，一个个纹丝不动。

这是一间中等规模的房间，通常用于绘画的主题展览。李的那幅画就挂在墙壁上。抱着膝盖的麦克、无声哭泣的消瘦老太太、趴在地上发怒般地瞪着绘画的少年、带着幸福的表情微微点头的中年女性、伸出手仿佛要抓什么东西的白胖青年，全都一动不动地坐在地上。

虽然这些人的神态各异，但孝弘能感觉到他们共通的、发自内心的安宁。这幅绘画正攫取着他们的视线，抚慰着他们激动不安的心灵。

不知道他们听到了怎样的乐曲……是不是还是那种普普通通的环境音乐，就像李从前写来糊口的那种呢？或者说，是一首"此曲只应天上有，人间难得几回闻"的天籁呢？如果李把他听到的乐曲写成音乐而不是画作绘画，会不会让人们重新把他评价为作曲家中的天才呢？

"你在想什么呢？"奈奈远远地望着墙上的绘画，还有麦克他们注视着绘画的背影，轻声地问。

"大概和你在想的一样吧。"孝弘也向麦克他们望去。

"我在想，虽然共感觉的确是一种大脑机能异常，但他们能听到美妙的音乐，会不会也是因为他们不再从绘画的角度来分析它了呢？

如果我能像他们那样具有清澈的心灵，不去联想这幅画本身之外的种种牵绊，我是不是也能听到那样的天籁呢？"

"啊呀，哈伊阿拉丝女士不是能听到么？她可是个面目可憎、言语无味的地道理论派啊。"

"但是，她在评价这幅画的时候已经抛弃那些理论性的东西了。"

不可言传的终极之美。静静地观赏着绘画的麦克他们，似乎真的发现了这样的美。

能够吸引人类灵魂的事物，能够与最纯真的心灵媲美的事物，能够让人抛弃一切理论的事物，不正是艺术所能具有的、也是艺术所应当具有的终极力量吗？

"说不定，正由于自己的偏头痛无法深究艺术理论，哈伊阿拉丝才终于能鉴赏到终极之美吧。只有舍弃了这个世俗的、理论的世界，她才得以沐浴在只应出现在天界的美妙乐曲之中。"

奈奈用手肘轻轻捅了捅孝弘："你忽然多愁善感了呢。"

孝弘有点羞涩地一笑，接着说："我们的大脑都和机器连接在一起……所以我们只能算是艺术分析室而已。我们的任务就是对那些人类所能感受的美做各种枯燥乏味的理论研究。可是即便如此，如果我们的大脑中还能残留一些浪漫，那不也很好吗？"

奈奈玩笑似的耸了耸肩："听你的口气，好像你还有很多烦恼没能舍弃啊。"

两个人偷偷笑着，蹑手蹑脚地走出房间。

房间的门关上了。这世上唯一一幅拙劣画作与至美音乐的混合体也被关在了门后。

这 孩 子 是 谁？

黄昏。博物馆行星上最惬意的时刻。

树影婆娑。希腊风格的展示馆群，如同忧愁的维纳斯像般裹了半身的薄墨。周围的街灯洒出朦胧而温暖的光芒，给走向酒店的人们染上些微橙色。

综合管辖署"阿波罗"的学艺员田代孝弘钟爱黄昏时分的恬静，而且今天晚上不用值夜班。他借口处理杂务返回官署再打发掉剩下的一小时，就可以好好放松了。

这一个小时一定要喝着咖啡优哉游哉地过，孝弘下定决心。绝对不再去想香炉的事。

写有诗歌的瓷香炉，令重视诗文的音乐舞台文艺部"缪斯"与执着于设计的绘画工艺部"雅典娜"针锋相对，各不相让。在保管室旁临时设置的会议室里，两边的负责人唇枪舌剑，口沫横飞，让居中调停斡旋的孝弘脑袋都快炸掉了。至于那座香炉，则是自顾自地蹲在桌子上，静静地闪耀着白色的光芒，仿佛在说"随你们的便"。

孝弘暴露在左来右往的激烈辩论中，努力克制自己不要去怨恨这座妄自尊大的香炉。

战斗告一段落的孝弘，在阿波罗官署前抬头眺望街灯，反省自己的想法。

——摩涅莫辛涅，继续日记。

——了解。记录开始。

受到头脑中数据库计算机温柔声音的鼓励，孝弘记下面向今后的自省。

——物品不会说话。它们不是生物，当然也没有感情。之所以显得澄清晶莹，仅仅是反映了带有那种想法的人心。如果凝练的诗文、精雅的造型能让观赏者的心感受到相应的气氛，那自然是香炉的神奇力量。作为学艺员，绝对不能受周围状况的干扰，让物品本身染上无关的印象。恨人，不可恨物。

孝弘加上一个言语无法表述的"结束"念头，女神当即做出反应。

——记录完毕。追加于现有的日记末尾。

——谢谢。关闭连接。

孝弘正要走向官署的走廊。

"对不起——"

他被一位年轻女子叫住了。

孝弘回头一看，只见一位身穿阿弗洛狄忒事务员工作服的女性正在小心翼翼地走过来。她身高适中，眼睛大得仿佛要掉下来似的。孝弘想不起她是谁。

"您是美和子的丈夫吧？"

"是我……"

她有一头栗色的长发，长到背心。她一边拨头发，一边道歉说："突然打扰，十分抱歉。我是资料室装箱的职员，美和子经常来资料室，所以听说了一些您的事情。"

"啊，不好意思。"

孝弘的回答并不算冷淡，但她眨了眨眼睛，自嘲般地说："您当然很疑惑吧。直接连接者不会光临资料室。您肯定在想'这个人到底是谁啊？'"

"哎呀，那可没有。"

无视孝弘的否认，她接着说："您也可以动用权限来调查职员名单的详细档案。在您查询摩涅莫辛涅的时候，我会等着的。我的名字叫潘克斯特，赛伊芙·潘克斯特。您当然可以根据我的相貌进行图像检索，不过以防万一，还是用名字比较稳妥。"

这人不好相处。孝弘忍住没有叹气——他经常遇到这样的人。

对直接连接者来说，大脑连接到数据库，其实就相当于带着一位背着大百科全书的全能秘书。虽然能够用无法付诸言语的暧昧印象进行检索确实很方便，但直接连接的价值本身也就仅此而已。但是，有不少非连接者都对直接连接存在误解，尤其是孝弘这样具有高级权限的人，更容易受人误解。非连接者常常会这样想：眼前这个人只要稍微转个念头就能看透我的一切，真是个妄自尊大的神，不对，不对，是恶魔。

孝弘用上尽可能真诚的语调："要不要调阅你的档案，要看你找我有什么事。看你欲言又止的样子，很难开口吧？难不成美和子打算与我分手，和你在一起？那样的话，我可要赶紧查查你的档案了。"

"我想，美和子不是同性恋。"赛伊芙一脸严肃，冷冷地回答，"抱歉没有及时解释。我来找您，是因为我完成不了所长交代的一项任务，所以想是不是能拜托您帮忙。"

"稻草人啊，那又是……"

孝弘一不小心说出了所长的绰号。和稻草人所长亚伯拉罕·柯林斯扯上关系的事情恐怕没那么容易解决。

赛伊芙微微一笑，理了理头发。

"您一定没问题。我的能力太差。如果是您,一定觉得很简单。"

不要说简单啊,孝弘差点脱口而出。和所长扯上关系的事还没有遇上过简单的。就算自己这种具有权限A的阿波罗职员也是一样。如果自己真是她以为的那种无所不能的人物,那早就往稻草人的脑壳里塞点大脑进去了。就因为塞不进去,所以每天才这么辛苦。

孝弘勉强保持冷静。

"是不是简单,在听你介绍之前,恐怕不好说。先去官署吧,不介意的话,咱们去会议室谈谈。既然提到了稻草人……呃,所长的名字,我怕站在这儿听着听着都会晕倒的。"

她轻轻点点头:"不胜荣幸。我还是第一次进入阿波罗的官署。"

"哪儿的官署都一样。乏味得很,又乱。不用紧张,潘克斯特小姐。"

称呼紧张戒备的对象不能太郑重,孝弘想。他开玩笑似的问:"喊你莎莉行吗?"

"行,按您的意思。既然是您,一定很轻松就能找到它丢失的名字。"

三十分钟后,官署的办公室,孝弘一个人坐在办公椅上喝咖啡。

旁人看来,他的计划——忘记香炉,把剩下的时间用来发呆——似乎达成了。但同样是发呆,他现在一点也不舒心,大脑中一直在反反复复地念叨"为什么我这么倒霉,为什么我这么倒霉",一点精神都提不起来。

莎莉是想请他查找古老抱形人偶的名字。她的思路很清晰,陈述非常流利,从事情的开端娓娓道来,只用了十五分钟就说完了。

根据莎莉的介绍,大约从一周前开始,有对老夫妇每天来到资料室调阅图像,彼此间还热情地讨论。不管什么时候,莎莉有意无意看到的画面上总是艺术品，她感觉这对夫妇并不是来欣赏艺术打发时间，而是怀有什么目的。

所长登场是在三天前。他的圆脸因为自豪而泛红，一边说着"我们的资料室什么都能查到"，一边推门进来，后面跟的就是那对老夫妇。两个人对视一眼，含蓄地说："我们每天都来这里，不过想找的东西还没找到"。

所长噎了一下，随后大大咧咧地走到莎莉身边，命令道"你给我想办法找到"，又说这两位是著名学者，是否找到关系阿弗洛狄忒的面子。

这对老夫妇的身份果然了得。丈夫名叫卡米洛·蒙特西罗斯，是恐龙学家，同行的妻子露伊兹是杰出的人类学家。卡米洛是德墨忒尔的古生物展示负责人请来协助分类的。

根据后来得知的情况，德墨忒尔无法分类最近刚刚得到的卵化石群，眼下正要根据这位请来的恐龙学家的判断来决定是否新命名一个"阿弗洛狄忒型"。可以想象，追求名誉的稻草人会有多着急。而且所长还放出豪言说要给卵的个体识别加上自己儿孙的名字。

莎莉面无表情地继续说："两位的委托是要找出他们收藏的一只人偶的名字。那是一个男孩形状的布娃娃，脖子上挂着一块破损的名牌。这对夫妇说他们对这个布娃娃非常牵挂，找不到名字晚上都会翻来覆去睡不着觉。这个布娃娃应该是有一定产量的物品，但又不像是工厂生产的。它的脸部表情非常逼真，这对夫妇怀疑是不是以绘画或雕刻为原型的非卖品，所以去翻找美术图鉴碰运气。我也帮他们一起寻找，但是一直没有找到能让两位认可的类似作品。"

不愧是稻草人找来的事情，真是乱搞。著名设计者的陶瓷娃娃也许会有广为人知的昵称，但连出处都不知道的布娃娃，根本不可能找到它的名字。就算这个娃娃模仿了什么东西，如果制作技术太差，也会画虎类犬，就连判断它模仿的对象都很困难。

孝弘又叹了一口气，向莎莉建议说："既然如此，你可以把东西拿给雅典娜的托马斯·王去看看，他对人偶挺有研究。"

莎莉的回答让孝弘很意外。"是直接连接者王先生吗？他不会接受。至少不会接受我的请求。"

"为什么？"

"关于这件事，我也知道需要直接连接者的检索能力，所以我曾经把情况说明和人偶的图像发给过他。可是他回答说，他和欧佛洛绪涅都没有线索，而且这个人偶的美术价值很低，毫无研究价值。我想去拜会他，他也不同意。"

孝弘这时才终于明白为什么她显得那么毕恭毕敬，以及为什么特意在官署等待自己。

莎莉把要说的都说完了，微微一笑。"明天我会引荐蒙特西罗斯夫妇给您认识，后面的事情就拜托您了。"她轻松地站起身。

"所以如果找不到名字，你是没事了，我可要被稻草人训斥了。"

莎莉望着快要哭出来的直接连接者，笑了起来："没事的。您是直接连接学艺员，而且还具有阿波罗A级权限，一定能解决的。"

要说这时候莎莉的表情有多狡黠……

咚咚咚，敲门声打断了孝弘的回想。

没等房间主人回话，来人就从门外探进头来。那是雅典娜的奈奈·桑达斯。

"刚刚看见了赛伊芙·潘克斯特，难道是你的客人？"让人联想起黑豹的干练学艺员，用很契合猫科动物风格的逗弄语调说。

"你怎么知道？"

"这个呀，"奈奈骄傲地挺了挺胸，"我可是长年盘踞在那里的大姐大。那孩子从来只在住处和资料室的两点一线间往返，最多也就能同美和子说几句话。这两条我都听说过。直接连接学艺员的象牙塔阿波罗本来不可能与资料室职员产生关联，对方又是出了名不善交际的女生。她特意来到这样的地方，拜访的人自然只有美和子的丈夫，也就是你了——肯定是件麻烦事吧？"

被说中了。孝弘更加颓丧。

"稀里糊涂就把事情应承下来的老好人大概只有我。你那边的托马斯甩手可漂亮了。"

"哎呀，和我们也有关系？我以为是让你又喜又羞的私事呢。"

"很遗憾，没办法让你八卦了。"

"那是什么事情啊？能让我打发时间吗？"奈奈显得更加开心，一屁股坐到沙发上，一副洗耳恭听的模样。

"打发不了时间，是没那么悠闲的事儿，麻烦事倒是可以分给你一点。"

孝弘把前因后果简单说了说，奈奈摸着自己黝黑而娇艳的脸庞，唔了一声。"看你这没精打采的样子，肯定还没动手吧。好吧，我来查查看。卡米洛·蒙特西罗斯和露伊兹·蒙特西罗斯……"

奈奈的视线停在孝弘的膝盖上。她连上了雅典娜的数据库"欧佛洛绪涅"。

孝弘安安静静地等了一会儿，奈奈终于长吁一口气，恢复了活力。

"没有啊。我找了各个地方的资料，都没找到这对夫妇的名字。我们的数据库里没有。也就是说，他们大概不是人偶收藏家吧，真是麻烦。"

"不是人偶收藏家是什么意思？"

"你个笨蛋。"奈奈吃惊地说，"这就是说，普通人的愿望是纯粹的。专家托马斯看一眼就知道人偶没有价值，那应该不会有错。可是尽管没有价值，这对夫妇还是想找到它的名字，那说明他们不是出于营利目的，而是发自内心想要知道。如果和钱有关，那么实在不行总会放弃；但如果是出于内心的感情因素，说不定就会下定决心把阿弗洛狄忒的资料翻个遍。像你这种千锤百炼的好好先生，遇到这种情况更难打发。"

孝弘靠在椅子背上，伸了个懒腰。"随你怎么说吧。找不到终究是找不到。"

"说的真是爽快，你还没有亲眼看到那个布娃娃吧。一旦看见，说不定想法就变了，又要热心帮忙了。"

"哎呀，不会的，肯定不会。"

嚯嚯，房间里响起仿佛猫头鹰啼叫的声音。雅典娜的职员接着又发出呵呵、哈哈、嘿嘿的嘲笑。

"呵——真是不解风情呢。话说这是真的吗？我很吃惊哎。你这类型又不喜欢布娃娃。说不定也受不了小猫小狗吧？"

"没有啊。我小时候养过小狗，可还是不明白为什么会有人那么喜欢宠物。人偶也好，宠物也好，真搞不懂为什么有人喜欢给它们起名字。"

奈奈的眼中露出同情的神色："你这样会更辛苦的，孝弘。老板和学艺员的价值观不同，肯定很辛苦。"

孝弘伸手打断前辈的话。

"我知道，我知道。我会尽可能抹杀私情，全心全意为蒙特西罗斯夫妇及稻草人服务。"

"不是这意思哟。"奈奈微微侧头，换上了语重心长的口气。那是温柔而深沉的女中音。

"不是要你抹杀私情，而是必须要贴近蒙特西罗斯夫妇的私情。我不是说你一定硬要让自己喜欢布娃娃，但是我想，哪怕是很小的机会、很微不足道的探索，你要和他们这股热情的源泉产生共鸣才行。"

孝弘确实是累了。通常时候，这样的教导他是左耳朵进右耳朵出的，这时候却不禁摇头反驳起来："奈奈，这次又不是艺术鉴赏，如果是美术品的鉴定分析，你说的是有道理。就算不能理解，也必须弄明白对象为什么会吸引其他人，因为拓展解释也是学艺员的重要任务。但是，这一回我的任务说到底其实就是招待重要人物，帮他们寻找毫无价值的布娃娃的名字，就和帮他们寻找丢失的钢笔差不多。"

奈奈皱了皱眉，声音的调子高了一段："既然如此，你就快去对稻草人说我们光荣的阿波罗职员没时间做这种鸡毛蒜皮的小事。对莎莉也别给好脸色，跟她说清楚你也是学艺员，不要总找高级权限者，自己调查去。"

"哎，你说什么？"孝弘微微有点发怔，"莎莉也是学艺员？不是事务员？"

奈奈也怔住了，低声说："你还没调查过委托人的履历？她是很优秀的学艺员啊，综合成绩属于第一等级。资料室的顾问本来就没有让一般事务员来做的道理吧？"

确实。从阅览者的含糊请求中找出目标资料，需要学艺员的广泛知识。孝弘被她的恭谨态度和事务员工作服蒙蔽了眼睛。

奈奈的手叉在腰上，叹了一口气，声音恢复了通常的语调："她提出过申请，想成为直接连接者，可是没有通过适应性检查。不知道是身体还是精神的原因。总而言之，她的梦想破灭了，不得不每天翻来覆去手动检索。所以对我们这些直接连接者，她的确怀有扭曲的感情。所以是不搭理她，还是亲力亲为协助她，一切都取决于你。只是我还要再说一次，敷衍了事的态度可不行，否则只会让你自己，还有大家，都很辛苦。"

直到第二天，孝弘还是没能决定自己的态度。

是断然拒绝和蒙特西罗斯夫妇会面，还是接受莎莉的请求，尽可能帮忙？

在找到奈奈说的小机会或者进行微不足道的探索前，似乎无法确定自己的想法。

犹豫不决中，时间到了。孝弘揉了揉脸，走进了阿波罗会议室。那对夫妇和莎莉已经等在里面了。

"对不起，来晚了。"

贫乏无味的灰色房间里，两双沉稳的眼睛望向孝弘。

消瘦的卡米洛·蒙特西罗斯有着一头绅士般的白发，小个子的露伊兹则有一张少女般健康的圆脸。

背对而坐的莎莉站起身来。

"这位是综合管辖署'阿波罗'的田代孝弘先生。您二位的委托今后由田代先生负责。他和我不同，是直接连接者，我想一定会帮到二位。"

没办法，孝弘只能露出衰弱的微笑，点头示意。莎莉瞥了他一眼，道声告辞就要走。

"请等一下。我希望你也列席。"

莎莉惊讶地看看喊住自己的孝弘。

制止莎莉离开是瞬间的决定。孝弘心中不可否认也有放她离开的心情，但不仅如此。如果在这里放她离开，今后她会一直对自己卑躬屈膝吧。每次遇到她都要留下恶劣的记忆，实在令人难以接受。不管这项任务的结果如何，孝弘还是希望看到莎莉和直接连接学艺员同样高度的身影……

对自己这样解释之后，孝弘突然反应过来，暗叫了一声不好。这等于是宣布说：至少在得到像样的结果前，自己是要插手这件事了。

后悔也来不及了，莎莉似乎颇为不满地重新坐回座位。孝弘无计可施,只得重新向这对夫妇点头示意。

"非常感谢两位这次前来协助德墨忒尔。两位要找人偶的名字,是吗?"

"是的。"回答的是人类学家露伊兹,"拿露天古董摊上买的便宜货来麻烦你们,真是非常抱歉。可是我们怎么都定不下心。"

"我们夫妇并不是人偶爱好者,不过确实也看了不少。"恐龙学者卡米洛的声音比想象的更低沉,"大概是因为我们两个的工作都是要和古老的骨骼化石搏斗,所以反而被只有肉的东西吸引了吧。我们也见过许多可爱、古怪的人偶,唯独这个让我们感觉很特别。它谜一样的表情,就像是在倾诉说'求求你,想办法找到我的名字吧'。"

孝弘脸上浮现出营业用微笑。

"如果调查内容十分困难,那我们恐怕无法做出承诺。这里的调查只能是客观内容,如果太复杂,那只能说非常遗憾……"

"这个娃娃有名牌的——虽然坏了。"露伊兹探出身子着急地说,"这条线索也用不上吗?"

"希望能用吧。可以给我看看吗?"

卡米洛拿起脚边的藤包,打开盖子,取出布娃娃。他的手伸到布娃娃的腋下,轻轻举起来。

孝弘尽力克制自己不要发出呻吟声。布娃娃的状态太糟糕了。它约50厘米长,是个五岁左右的男孩子。软胶质地的头部有些地方磨破了,缝着明亮的尼龙黑发,不过头发的数量有点多,看上去像是密生的杂草。蓝色海魂衫和黄色中裤还算干净,但是全都皱巴巴的。

孝弘伸手接过布娃娃,正面端详它的脸:含笑的眼眸,微启的双唇,浅浅的酒窝。

挺可爱的——孝弘刚一这么想,却有一股不同的感觉涌了上来。

与第一印象相反,这个男孩并不像是在笑。孝弘心中泛起一阵厌恶感。卡米洛描述的"谜一样的表情"实际并非那么简单。虽然说不清到底哪里怪异，但总感觉这个布娃娃有一种无法回避的违和感，就好像这孩子在很有趣的儿童乐园里玩，但是爸爸因为要上班，不能来陪自己玩；又或者明明是在过生日，但是爷爷买的蛋糕太小了——男孩的笑容里藏着诸如此种的阴霾，就像是成人的假笑。在只有几岁大的孩子脸上看到这种表情，实在令人不舒服。

卡米洛静静开口："我也不知道这种表情是不是能够被称为富有魅力，总之的确让人无法忽视。悲伤与喜悦、平静与激情，在这种表情中仿佛同时涌现出截然相反的感情，让我们十分挂心，无法释怀。"

夫人接下去说："我们也请教过复原工作中认识的相貌学家，但是他一上来就说自己不喜欢这副表情，然后就对眼眶的曲率、嘴角的斜率等做了各种数值分析——他并没有用心去感受。我们一直跟他说，如果找到了这孩子的名字，它的表情也会看起来不一样。可惜，他只是大笑不已，并不当真。"

我也想大笑啊，孝弘在心里默默加了一句。

夫人没有察觉孝弘的心理活动，继续说："我们没办法把寻找名字的任务托付给一个完全拿它当物品的人。不过这里是最为重视心灵的艺术国度，所以我们很放心。"

孝弘无法回答，将视线从男孩的脸上移开，拾起脖子上挂的黄铜色项圈说："这个就是名牌吧？"

项圈很轻，不是金属材质，而是某种压铸材料。吊坠部分斜断了一大块，勉强可以认出"My Name"几个字。上面刻的大概是"My Name is XXX"吧。

"两位总是用名字称呼人偶吗？"孝弘这么一问，夫妇微笑着点头。

"当然，南希、里德、约翰逊、撒尤利……都是我们很宠爱的孩子。"

"我们也生了五个孩子,全都独立了。因为经常要参加各种学会,很多时候不在家,没办法养宠物,这算是老夫妻的秘密快乐吧。"

孝弘默默地听着。这对夫妇喜欢用名字称呼人偶,可自己没有。单单要体会这样的区别就需要不小的努力吧。

静寂笼罩了会议室,四个人当中最坐立不安的是莎莉。

孝弘看看脏兮兮的人偶,然后又看看露伊兹和卡米洛,最后望着在旁边紧紧咬住嘴唇的莎莉,简短地说:"总之先放在这里吧。"

孝弘决定让莎莉去分析室。

在走廊接过包的莎莉诧异地问:"让我去?"

孝弘笑着肯定了,然后又加了一句:"请告诉分析室,把分析结果同时发送给你和我,看过后我们两个讨论。"

莎莉焦虑地直摸自己的头发:"我不行啊,所以才拜托您。"

"我说不定也不行。但是,不管你还是我,首先都应该把这个布娃娃送去分析室,然后针对分析结果进行讨论。你可别告诉我说这件事只有直接连接者才能做。"

莎莉勉强点了点头:"好吧。跑腿的活我好歹也能做。"

"不是跑腿。我需要你的协助。"

莎莉抬起头,大大的眼睛望着孝弘。

"可是,最终你还是要使用摩涅莫辛涅的图像检索功能吧?不管做多少分析,也不可能找到名字,而且要说服那两位,必须让女神检索图像,找到能让人产生与这个布娃娃类似印象的作品。我这样的非连接者,根本没有什么可以协助的地方啊。"

孝弘缓缓抱起胳膊,将身体重心放在一条腿上。

"你已经选出了若干类似品,拿给蒙特西罗斯夫妇看过吧?"

"嗯……"

"所以我也就没必要再让摩涅莫辛涅去做图像检索了。"

"不会吧！我挑的作品怎么可能像直接连接者那样毫无遗漏——"

"检索结果数并不是越多越好，关键在于如何设置检索条件，也就是说，根据什么条件来判断是否相似。既然不得不使用那对夫妇外的筛子，那么你的电脑检索和我的图像检索也就没什么区别。如果你挑选的作品没能产生关联，那么我就不应该再用同样的筛子到瓦砾堆里翻找，而应该用别的素材新做一个筛子，不是吗？"

莎莉挠了挠自己的嘴唇，不过到底没有反驳。

阿弗洛狄忒上吹起凉爽的风。靠量子黑洞维持的大气拂过身体，撩动路上行人的头发和衣裙。年轻的情侣、结伴出游的闺蜜、喧闹的观光客、怀抱素描簿行色匆匆的学生……在风中如风般走过的人们。

孝弘坐在路边的长椅上，心中恨不得把视野中的每个人都抓来问一问他们知不知道布娃娃的名字。

他想赶紧把这个问题解决了。

孝弘想和摩涅莫辛涅形成正确的关系。他依恋那种感觉：对他提出的暧昧问题，摩涅莫辛涅瞬间给出精确的回答。那一刹那，孝弘便会产生一种胸口发痒的感觉。但直接连接员的矜持现在却有了瑕疵，他想通过对摩涅莫辛涅的自如运用来修复那个瑕疵。否则，他总感觉自己的身子轻飘飘的，像是漏气的气球，风一吹就会飘走似的。

莎莉的捧杀仿佛一记重拳，直到现在还在发挥作用。和她分开之后，足足过了一天，孝弘才意识到自己做了多少超出常规的努力。想要展示自己无所不能的虚荣心在暗地里发挥作用，让他沉湎于寻找之中，直到疲惫感彻底渗透了他的身心。

孝弘膝头的薄膜显示器上显示着布娃娃的图像。不管看多少次，孝弘都无法强迫自己喜欢。

忽然间，有人在他头顶上说话。

"哟，你躲在这儿偷懒啊。"

"啊，奈奈。"

高个子的黑人女性，双手背在背后，站在孝弘面前。夸张地探头看他的薄膜显示器。

"果然很辛苦啊。"

"是啊。分析结果不能让人满意。"

"是和预想的一样不满意，还是更加不满意？"

"应该说和预想的一样吧。什么也没找到。我去找托马斯想看看他有什么建议，结果他跟我说这玩意儿再怎么敲也不可能落点灰下来。哎，看它这么脏，其实真要敲还能有好多灰。"

奈奈以优美的动作坐在孝弘身边。她轻快地伸出手，手里是一杯柠檬水。

奈奈一边吸着自己那一份，一边用轻快的语气指出显示器上没有显示出的东西："头发挺奇怪的。一般的量产品应该是统一植发，为什么这个会故意把鬓角都做上呢？"

来了。奈奈是做了充分准备才站在自己面前的。孝弘决定不绕弯子，直接求她帮忙。他接过柠檬水，道了声谢，吸了一口。

"会不会是制作环境不允许用缝纫机植发？布娃娃的头本来就是粗制滥造的便宜货。虽说应该是开模的量产品，但是质量粗劣，不像是专业制造人偶的地方生产的。"

"一半手工一半量产吗？21世纪初叶的民间工艺当中有许多这样的情况。信息传递手段和制作技术之发达，就算是普通人也能做点什么东西。你知道的吧，那段时期的手制瓷杯很漂亮，一度被认为是什么未发现的绝品，可是怎么调查也无法判断出处。最后通过成分分析发现可能是个人用电窑烧出来的，也就是业余陶艺家的作品。现在正在与民艺部和陶艺部联系。"

孝弘在脑海中想象了下雅典娜内部的骚动，不禁扑哧一声笑了起来。

"这个说不定也是同样情况。年代测定发现头发和衣服要比头部新，但再往下调查好像也和这小家伙的名字没什么关系。"

"名牌是制作当时的东西吗？"

"当然。那是当时的文具店里常见的东西。用特殊的笔写上字，经过热加工，就会变成浮雕，所以这一头也没线索。"

"那么原封没动的只有头部和身体……"

"脱衣服的时候吓了一跳，那是小熊内衣。"

薄膜显示器响应孝弘的意念，图像变成带小黄熊图案的旧布。

"U领衬衫和同样图案的短裤。听说是缝在身上的，真的？"

"真的。不知道为什么非要缝在身上。特意用布而不是用颜料画，可又不是要给它换衣服玩，真搞不明白。而且这个娃娃的身体是软胶做的，一针一线缝起来恐怕很不容易。"

"看来，意图是关键。如果是要遮挡某些羞耻部位，缝块布也合情合理。"

"我想污垢的成分中说不定会有什么线索，委托分析室以衬衫为中心进一步调查，同时也让莎莉也一起帮忙调查布料的来源。"

孝弘说到莎莉这个名字的刹那，奈奈像猫一样笑了："她发现你也在勤勤恳恳调查的时候是什么反应？之前她好像一直以为直接连接者不管什么问题都能很帅气地一下子解决。"

"唔，她看到我向一个个接待处发消息的时候目瞪口呆。"

奈奈大口吃掉剩下的冰块，咯吱咯吱地咬碎。

"直接连接者只是检索变容易了，通常的工作一点也不少啊。那小熊的调查结果呢？"

孝弘把喝空的杯子举到眼睛那么高，一把捏扁。

"好吧好吧，我知道了。这就是说，还没找到人偶的名字啊。小家伙也真可怜呢。"

"可怜的是我啊。"带着半分叹息，孝弘把薄膜显示器朝向路上的行人们，"这孩子是谁？有人认识这孩子吗？"当然是小声说的。

奈奈也理解孝弘的心情，脸上浮现出笑容。

"你喜欢布娃娃吗？你知道这孩子的名字吗？这孩子叫什么啊？"

各色行人走过孝弘面前，没人注意到他的喃喃自语。

"你认识吗？感情丰富的你呀，和我不同的你呀，认识这孩子吗？"

箍着发带的少女牵着一条金色的波索尔犬走过。大狗远远地朝孝弘探出鼻子，汪的叫了一声。

"谢谢。"孝弘苦笑。

波索尔先生，你叫什么名字？我以前养过一只比利牛斯山犬，它的名字叫萨奇哟。两条狗对话的时候也会称呼名字吗？那是主人起的，还是生来就有的真正的名字呢？

某份记忆从孝弘的心底静静升起。

雪白的大狗和在它身边翻滚嬉闹的五只小狗。五条色彩缤纷的毛巾。刚生下来三周的小狗们又扯又咬，太可爱了……

"怎么了？"奈奈盯着孝弘问。

"没什么。"孝弘有点羞臊，"想起了小时候放弃养狗的事。那时候要是给它们起个名字就好了。"

波索尔和少女轻盈的身影在孝弘的视野中逐渐变小。

这天下午，莎莉带着哭腔的声音在孝弘的内耳中响起。孝弘正在和缪斯开企划会议。

孝弘一边听着缪斯的老生常谈，看他们讨论如何把枯燥乏味的朗诵会变得更吸引人，一边在头脑中回复莎莉。

——你不要总是说不行。内衣的厂家、材质、设计组合已经验证完了，单单这一点不就是进步吗？我已经邀请各地的儿童馆和泰迪熊博物馆协助了。你看，范围不是小了很多吗？

摩涅莫辛涅将莎莉的声音送到孝弘的内耳，听起来她似乎紧贴着话筒。

——您不要逞强了。其实您也是束手无策吧？该差不多了。调查了这么久都没找到，我想也该告诉那对夫妇放弃了。我们是处理美术品的学艺员，又不是抱着小孩子的内裤闻来闻去的侦探。

尽管在开会，孝弘还是忍不住笑了起来。列席的四个人一脸诧异地望着他。孝弘用手指点点自己的太阳穴，表示自己在通讯，不好意思地笑笑，算搪塞过去。

——你把自己和直接连接者同样看待，我很高兴。有了学艺员的自觉，我更高兴。

这句话一送过去，立刻收到明显的生气模样。孝弘装作不知，继续回复。

——但是还有一条要查一查。

——您还打算让我干什么？

——哎呀，拜托了。这图案其他的地方应该也有。你看，小熊这东西很流行，如果从文化的角度去调查呢？

——历史风俗相关的博物馆吗？布娃娃的查询结束了，这意思是再拿布问一圈？

——这一次不是问"这样的布娃娃"，而是直接问"这块布"试试。人在看布娃娃的时候会产生不同的印象，而布料就没这个问题。说不定这种方法能和人偶本身搭上关系。啊，对了，"内衣缝在身上"

这一条也别忘了调查。运气好的话，说不定能发现同一制作者的其他系列。

——……知道了。

孝弘希望莎莉是因为认可自己的调查方法才回答得这么简略。

通讯结束的时候，会议内容有一半没在听的孝弘又遇到了新的难题。朗诵会变成了要在德墨忒尔的玫瑰园举行，而协调场地的任务已经确定交给他了。

孝弘拼命解释要从德墨忒尔手里借它的宝贝玫瑰园有多困难，可是到最后还是没逃掉，只能垂头丧气出了会议室。这时候已经是黄昏了。

两个小时后，莎莉的报告来了。

——没用，哪儿都没找到。

报告中附有一条无声讯息：看，果然没用吧，直接连接者接手也就这副狼狈相吗？

孝弘的调查也遇到了障碍。得知污垢的分析结果还没有出来的莎莉，在半夜三点的报告中终于焦躁地提出自己的方案。

——可不可以委托缪斯给这个少年起一个合适的名字？以您的权限完全可以做到吧。

——我不想捏造。

——这不是捏造，而是庄重的命名行为。贝多芬的《月光奏鸣曲》本名是叫"幻想曲式升C小调第十四钢琴奏鸣曲"，"月光"这个名字就是后人自己起的。

——还是有区别的。"月光"只是给 OP.27 No.2 的标记加上的印象，并不是无视原来的名字。假如说找到了埋没的资料，发现作曲家本人称它为"湖上的小舟"，身为学艺员的你该如何应对？肯定给所有的关联资料都加上一条，说"这是本名"，对吧？不管再怎么不协调,本名毕竟蕴含着作者的思想,旁人指手画脚岂不是很狂妄吗?

——对一个脏兮兮的布娃娃还担心自己太狂妄,您可真绅士。那您说怎么办,田代先生?

差不多也是时候了吧。

——莎莉,我想你大概已经明白了,直接连接学艺员绝不是万能的。我恳求你对这一发现不要沮丧,也不要排斥,而是基于对同事的同情去理解。明天一早,我们两个一起去拜访蒙特西罗斯夫妇吧?

莎莉轻笑了一声,回答说:

——好的。

露伊兹满面笑容地请两人进来。这是酒店的房间,里面散放着各种资料,充斥着学者气息。卡米洛刚刚结束在德墨忒尔的演讲,显得很疲惫,但还是窝在房间的一角,用资料室借来的电脑一页页翻查绘画宣传册。

孝弘叹了一口气,尽可能用平淡的语调将至今为止的经过做了报告。这对夫妇耐着性子听完孝弘的话,回答说他们很期待污垢分析的结果。

莎莉冷冷地看着本意被封死了的孝弘。

"分析室会好好待它吗?"卡米洛突然问。

孝弘有点不知所措,不过还是尽力回答说:"确实不能像您二位照顾得那么仔细,不过也不会粗暴对待的,请放心。"

"我说,田代先生,"露伊兹温柔地说,"您会不会也像之前说的那位相貌学家一样,仅仅认为这只是一个人偶的名字而已?但是,我们认为名字本身是蕴含灵性的。"

"灵性?"

"嗯,我们认为,名字并不仅仅是为了个体识别而存在的记号。

智慧生命赋予某个事物的名字,是智慧生命感受到的这一事物的本质,是期盼事物能够如名字那样的愿望。换句话说,名字是将个体作为个体来识别、喜爱的意志的表现。"

恐龙学者在绝妙的时间点接下去说:"我们情不自禁地认为这个布娃娃似乎遗失了亲人对他的爱。那是赋予了他名字的人,不管继任的我们如何疼爱他,只要不能用他真正的名字去呼唤他,我们就会觉得那个名牌的断裂处仿佛在责备我们说'不对、不对',连男孩的表情似乎也变得更加阴郁。东西方都有许多呼唤真名的时候本性就会显露这样的故事。我们总想,如果能找到这个孩子的名字,说不定就会解开让我们坐立不安的表情之谜,他也会坦诚接受我们的爱吧。"

孝弘正不知如何回答,恐龙学者轻轻笑了起来:"抱歉,我这是职业病。"

"对不起,我一直以为您是科学家,没想到竟然这样重视感情。"

两个人对望一眼,颇为害羞。

卡米洛说:"上次在会议室的时候已经说过,我们的工作都是和骨头打交道。骨头没有单独的名字,只能从种群生态或者解剖学的视角进行调查。至于骨头如何在身体里长到那么大、骨头所属的主人又是如何生活的,我们一无所知。你们也许不知道吧,被视为比人类低等的类人猿,在它的骨骼化石旁边发现过花的痕迹。"

"花?"莎莉低声问了一句。

"嗯,是的,同伴给死者献花。如果死者有名字,那些同伴也会哭着呼唤名字的吧。就算没有起名的文化,也会运用'独一无二的人'这一命名的基本概念来悼念死者。

"曾经有段时间,我们两个对自己变得迟钝的感情感到悲哀。骨骼化石并不是毫无生命的石头。它们因为某种原因来到发现地,因为某种原因死在这里。然而研究者们只顾着确定物种,明明是生物体的一部分，却只当作纯粹的东西对待。

"将单纯的样品当作追悼对象，当然是因为我们的伤感吧。不过，在本职工作上不能解决的问题，好像转移到了这个布娃娃身上。我们到今天也只能用'人偶'这个品种名来称呼这个表情如泣如诉的男孩子，所以我们想要找到他的名字，呼唤他，疼爱他，以此来补偿我们在至今为止的研究生涯中，对是物品又不是单纯的物品、不是生命又蕴藏着生命光影的'那些什么'无数漫不经心的对待。"

孝弘咬住嘴唇，自然也很不礼貌地抱起了胳膊。不过他自己并没有意识到。

在他大脑的某个角落里，小狗们在叫，喧闹的声音回荡在记忆的远方。

如果下次去养狗，又生了小狗，我要立刻给它们起名字，以此来补偿当年我只是用它们喜欢的毛巾来区分它们、一次都没有喊过它们名字就离开它们的行为，也以此来慰藉自己的寂寞与后悔。我要用它们各自的名字不停地呼唤，一只一只抱紧它们，将它们的模样和名字深深刻在记忆里，就算被人笑话自己太溺爱，也要无怨无悔地去疼爱它们。如果可以那样的话，自己也可以不再说自己讨厌小狗，而是像从前那样公开宣布说自己喜欢小狗了吗？

孝弘仿佛听到一声黑猫的叫唤，和小狗的叫声重合在一起。

奈奈说的"妥协"说不定指的就是这个。

"两位所说的我非常理解。"孝弘低低地说，"在拿到分析室的报告之前，请允许我说一句示弱的话：也许我们找不到这个布娃娃真正的名字，但是，我们可以找到能抚慰你们心灵的名字。"

"可是，您说过，不能给它起新名字——"

"莎莉，我要做的不是去委托缪斯。这两位真正需要的不是这个布娃娃的名字。"

莎莉张口结舌。孝弘说："我讲的可能有点极端，但我们学艺员的研究对象也和两位的类似，既是物品又不是单纯的物品。在物品中蕴含了作者的意象，也就是所谓的艺术。物品是寄主，寄宿在其中的艺术会映射观赏者的心理，时常展现出千变万化的模样。学艺员的任务确实是要汲取作品的真实意图，然而能判别是否成功的只有作者本人，学艺员无法判别。我们得不到正确答案，所以不得不深入追问：为什么我会有这样的看法？这样的看法受到了哪些影响？我们只能以此说服自己。"

三个人焦急地等待孝弘接下去的话。"现实情况是，很可能我们找不到这个布娃娃的名字，于是两位恐怕不得不用别的方法来说服自己。也就是说，如果两位真正牵挂的是这个男孩名字背后的象征，那么不妨直接去追求、哀悼令你们感到无名悲哀的表情，不是吗？"

说到这里，孝弘朝夫妻两人探出身子。"顺便问一句，两位已经查阅过数量庞大的图像，有没有找到一些氛围相似的东西？"

"……啊，嗯，有的。"

"太好了。这样可以省不少事，二位的认可是最重要的。"

"我有点糊涂。田代先生，我一点都不明白您要做什么。"莎莉好容易才把叫喊换成普通的语调。

孝弘朝她一笑："哎，对不起，这是直接连接者的特权提案。我终于明白自己的能力该如何发挥作用了。"

他的笑容没有半点让人讨厌的地方。莎莉的表情显得更加困惑了。

在艺术中——不，应该说在创造中，意志起着决定性的作用。

为什么这里要用蓝色？为什么那里要做成尖的？一切都是人在制作时的感情表现。人透过物体所能看到的事物才是最有趣的。

这种观点也许与那种"只有作者才能有正确答案"的看法大相径

庭。但是鉴赏者不断怀疑自己的审美，在经历疑惑与不安导致的疲惫后，最终会说：我是这样想的，这就够了。

"计算完毕。"连在腕套上的外部扬声器中传出摩涅莫辛涅的声音。

孝弘也用声音下达指示："输出设定为坦桑尼亚酒店507室B端口。电脑已经从资料室借出。"

"了解。按照资料室格式调整输出。"

放在四人面前的CRT显示器上出现一张脸庞。那是一张毫无生气的脸，表情恍惚，真是很符合布娃娃的表情。孝弘不禁苦笑起来。

"这是什么？"卡米洛问。

"这是根据二位查阅的图像和摩涅莫辛涅挑选出的那个人偶的类似物进行合成后的东西。我们把人偶的表情权重提升一点试试看。"

孝弘在头脑中将这个指示发给女神。画像略微改变了一些。

"怎么样？"

丈夫还是显得有点迷茫，不过反应很快的露伊兹回答说："那个男孩的感觉还要稍微无机一点。"

孝弘征询另一位学艺员的意见："你觉得怎么样合适？"

莎莉怔了怔，小声回答说："德尔沃……他的超现实裸女，两位也许能挑选一些。"

直接连接学艺员让摩涅莫辛涅找出人偶和保罗·德尔沃的相似性，按照契合度高低选出十幅绘画在显示屏上分割显示。这对夫妇从中选了四张。这些图像原本已经合成在模拟像中，女神又把它们的权重略微调高了一点。

夫妇还没有完全同意。这也是当然的吧，被人偶束缚的心不会那么容易被赝品欺骗的。

孝弘在不影响他们思考的程度上追加说："两位不用顾虑，请指出需要修改的地方。摩涅莫辛涅没有感情。现在她只是和相貌学者一样，做的都是数据分析工作。当下最重要的是把你们的意向反映出来。如果需要和讨厌人偶的寡情女神争论，请管说。"

"在这之后，就是提取标题了吧？"卡米洛没什么自信地说。

"是有这个打算。虽然找不到人偶的名字，但是在模拟中使用的照片、雕刻、绘画，都有作者起的名字。我想，作者们托付在人物表情中的感情，也许会在不同程度上呈现到标题里。"

"我有点明白了。"露伊兹说，"我们也许太执着于那个人偶了。在我们看来，他那双眼睛里仿佛蕴含着难以言喻的悲伤，似乎一直找不到人帮助自己。对我们来说，最重要的不是人偶，而是想要理解这个男孩。当然，如果能够找到他的名字，也许可以通过其中的灵性，让他找回自己。但既然做不到这一点，只能通过去理解那副表情的原因来理解他的灵魂……是这样的吧？"

"嗯——"孝弘刚回答了一声，突然停止了动作。

摩涅莫辛涅在计算的空隙传来分析室的通话请求。

——有新的消息。发送方：分析室室长卡尔·奥芬巴赫。

"莎莉，你照看一下。我已经把女神设成能从电脑操作了。"

莎莉的眼睛瞪得无比巨大，那嘴型仿佛马上就要叫喊说"我不行"了。

"没关系的。你在资料室锻炼的能力不输于摩涅莫辛涅的图像检索。你刚刚不是还很准确地选中了德尔沃吗？而且，通常的检索操作，你应该比我拿手得多。"

——摩涅莫辛涅，接通卡尔。

孝弘的内耳传来分析室长熟悉的声音。

——布料污垢的分析结果出来了。让你久等了。想听吗？

——别让我着急了。我们现在正渐入佳境呢。

室长听了这话,迅速恢复了专业认真的态度。

——我们在衣领处找到了食物碎屑。似乎是饼干和牛奶。因为年代久远,而且还清洗过,分离出来费了不少工夫。其中也含有微量唾液成分。

——什么?!难道说人偶的布料是用人的旧衣服改的吗?

——年代测定显示这些污垢和人偶差不多同岁,似乎不是继任主人的疏忽。

——那么,用的是人穿过的内衣,还挂了名牌……

——没错,那个布娃娃的原型恐怕是真实存在的孩子,虽然我想这大概是你不愿听到的结论。

卡尔似乎明白孝弘的心情。以真实存在的孩子为模型,做成戴名牌的人偶,量产的可能性显然不大。

如果说是为了纪念出生,可这个布娃娃并不是新生儿的模样;如果说是某场宴会的纪念品,表情又不对;而且,直接给布娃娃穿上脏兮兮的衬衫似乎并不是为了庆祝,而是透出一股对回忆的执着。难道说是老人为了纪念自己的儿孙做的?哎呀,那就更没量产的可能了。

换言之,这就是卡尔所说的,孝弘很不想听到的结果:为了纪念早夭的孩子,制作、分发逝者的布娃娃。亲眷的悲伤值得同情,但这一行为本身岂不是太让人不舒服了吗?

蒙特西罗斯夫妇从布娃娃身上隐约看到一种追悼的心情,可以说是最恰当的反应。

——需要分析唾液 DNA 吗?

卡尔追问了一句。

——不用了。就算分析,肯定也无法追踪到那个时代的无名人士。

——知道了。你好好和那对夫妇说吧。有什么事情立刻和我联系。

"这样差不多吗?"在孝弘切断通讯的同时,莎莉正向在场诸人展示确认。

显示器上的脸庞与刚才相比有些微妙的变化,夫妻俩微微点头。孝弘不想告诉他们这是为了纪念死者而制作的人偶,姑且让事情继续发展下去。

"那么,根据标题进行金字塔解析。"

"金字塔解析?"同事很疑惑,"我第一次听说。这也是直接连接者的特权手段吗?"

"应该说是我的手段。把待讨论的语句传递给摩涅莫辛涅,让她通过以往的学习经验提出若干与之关联的新词汇,再使用遗传算法,把这些词汇群综合起来进行多次迭代计算,同时将词汇的含义同金字塔一样逐渐扩展,不仅采用表层含义,也要加入词汇的隐喻和象征,直到得出最终的结果。当然,结果未必会是合适的词汇,不过也有可能表现出未曾预料的真相。刚刚连接上摩涅莫辛涅的时候,我用这个办法尝试命名了好多东西,没想到真有一天能用上。"

莎莉第一次发出心悦诚服的叹息。

"在分解的基础上进行系统性的检查,构筑出意义的金字塔。这样就会得到正确的主室位置,拱顶石也不会偏差。是这样吧?"

"话是这么说,不过这次是要从一开始的多个标题中找出唯一的拱顶石,女神恐怕也难以应付。好了,试试看吧。"

孝弘一边下令摩涅莫辛涅开始金字塔解析,一边心不在焉地想着。最好是这个解析能找到让这对夫妻接受的语句。在解开表情之谜的喜悦中,把人偶的身份就这么含糊过去,落一个皆大欢喜的结局。

过了一会儿,摩涅莫辛涅给出了报告:"计算完毕。在五层扩散范围内,语意无法综合。"

"那么扩散到七层。"

"了解。开始七层扩散范围计算。"

房间里恢复了安静。在一点声音都没有的寂静中,孝弘的头脑里回荡着"这孩子是谁?"的问题。这孩子叫什么名字?为什么有这种表情?是因为没有名字而悲伤,还是因为夭折了而悲伤?

"计算完毕。"摩涅莫辛涅报告,"解析结果的第一含义是'漂泊'。"

莎莉恍惚地复述:"漂泊。居无定所、四海为家、流浪儿的意思?"

孝弘闭上眼睛,然后抬头向天,发出一声叹息。

"漂泊。也许不是死者,而是像那些小狗一样吧。我把粘着狗毛的五条毛巾在家门口挂了好久,就在很醒目的地方,盼望有一天会有人来告诉我它们过得很好……"

"田代先生,您怎么了?"

孝弘没有回答露伊兹,猛然睁开眼睛,对女神下令。

"摩涅莫辛涅,帮我接通卡尔·奥芬巴赫。我要找他解析唾液DNA。"

被孝弘气势压倒的三个人,怔怔地望着脸色严峻的直接连接员。

"怎么会是失踪的孩子?"奈奈一边从孝弘手中接过咖啡,一边摇着头说。

"以前似乎有许多孩子失踪的案例,有些家长甚至会在牛奶盒上印照片。不过,订购一模一样的布娃娃来征集信息,父母的悲哀真是深沉啊。"孝弘喝了一口苦涩的液体,坐在凉风吹拂的长椅上。

"将旧衬衫牢牢缝在身上,是为了提供辨别身份所必需的DNA。那时候毕竟不是现在,只要申请就可以获得自身遗传信息数据。"

"是从那孩子的内衣中挑选出不脏的衣服,缝到人偶身上的吧?头发成分差不多也能猜得出来。是不是也混了一些真正的头发在里面?大概是在房间里拣出来的,或者从梳子上采集的吧。"

"大概是吧。人的头发很容易掉，所以原来的头发都没留下来。"

"那么，国际警察的记录情况呢？"奈奈转过来问身边的孝弘。

"失踪列表中很快发现了和那个人偶一模一样的孩子，但是似乎到最后也没找到。"

真可怜，奈奈低声说。

孝弘刚刚把这个结果告知那对夫妻。

露伊兹非常小心地抚摸着分析室还回来的人偶。

"听了你的解释，我们总算有点明白了，为什么我们会觉得这个孩子的表情比较熟悉。那是学生时代上过复颜技术课的缘故吧。"老学者满怀感慨地说。

在旁边端详人偶脸庞的卡米洛也表示同意。

"教授经常告诉我们在附着肌肉的时候要排除感情。可是我们这些学生，那时候还不习惯和骨头打交道，怎么都会感受到死亡的影子，情不自禁地就会做出悲伤的表情。然后呢，下一次就想着不能悲伤，结果就搞出很怪异的笑脸。"

"相貌学者说的意思我现在也明白了。他讨厌这个人偶的原因是人偶让他想起了学生时代半生不熟的复颜像。对我们那么冷淡，是因为当年吃过不少感情过剩的苦头吧。"

丈夫轻轻拍了拍妻子的肩膀。

"这一次我们还是在鉴定物种，没能识别个体。在制作时努力避免联想到死亡的这个娃娃，和复颜像是同一个品种啊。"

孝弘慎重地说："我们通过国际警察的协助找到了这孩子的名字。但是，要知道这个名字，就要做好心理准备，接受他那不幸人生的具体信息。二位如何考虑？"

夫妻俩当即做出了回答。

"请告诉我们。"

"我和妻子打算一同寻访这孩子的亲人。如果他们还记得他的名字,就把这孩子还给他的家人。他们一定会欢迎他回家的。"

"如果不记得,那么我们会好好疼爱他,摸他的头,握他的手,一天到晚呼唤他的名字。"

奈奈默默听完了孝弘的讲述。孝弘坐在她身边,又喝了一口咖啡。

他依然没有真正理解疼爱布娃娃的行为。

不管这对夫妻如何疼爱那个布娃娃,这个孩子的灵魂依然不会得到拯救。以为他会得到拯救的想法只是一厢情愿,是尚在人世者的自以为是。

不过,至少制作者的灵魂可以得到拯救吧,孝弘想。分娩、起名、父母的期盼与思念……

"啊,又来了,那条狗。"

孝弘抬起头,只见少女和波索尔犬迎着风小跑过来。

他向逐渐靠近的少女露出笑容:"好可爱的狗。它叫什么名字?"

夏 衣 之 雪

"综合管理署为什么要插手笛子独奏会？"

对只想趁早撒手不管的孝弘，稻草人说了一句："哎，你先坐。"

孝弘一屁股坐在很不舒服的沙发上，重重叹了一口气。

他十分清楚，一旦被博物馆行星阿弗洛狄忒的著名所长——"稻草人"亚伯拉罕·柯林斯看座，就意味着这位所长已经决定要把事情——哪怕是再不相关的事情——交给他了。

"这个笛子啊，"亚伯与消瘦的身子不相称的圆脸上挤出了笑容，说，"是日本横笛哎。"

"所以呢？缪斯里本来就有日本人，而且他们和我这种万用扳手不同，人家是专业研究日本音乐的。"

"哎呀呀，你总是这么冷淡。我告诉你，美和子很高兴让你来负责这件事。"

孝弘抬头望了天花板一眼。

"是您煽风点火的吧？昨天我回到家，发现家里都变成丝绸店了。"

稻草人大笑起来，简直让人担心他那个西瓜头会不会从细细的脖子上掉下来。

"是吗？你的新娘是要穿和服吗？果然很喜欢晚会啊。不对，我找她是为了抓你，结果一看到这位前任第一秘书，就情不自禁聊起了工作。反正我也说了我会直接找你……哈哈哈哈，这态度怎么样啊？哈哈，不愧是美和子。"

"柯林斯先生，"孝弘打断了上司无休无止的蠢笑，"我也不是在说美和子，是在问工作。"

稻草人闭上了嘴，转而说："哦，是啊。你先看看独奏会的企划书。原文是日语。要投影吗？"

"不用。反正要拿资料，转发吧。"孝弘从左手腕的腕带上取出薄膜。

——摩涅莫辛涅，开始连接。所长发来的信息输出到薄膜显示器。

——了解。

与他大脑直接连接的阿波罗专用数据计算机，默默等待着没有直接连接的亚伯通过键盘进行的操作，最后才将一系列文字一气吐了出来。

孝弘读着这份企划书，久违地想起了自己身体中流淌着的日本人的血。"不单是独奏会，而且是继任掌门的喜宴，连广告中介在内的项目都做了准备——还真够夸张的。吹奏者是十五代掌门凤舍霓生。哎呀呀，真是年轻，才十六岁，看来企划公司是打算把他打造成日本传统音乐界的偶像啊。"

"嗯，是啊……"稻草人的表情毫无变化，鸡骨头一样的手指扭扭捏捏地绕来绕去。

"其实企划经理和霓生的经纪人很早就到了，唔……在六楼等我们的负责人。"

孝弘抬起头，感觉着亚伯的表情中隐约有种讨厌的东西。他小心翼翼地问："负责人是——？"

"你。"

"我?太急了吧,独奏会就在三天后啊。"

被点着鼻子的孝弘情不自禁地往前探出身子,亚伯嘿嘿笑着往后退。

"那也是你。"上司的婴儿脸上满是笑容。

"说是负责人,其实也就是个名义。一切都由企划公司安排。我们只是出借个场地,手续我已经全都办好了。总不能到了实质准备阶段,还要我拼命往里凑吧?"

"那你就交给缪斯的人啊。"

亚伯刹那间露出很遗憾的表情。"你先往下看。"

没时间怀念日语。孝弘得知的是,这一次的继任喜宴是在德墨忒尔的日本庭院举行。霓生的笛子是久负盛名的珍藏,凤舍家作为对阿弗洛狄忒的谢礼送来了许多很有年代的衣物藏品。

这是要自己去和德墨忒尔交涉,让他们出借场地的意思。另外,说到名笛和衣物,雅典娜绝不会坐视。所以要协调三个部门,裁决他们的争议,阿波罗必不可少。

混蛋,把麻烦事藏到这儿了。孝弘一边在心里痛骂,一边挠头。他的手突然一抖,停住了。

"这故弄什么玄虚?"

亚伯还是一副逃避责任的天真笑容,说:"照抄的,据说上一代的继承典礼上也展示过。"

"那号称已经隐居的祖父,也就是第三代掌门霓龟会在霓生继任时出场?"孝弘的眉毛惊讶地挑起,"夏日落雪的奇迹也会出现?"

"实际上,现在下不了雪,正头疼呢。"

洪亮的日语声回荡在阿波罗官署的展览准备室里。广告代理商小田仓正用夸张的动作敲打自己的脖子。

"说是下雪,其实是全息投影。有件夏衣名叫'回雪',只要掌门面对它吹奏笛子'劲雪',就会纷纷扬扬落雪下来,可惜有时候不太顺利。"

全息技术的大奇迹!问题是,这里并非城郊游乐园。

孝弘一副漠不关心的样子,淡淡地回答说:"如果是设备坏了,那就找人来修呗。"

小田仓拨了拨自己混着白发的长发。"哎呀,不好弄啊。小瑛说那是他们家传的秘艺什么什么的,他也不清楚。还说继承典礼的时候不要录像。可是我们也有我们的要求啊,刚刚还在和小瑛商量做个彩排。那才是又要搞得惊天动地又不许有声音。小瑛也不明白事儿。这不正是表演当中最吸引人的奇迹吗?算了算了,实在不行就听他的,把宣传都收了,搞个普普通通的继承典礼得了。"

男子耸耸满是头皮屑的肩膀。

"您说的小瑛,是与您同来的经纪人?"

"嗯,刚好来了。"

孝弘背后的门轻轻打开了。

"对不起,我来晚了。衣物藏品那边出了点问题。"说着话进来的男子很年轻,最多二十岁吧。比文乐小生人偶更显精致的脸啊,孝弘望着青年那白皙的面庞想。

浅灰色的墙面将他的深色和服衬托得十分醒目。衣服上有着近乎于黑的蓝色与焦茶色的精致碎点图案,似乎是名为泥染或者大岛之类的高级和服。孝弘对和服了解不多,不过美和子曾在他面前炫耀过。

紧身裁剪的和服,展现出青年难以形容的紧张感。笔直袖山从耸起的肩膀直落到手肘处,衣襟处 V 字形下的襦袢白得发亮。不知是不是没有针对青年消瘦的身材做过修剪,腹部的角带常常会向上跑,需要他用双手大拇指往下推。

青年低头的时候,横分的刘海顺滑地垂下来。

"给您添麻烦了。我叫桥诘瑛,是十五代霓生的哥哥。"

哥哥?传统艺术应该基本都是嫡子世袭,为什么把长兄放到一边,让弟弟继承?

看到露出困惑表情的孝弘,桥诘瑛微微一笑说:"我也在吹笛,艺名霓柏。不过祖父说弟弟比我灵巧。"桥诘瑛嘴角上扬,露出微笑,然而如同剃刀一般细细的眼睛中没有半分笑意。

——摩涅莫辛涅,开始连接。

孝弘悄悄召唤女神整理凤舍家的资料,以便稍后查阅。

"刚刚听小田仓先生说,全息影像没有出现?"

"嗯,真让人头疼。"桥诘瑛说着,挪开了视线。

"是不是设备故障?"

"唔……我不是继承人,不太清楚雪之奇迹的情况。我只是按照祖父的盼咐,将藏品展示用的衣物和继承喜宴需要用到的设备运过来而已。"

"如果方便的话,我们可以协助检查。"

"这……没有祖父的许可,单单我个人的同意,恐怕……但是,祖父和弟弟都在山里。"

"山?"

孝弘这么一问,小田仓带着一副了然于胸的表情插话进来:"就是在进行特训的意思。小先生在野外吹的机会不多。"

"难不成无法联系?"

"每天都会回去一次。不过,现在这边是……下午两点吧。"

桥诘瑛从角带下面取出怀表。景泰蓝的日式装饰,里面似乎是带时区的手表。他用对男人来说显得纤细的手指轻轻摆弄了几下,将阿弗洛狄忒的格林尼治标准时间隐去，显示出日本时间。

"不行啊，至少要等到明天。一直都是日本时间晚上十点联系的，今天的时间已经过了。"桥诘瑛的语调很轻快。

独奏会迫在眉睫，却出现了关系到独奏会成功与否的问题——身为总导演，态度不该这么悠然。孝弘收紧下巴，尽可能带着诚意说："总而言之，请让我们检查下笛子。请您放心，分析室隶属雅典娜，职员都是美术品的专家，不会乱来的。"

"是吗？那么就拜托了。确实，如果不能上演雪之奇迹，就连我也很难过啊。"

"说得好听。"低沉的声音，说的话却显得格外刺耳。是小田仓。孝弘吃了一惊，不禁来回打量他和青年。小田仓的嘴恨恨地歪着，而桥诘瑛的瞳孔中则燃起冰冷的火焰。

虽然很想知道这两个人之间发生了什么，但是深究下去显然会不可收拾。

"那么，掌门什么时候来这里？"

"这个——"小田仓又开始撒头皮屑了，"预定说是当天早上，搞得我们也没办法彩排。"

桥诘瑛居高临下地瞪着高声责难自己的企划人。

"小田仓先生，我想之前也说过，我们原本并不需要彩排。如果真的担心效果不好，就把充斥杂耍气息的企划方案弄干净点，改成普通的研究会，不是更好？那么一来，继承喜宴的格调也能变高一点。"

不知是不是受到了刺激，小田仓勃然变色。业界人士的脸真是厉害。

"呵呵，格调啊，那是当然。不过呢，日本音乐界一直都紧紧抱着传统不肯放手，我这把老骨头也想继续发挥余热。而且，不管你有什么想法，大先生和掌门都已经同意了。"

桥诘瑛垂下眼睛轻轻一笑："……是啊。"

"那么田代先生拜托了，劲雪与回雪就在那边的桐箱里。衣桁也带来了。"

"这么说，还是备车比较好吧。"

孝弘回过身去和小田仓商量。桥诘瑛离开时，衣裾发出刷的一声。

直接连接者专用单间里只有桌子、椅子和沙发。孝弘将最后一块三明治与咖啡一起吃下去。那是他跑去德墨忒尔流动商店买的新鲜蔬菜三明治，是把衣物送去分析室后好不容易才吃上的中饭。孝弘基本上没有咀嚼，直接咽了下去。他后悔自己不该一边看资料一边吃饭，伸指弹弹满是文字的薄膜显示器，伸了个大大的懒腰。

"干得好啊，稻草人，每次给我的任务都挺有料啊。"

孝弘想起小田仓的话，又不由发出叹息。桥诘瑛一离开，小田仓便简直要把整个肺都吐出来似的长出了一口气。

"真让人恶心。说什么继承典礼的格调，明明是他从头到脚都在冒出嫉恨的蒸汽。田代先生，你好好调查调查。没能好好下雪说不定也是那个娘娘腔动的手脚。"

孝弘当然不会全盘相信这个在尘世摸爬滚打了一辈子的人说的话，但是思想上必须做好面对最糟糕事态的准备。

事实上，桥诘瑛如丝般的眼神和冷澈的声音中，可以充分窥见他对雪之奇迹绝没有心怀期待。而且，他明明肩负着凤舍招牌的重任前来筹备独奏会，居然对雪之奇迹一无所知，岂不奇怪？

孝弘的视线落回画面，将所长一开始故意没有交给自己的重要资料又看了一遍。看到这份资料就能明白亚伯逃跑的原因。世界最大的人物资料数据库"点名"中记载的凤舍家情况如下：

十四代霓生，也就是桥诘兄弟的祖父，是邦乐界屈指可数的笛子名家，同时也经常以独奏者的身份参加前卫演奏会，有着灵活的艺术风格。不过随着年龄增长，去年又因为交通事故导致手部受伤，部分组织替换成了人工组织，虽然日常生活不受影响，但似乎对艺术表现产生了阻碍（当然，外行无法理解其中的精妙），于是改名为霓龟，引退做了顾问。

桥诘瑛，就是霓柏，当然从小就接受父亲和祖父的指导，以卓越拔群的技巧闻名。但是亲身教导他的父亲早早故去，没有成为十五代霓生。自那以后，即使在定期演奏会上，霓柏也总觉得自己不受重视，终于在大约一年前放弃演奏，就任理事及事务局长，专心管理业务。

另一方面，继承十五代霓生的弟弟因为年方十六，显然还没有什么值得一提的功绩。评论家普遍认为他的演奏还很粗劣，未来尚不可知。

为什么将技巧高超的哥哥下放去做事务管理，而让璞玉未开的弟弟继承掌门之位？这是祖父的偏袒，还是某种顽固的坚持呢？

"就算是阿波罗，家庭纠纷也不是我调停的内容啊。"发牢骚的时候，耳朵里响起轻微的滴滴声——摩涅莫辛涅有话要说。

孝弘的肩膀垂了下来。记忆女神的礼貌让孝弘十分感激。女神虽然只是数据库计算机，但是每当孝弘深陷在思考的泥潭，大脑电位上升的时候，她就会用温柔的声音先询问。这点和任性自私的人类非常不同，哪怕是妻子美和子也稍微……啊，不要想了，哪怕恨不得把女神一颦一笑都记在心里，她也没有身体。

"好的哟，摩涅莫辛涅。连接开始。有什么事吗？"

——有新的消息。发送方：分析室室长卡尔·奥芬巴赫。

"请输出到内耳。"

——了解。"出结果了，小矮子。"完毕。

输出到内耳的时候，除非有特别指示，否则会直接使用发送者的声音。卡尔慢吞吞的声音让孝弘苦笑。

——请回复:"很快啊,高个子。"

——发送方已经准备好了回复。

"哎,什么?"

——"让我快点的就是你啊。要是还有人比我更快,你带来见我,我踩死他。"

"完毕。"摩涅莫辛涅一本正经地说。

科学分析室中,连日来,办公桌上的阵地战反反复复无休无止。各部署送来的试料侵占了拼到一起的桌子,分析仪器的线缆奔放壮观。被侵犯的一方面不情不愿地搬回参考文献堆,另一方面悄悄对机器的使用预约表做手脚。

这些争夺场地的行为并不阴险,反倒不如说是充满了稚气的游戏气氛。分析室历来都洋溢着家庭般的氛围,充满欢笑。这样美好的状况显然反映了室长卡尔的人格魅力。他就是能在乏味的研究中找到乐趣。

孝弘刚进房间,乱糟糟的架子上就冒出一个褐色的卷毛头。

"哟,小矮子,这儿这儿。"

卡尔的声音很大。入口附近正在分析陶片年代的克劳迪娅·麦尔卡特窃笑起来。

"田代先生真是室长的玩具,都快成洋娃娃了。"

"也不错啊,要是能把我放在他腿上,那不管多矮都能给他下巴来一拳。"

卷毛头像是长在架子上一样,笑嘻嘻地看着孝弘走过来。

卡尔·奥芬巴赫真的很适合这个工作,有人格魅力,那超过2米的身高能让他从拥挤的解析设备中间冒出头来。孝弘在日本人里也算个子高的,但是完全没法和他相比。如果他不管自己喊小矮子的话,对他的评价再高一点也无妨。

孝弘刚抵达那无比凌乱的工作区，卡尔就等不及开始用左手模仿提线木偶了。

"你想在我腿上干啥？让我好好疼爱你？"

"真来可受不了。"孝弘想做个害怕的表情，结果还是笑了起来，"我这儿一直担心独奏会能不能如期举行，你倒是开心得很。"

讨人喜欢的卷毛德国人忽然变得一脸严肃。

"很遗憾，典礼不得不中止。"

"果然是有故障吗？"

"是不是故障，你先看了再说。"

他模仿人偶的动作僵硬地往外走，孝弘跟在后面。

穿过好多迷宫一样的隔间，炫目的白色突然间跃入眼帘。衣桁上展开的纯白衣物，上面有着随机的透明横纹。据说将在夏雪奇迹中用到的这件回雪，夹子一直夹到衽上，正悠然地展开衣裾。

"哎，一点图案都没有？真是雪色啊。"

"印象是很贴合吧。"

"听说在舞台上也会用衣桁。大概是模拟清纯的舞姬站姿，取雪山的意象。回雪这个词本来是说被风吹舞的雪花，转而寓意为'美丽起舞'。"

"是嘛！"卡尔大大的手掌一拍自己的额头，"有这样的意思啊。被你这么一说，展开的衣服确实是山的形状，整个形象都有了含义，哎呀呀，侘寂果然深不可测。"

这座以衣襟作孤峰的山，也许象征了金字塔般的师徒制度。孝弘忽然想到了桥诘瑛。

"那笛子有什么深刻含义吗，阿波罗先生？"

卡尔把附紫带的筒状物提起来给孝弘看。模拟雪花的莳绘映在黑漆上。名笛的鞘就在卡尔手中晃来晃去。桥诘瑛看到的话恐怕要当场晕倒了。

卡尔用长脚蜘蛛一样的手指从鞘里取出劲雪。那是一支丝绸卷裹的粗笛，指孔和吹气孔涂成了朱色。

孝弘决定坦白："劲雪这个词的意思是'结实、难以融化的雪'，但是别让我再往下解释了。我对日本音乐没什么研究，而且还有别的事情要处理，没来得及细查。"

卡尔脸上闪过一道狡黠的表情。"真是没办法。那你把薄膜显示器拿出来吧。"他一边说，一边呼唤美惠三女神中的一位。负责绘画与工艺的欧佛洛绪涅立刻回应了主人。

卡尔弯腰指向孝弘的薄膜显示器。

"这支笛子属于能管[①]。把烟熏过的竹子割成八段重新接合在一起，管内填充了名为'喉'的另一根竹管。最前面的头金[②]形状和鞘上的图案都是雪花模样，这份匠心大约就是名称的由来。这里用的不是裂贴，而是镶嵌，似乎也是能管的证据。反正不是什么好笛子。"

"哎，据说是名物啊。"

"音质方面，你要去问缪斯那些人，至少工艺不行。表面是藤卷[③]，不是桦卷，涂的漆也不是什么好东西。不过话说回来，如果不是这类东西，也不至于加上这样的装置。"

卡尔的手指从笛子的头部移动到尾部。

"这就是有问题的全息投影装置。通常的能管有七个指孔，这支能管这里还有一个孔，里面会射出微波。"

[①] 能管：日本横笛的一种。
[②] 头金：能管顶端堵住管口的金属片。
[③] 藤卷：为了防止开裂及美观的需要，日本的笛子外面会卷上一层藤条或桦树皮。其中用藤条的称为藤卷，用桦树皮的称为桦卷。后者比前者贵重。

"微波?全息投影不是应该用激光……"

"一般是用激光。不过只要有相干性,用 X 射线都没关系。用白色光更好,不容易产生斑点。"卡尔以科学家的语气说,"我认为,不用可视的激光,也许是为了更好的舞台效果。野外浮尘很多,如果让观众看到笛子里射出光线,大概会很扫兴吧。在演奏中,演奏者身体摇晃的幅度比较大,发光源不稳定,全息图像也不好看。恐怕接受参照波的地方还准备了许多其他角度的图像,一起组成飘雪的背景吧。不过要想确定,只能检查过带干涉纹的真正回雪才能知道。"

"真正的回雪?"孝弘很疑惑,"你是说,这件衣服——?"

"如果这就是正品,那奇迹本身就是胡说八道。"

孝弘抬头望向衣物,呻吟起来:"这不是回雪啊?从透明纹路的模样看起来,好像还挺像干涉纹啊。"

"小矮子,你对山的意境是挺有心得,但太执着于整体氛围也不是好事。全息投影的纹路间隔是以微米为单位的,可不是肉眼能看见的东西。根据欧佛洛绪涅的纺织品图鉴,这只是普通的乱绍而已。你还是赶紧去找满载诡计的正品吧。"卡尔把正要开口的孝弘的头紧紧按住,"你要说什么我知道。纤维分析当然做过,什么都没有,就是丝。虽然丝绸的质地倒是远比笛子的材料好……怎么,弄疼你了?抱歉。"

孝弘摇摇头,他的脑海里只有桥诘瑛的灰白脸上意味深长的眯缝眼睛。

"说不定从一开始就是骗局……"

"你说什么?"

"不用管我,我自言自语。对了,泷村大姐回来了吗?我要把笛子和衣物还给他们的主人。摩涅莫辛涅说她叠得最漂亮。"

孝弘一说出日本服饰与生活工艺品的专家名字,卡尔顿时张大了嘴巴:"哎呀,你也不知道?这还真是够急的。"

"什么够急的?"

"我也想找她看看这件衣服,结果她坐三点的飞船去地球了,说是所长着急催她赶紧去。"

"稻草人让她去哪儿了?"

卡尔又拨弄起能管的鞘绳。

"就是这个凤舍家。"

阿弗洛狄忒所在的第三拉格朗日点,在地月间重力均衡点中算是稳定度较低的点,好处在于不用时刻修正轨道来保证位置的正确性。所以除了坐落在小行星内侧的德墨忒尔外,大部分学艺员的工作时间都依照地球的惯例,下午五点结束。

但是加班情况也和地球上一样。

孝弘开着金色的阿波罗专车,在返回酒店的观光客中穿梭飞驰。车上装的是便宜的笛子和伪造的衣物,孝弘的心中装的则是对桥诘瑛的疑问。

摩涅莫辛涅报告说,已经与泷村房枝乘坐的穿梭机建立了空中通信线路。孝弘嘟囔说"真是时候"——泷村不是直接连接者。一旦离开阿弗洛狄忒,要和她取得联系就很费事。

"田代先生,怎么了?"

孝弘把薄膜显示器加在挡风玻璃上,显示器里显示出花白头发和满是皱纹的脸庞。不知道泷村是哪里人,她的日语中有种令孝弘怀念的腔调。

"泷村大姐,听说你那边的衣服也拿错了?"

"是啊。今天早上收到凤舍家的货物,我还卷好了袖子打算大干一场,结果刚开了第一箱,发现目录和内容完全不是一回事,可是看后面的箱子数量,件数又是对的,所以我想是不是弄混了,因为展览和典礼是同时举行的,对吧?目录和展板都做好了,吓死我了。"

"真是头疼。所以特地到凤舍家去取?"

她一点也没有头疼的样子。

"不是啊,那时候刚好瑛先生来取回雪。我一说这个情况,他就低头道歉,说这些货物的准备都是他的指挥,是他的责任,然后和家里联系重新准备正确的衣物,还说为了赔礼道歉,特别再借几件国宝级的能乐服装,让我自己去挑选。真是很大方的人呢。"

"他拿着什么样的衣服?"

"我没看里面的东西。瑛先生看了包装说'啊,就是这个',飞快拿走了。回雪怎么了?"

孝弘把至今为止的经过简单说了遍。说的时候,泷村"啊""哦""嗯"应和着,仿佛民谣一般。

"哎呀呀呀,这个是大事啊。"

"我在想他是不是故意拿假的回雪过来,因为他看起来并不愿意表演雪之奇迹。在凤舍家送来展示的衣物当中,有没有类似真品的东西?"

泷村皱起眉头,双手合十,向孝弘虚空一拜。

"对不起啊,我虽然开了几箱,但因为内容和目录不一样,心急火燎的,没看清楚。而且瑛先生说,里面混的都是不值一看的普通衣服,匆匆忙忙把箱子关上了。他还说,明天他会好好整理整理,把不要的都送回去。"

"这个态度很奇怪啊。"

"被你这么一说,我也觉得他这么急着送回去有点奇怪。难道说真品混在那些衣服里面?"

如果回雪混在送回去的衣服当中,那就没办法了。就算一到地球就立刻发回来,也绝对赶不上继承典礼。

"总而言之,我去问问瑛先生。现在……日本是深夜两点半啊,这可真不是打扰的时间。泷村大姐,不好意思,能不能在当地一早帮我问一问凤舍家?问问他们真正的回雪是什么样子的。我想确认送回去的衣服当中是不是有回雪。"

"嗯,没问题。反正要在这里关二十八个小时,闲着也是闲着。"泷村点了点头,又嘱咐孝弘说,"田代先生,不管做什么,一定要小心啊。这件事情关系到家庭纷争,尽可能不要闹到外面去。"

"大姐您放心,不用嘱咐我也知道。"

日本人总是会盲目崇拜传统艺术、家长权威之类的东西。孝弘深深感到,不管是泷村还是自己,都有点太过重视这一点了。

孝弘来到酒店拜访桥诘瑛,却没有找到他。同住的小田仓说他到后面公园吹笛去了。

宽敞的公园被堪堪落山的太阳染成藏青色。伴着习习凉风往前走,孝弘听到远处传来笛声。

街灯的白光下面有一位身着和服的男子。

桥诘瑛的上半身激烈摇摆,如痴如醉地吹奏着,宛若爵士长笛的即兴表演。笛声固然柔美,旋律却令人目眩,不愧是被评论家称为"技巧超绝"的人。

不知是不是察觉了孝弘的靠近,桥诘瑛突然中断了吹奏。他手中的笛子和能管不同,是将竹子直接切下来制成的纤细白色筱笛。

"运指如飞,果然厉害。是什么曲子?"

面对难以下手的对象,首先以问题开始——这是孝弘的信条。对谈话对象而言,能够向天下知名的阿弗洛狄忒学艺员传授知识,是件脸上有光的事。

然而桥诘瑛的脸上露出冷笑。

"没有曲名。横笛本来就是即兴演奏的乐器。"

"是吗?那古典曲呢?合奏部分总有规定吧?"

"对。"

桥诘瑛的态度依旧很冷淡。

"曲谱呢?"

"有曲谱,也有口唱[①]。"

"生姜?"

孝弘做了个捣生姜的手势。青年摇摇头,握拳放在嘴边笑了。孝弘第一次听到他发出轻轻的笑声。

"您可真有趣。您知道的吧,有些人会用口唱模仿三味线,就是所谓的'粗中细'[②],笛子上也有这种……"

桥诘瑛的白色喉结展露在街灯下,歌唱起来:

"哦嘿呀啦吆、哦唔哦唔嘿。哦嘿呀呼吆、咻吆唔哩、哩哩哩咜唔咾。"

"发音完全符合笛子的音节,果然厉害。"

这是孝弘发自内心的赞叹,但桥诘瑛的瞳孔中倏地燃起了火苗。

"够了,田代先生,我没那么容易上当。您这么晚来找我,不会只是为了说'厉害'吧?请您调查的劲雪、回雪,有什么发现吗?"

孝弘尽可能平静地说:"很遗憾,回雪似乎不是真品。"

桥诘瑛的表情凝固了,右手理了理和服的衣襟。

"是吗?那可为难了。"

[①] 原文中桥诘瑛说的是"唱歌をする",与"捣生姜"(生姜を擂る)相近。此处指的是一种演奏方式,它遵循一定的规则,乐器旋律、演奏方法都能以口头或书面形式表达。这里为避免混淆,译作"口唱"。后文桥诘瑛实际表演了口唱,但中文无法对应翻译,只能以拟音字代替。

[②] 粗中细:三味线是日本的传统乐器,由中国的三弦发展而来。乐器上有粗弦、中弦、细弦各一根。不弹琴而用口发出声音模拟的时候就被称为粗中细。

"真的让您为难吗？"

桥诘瑛盯了孝弘一眼，随即垂下视线，叹了一口气。

"典礼出现问题，身为负责人的我岂有不为难的道理？不过，不能上演雪之奇迹，坦率地说，我确实觉得未必不是一件好事。弟弟的技巧还需要雕琢，可是现在就在学着祖父迎合时尚。祖父说，下雪能衬托情绪，是个好主意。可是我以为，要让弟弟接触这些奇技淫巧，还是等他把艺术本身牢牢掌握了之后也不迟。。"

说到这儿，他猛然抬起头："难道说，您在怀疑我藏了回雪？"

孝弘被他说中了心思，一时不知道如何回答，只能换个话题糊弄过去。

"听说您明天要把衣物送回去。"

"对，难道您以为衣物当中混有真品？"桥诘瑛皱起眉头，"既然如此，您可以来监督我的整理过程。虽然都是些家常衣物，恐怕有污贵眼，不过您若是坚持，我也没有意见。"桥诘瑛似乎对于自己受到的怀疑愤愤不平，挑战似地说。

好，既然让我看，那我就好好看看。孝弘索性决定赌一把。

"那么我就失礼了。正好那时候差不多也能从您家里得知回雪的样貌。"

桥诘瑛仿佛陡然瞪了一下眼睛，不过……

"那样最好。到时候也请您告诉我那是什么样的衣物，我们一起找找看。"

他是狸——不对，他是风度翩翩的狐。

"哎呀呀，还在官署啊，真是辛苦。"

被关在穿梭机里的泷村，在晚上九点多的时候联系了孝弘。孝弘已经做好了睡在办公室的准备。对泷村来说，这是当地时间早上六点。

孝弘暗自祈祷，但愿风舍家习惯早起。

"田代先生，有个好消息，知道回雪是什么样的衣服了。"

"是吗！太好了。"孝弘大概露出了如释重负的表情。

泷村像是看透了他的心思，说："幸运啊，田代先生也能一眼分辨，上面是雪的图案。"

"雪的图案？"

既然是具体图案，就算是不熟悉日本传统文化的自己，应该也能够轻松找到吧。孝弘本来担心是那种雪山之类的抽象意境。

"风舍家说他们也会去检查自家藏品，如果有什么发现会再联系。田代先生也要努力哟。"

孝弘再一次向泷村表示感谢，切断通讯后，情不自禁地低声说了一句"真是幸运"。既然知道是什么图案，那就没问题了。

幸免于彻夜不眠的孝弘，心情愉快地开始收拾东西，准备回去。

第二天，他去找志同道合的雅典娜老练学艺员奈奈·桑德斯帮忙。

奈奈正在接替泷村，负责和服展示的准备工作。

孝弘把她喊到走廊说明了情况，精干的黑人女性回答说"帮忙是没问题"，以黑豹般的优美动作抱起胳膊，

"不过我能派上用场吗？名义上是大姐的代理，其实我只是按照目录号码把衣物排好而已。我对日本文化实在了解不多。"

"只要你的眼睛不是玻璃球就没问题。我们要找带有雪的图案的衣服，大概是雪花什么的吧。笛子就是那样的。"

她噗的一声，淘气地笑起来："那样的话好办。你每次都拿难题过来，搞得我紧张兮兮的。"

"别挖苦我了。"说实话，求她帮忙确实也不是一次两次了，孝弘也实在没别的好说。

"不过这回可以放心了。阿姨都说太幸运了，这工作很轻松。"奈奈夸张地仰天叹息。

"为了让一个人幸运，周围人需要忍耐多少不幸啊——"

孝弘作势要打，奈奈哇的一声，一边笑一边捂住头。

与展示会场相邻的会议室里堆满了要送回去的衣物。奈奈他们已经事先剔除了目录中没有的东西。

清扫得一尘不染的地板上铺着不织布，上面的包装箱一眼望去不下一百五十个。估计展示品有近一半都是不对的。

过了中午，桥诘瑛出现在会议室。奈奈看到他，不禁低声赞了一句"真帅"。

今天的桥诘瑛穿着细纹和服。深绿色的背景和茶色的条纹，素雅的色调更强调了他的年轻。衣服固然貌似很高级，人也绝不输给衣服。这正所谓相得益彰。

桥诘瑛仍旧带着冷冷的笑容，点头示意，在不织布的一头脱去草鞋。袜子也是雪白的。

他来到两个人面前坐下。

"回雪据说是雪的图案。"孝弘这样一说，桥诘瑛只是点点头，然后以膝盖为中心，转过身去，面对衣物之山。

"首先请拆开包装。不要相信包装上写的，里面的内容有可能不一致。不过，田代先生，我是不是不要碰比较好？"

奈奈微微挑起眉毛。欧佛洛绪涅翻译了他的日语。令人不快的表述天下都一样。

"不，一起来吧。我还不至于如此怀疑您。"

"'不至于如此'吗？"

桥诘瑛苦笑着去拆包装的纸绳。

眼前迅速筑起色彩之山：金茶、黄土、薄红、浅葱、茄紫、嫩绿、萌黄……

"带子不用确认吧，田代先生？"

"嗯。"

锦丝带被粗鲁地扔出去。

"那么，开始检查。要是找到就好了，田代先生。"

每句话后面都跟着"田代先生"，让孝弘有些别扭。桥诘瑛的嘴角微微扬起，显然是明知故犯。

"回雪是夏装，首先把夹衣①分出来，只看单衣就行了吧。"

只是区分有没有衬里，连幼儿园小朋友都做得到。虽然也有冬衣不带衬里，譬如羊毛衫，不过衣服的材质不同，不会混淆。奈奈倒是把同为单衣的长襦袢搞错了，不过衣服上是红梅图案，也不至于和雪弄混。

桥诘瑛刻意把自己检查过的冬衣堆到孝弘面前，然后再收进包装，放入发货用的桐箱。

数量庞大的夹衣消失后，房间染上了恬淡的色彩。留下的基本上都是冷色系的薄织物，共计四十三件。

青年慢慢打量这些衣物。"回雪肯定在里面吧？"

孝弘一直盯着他的侧脸。他的目光变得柔和，咄咄逼人的态度也不见了。

孝弘感到自己的脖子有点僵硬。难道自己对这个青年的怀疑是错的？明明眼看真正的回雪就要大白于天下，嫌疑犯青年的表情却如此平静。

"差不多都是半透明的布料，薄得像蜻蜓翅膀一样。"奈奈感叹说，她的手掌上滑落一道浓浓的胭脂色。

孝弘翻译过去，桥诘瑛用明快的声音解释："是的。这是穿在白色驹绢长襦袢外面的，凉爽通透。"

---

① 夹衣：两层的衣服，一般为春秋季穿着。

"刚才我弄错的单衣长襦袢不能穿外面？"

"不合适。衣料季节也不对，这种颜色和图案反而会感觉闷热。"

"哎呀，看来我不会配衣服。和服的规矩真比腰带勒得还紧。"

青年发出轻轻的笑声。孝弘更加坐不住了……

然后担忧变成了现实。

桥诘瑛把最后一件衣物叠好，介绍说那是越后上布①，随即宛如木偶净琉璃②终场，双手一摊，垂下头说："没有找到雪花图案。是吧，田代先生？"

孝弘只能沉默无语，就像是下棋输了的老大爷，视线落在自己盘坐的双腿上。

"田代先生，麻烦您这么长时间实在不好意思，不过这样的结果也很好。"

青年的声音柔和。孝弘抬头，只见桥诘瑛微笑着。

"继承典礼的演奏就会变成专业性的吧。对弟弟来说，这才是最好的。就算技艺粗糙，只要全心全意去吹奏，大家也会体谅的。"

桥诘瑛对弟弟的疼爱似乎是真的。孝弘感觉自己的心仿佛沉入了浓重的罪恶感里。

为了让冬衣赶上三点钟的穿梭机，奈奈去办理发送手续了。她似乎很喜欢这个表情端庄、性格冷静的青年，和他约好日后听他吹笛子。桥诘瑛淡淡地说，自己要先回酒店一趟，和家里讨论善后之策。眼下刚好是掌门联络自家的时间。

提不起精神的孝弘和他们道别，默默走向阿波罗专属金色小车。在德墨忒尔，小田仓一边和日本庭园的管理者对峙着一边在等他。管

---

① 越后上布：高级夏布的一种，专门用于制作夏季和服，2009年被列为世界遗产。
② 木偶净琉璃：一种木偶戏，与歌舞伎、能乐并为日本三大国剧。

理者说，架设舞台的一行人占地比原先说好的要大，庭园都破坏了。夏日庭园里除了舞台，还要竖起照明灯杆，还有搬运用的大型推车在蹂躏灌注了心血的夏草，是可忍孰不可忍。在这种时候自己还要跑去告诉小田仓说"不用指望雪之奇迹了"，孝弘想想都觉得自己很可怜。

孝弘不情不愿地坐进车里，展开薄膜显示器，做好连接准备。泷村乘坐的穿梭机通讯一直占线，摩涅莫辛涅正在不断尝试联系。飞往地球的旅途快结束了，旅行者们大概都忙着和迎接的家人朋友商量行程吧。

"真正的回雪到哪儿去了呢？"

独自一人的时候，孝弘不禁叹息起来。舞姬端端正正地留在凤舍家里吗？这样的话，剩下的十六个小时就是关键。凤舍家收藏的和服数量恐怕非同小可，要从这些和服中找到回雪并在早上十点前送到飞往阿弗洛狄忒的穿梭机上，才能赶上继承典礼——这还是假定回雪确实留在凤舍家里。如果回雪是在阿弗洛狄忒上失踪的，那就完蛋了。展品的破损和失踪对博物馆来说是致命的。

——通信线路连接成功。接收者泷村房枝。

摩涅莫辛涅还没有说完，孝弘便把小车停到了路边的灌木丛旁。

"大姐，凤舍家的情况怎么样？那边找到回雪了吗？"

显示器中的泷村因为他的这一句话一下子老了十岁。

"这边也没找到。"

听到她的回答，孝弘老了不止十岁。

"哎，看来必须考虑最糟的事态了。难得大姐还说我幸运，结果却是这样，我真可怜啊。"

"嗯？"泷村问，"什么幸运？我没说过啊。"

"说过啊，你说'幸运啊，田代先生也能一眼分辨'。"

泷村的眼睛一下子瞪得老大，一声大吼炸响在孝弘的耳边。

"你听错了，我说的是合纱！①两片同样质地的轻纱缝在一起的衣服！"

"两片轻纱！"孝弘连招呼都不打直接切断了和泷村的通话，然后接着叫，"摩涅莫辛涅，快接奈奈·桑德斯，紧急！"

孝弘把小车转了180度，看了一眼仪表盘上的时间。下午两点五十二分，离穿梭机出发还有八分钟。

踹了加速器一脚的同时，奈奈出现在薄膜显示器上出现。"什么事啊？"

孝弘立刻怒吼起来："把衣服拦下来！"

"怎、怎么了？"

"被骗了。差点放跑了回雪。那不是单衣，是合纱，两件缝在一起的。"

"合纱？"奈奈用一种像是调戏新婚夫妇的语气念出和服的种类名。

小车是用来搬运美术品的，速度很慢，连载满观光客的循环公交都比不上。尽管如此，孝弘还是拼命提升速度，好不容易赶到了机场。定期航班刚好开始在足有五公里的跑道上滑行。一想到衣物可能还在那上面，孝弘就不寒而栗。

孝弘在机场内通道上飞奔。左手中握成一团的薄膜显示器上，奈奈在呼唤他："没有啊，孝弘。拦下来的衣服里没有找到类似的东西。怎么办？我们无视了主人的返还要求，违反纪律了。"

"真的没有吗？"

衣服被奈奈拿到了清空的接待室。孝弘感觉那里距离自己遥遥无期。奈奈在显示器中无力地告诉他："有四件衣服像合纱，但是都不

---

① 合纱读音为 Shaawase，幸运读音为 Shiawase，非常相近。

是雪的图案。两件是草花，一件是椭圆的水珠，还有一件是河川上漂着许多舞扇。"

"好好看看。舞扇的扇面上有没有雪花？他既然把合纱放到冬衣里面，那绝对应该在里面。啊，好了，我到了。"

孝弘推开接待室的门。

奈奈站在大型电视机前面，一副快要哭出来的表情。她从摊在桌子上的衣服中拿起一件，给孝弘看。"舞扇的图案是芒草。"

孝弘把散落的四件合纱一件件拿起来看。半透明的质地，隐约的条纹，两片薄纱重合在一起会产生出云纹。图案绘在里面的薄纱上，带有半透明的幽玄韵味，不负"合纱"之名。

孝弘的手在一件黑色衣物上停下。他上上下下打量了半天，终于发出无力的笑声，蹲到地上。他朝一脸担心的奈奈摆摆手，一边笑一边用日语说："我又'捣生姜'了，而且还捣了两回。"

"喂，生姜怎么了？别吓我啊。"

孝弘扭了扭身子说："我是说我听错了两次。'幸运'与'合纱'，'雪的图案'和'雪轮图案'。"

孝弘一边擦笑出来的眼泪，一边指向衣服上散布的水珠。拳头大的水珠边缘犹如分光镜一般放出彩虹色。

"这是'雪轮'？"

"这个翻译不太准确，总之就是日本人喜爱的意境。日本人喜欢用几何学的设计来表现自然，比如用三角形比喻蛇鳞，用勾玉比喻魂魄。在没有相机的年代，表现雪的就是这个圆圆的图案。日本下的雪基本都不是清晰的六角形。"

雅典娜学艺员仰头望天。喜欢学习的她一定是在向欧佛洛绪涅请求传统图案的资料吧。过了一会，收回视线的奈奈轻轻抱起了胳膊。

"真遗憾，桥诘瑛看上去是个很好的人呐。"

"哎，他一定会一口咬定自己不知道，记错了衣服种类什么的。"孝弘望向自己的薄膜显示器，"总之现在要尽快通知大姐，还有凤舍家，让他们放心。这样一来，典礼也可以按照当初的预定顺利进行。"

接待室的门忽然被推开了。奈奈倒吸了一口冷气。

"找到了呀。"桥诘瑛拨了拨刘海，生硬地说。他的灼热视线射穿了学艺员和回雪。

"我在公交车车窗里看到田代先生表情仿佛夜叉似的一路飞奔，所以过来看看。"并没有人问他，他自己低低解释说。随后他突然伸出手。衣裾刷的一声。"这个还给我吧。"

"不，这是——"就在这时，孝弘的内耳响起轻轻的声音。

孝弘突然停顿不言，桥诘瑛露出了惊讶的表情。学艺员沉默了几秒之后，咬了咬嘴唇低声说："刚好。"

"桥诘先生，您做不了掌门的心情我也理解，但是我认为，像这样嫉妒您弟弟的做法不是很妥当。"

桥诘瑛勉强挤出笑容，一副悲从中来的表情。

"呵呵，你们都这么说，让我也不得不配合你们演好我的角色。说实话，如果说我一点都不嫉妒弟弟，那确实也是说谎，但同样作为吹笛人，我心底首先是觉得他可怜。他还年轻，还没能牢固掌握吹奏技法就要去迎合祖父要求的时尚趣味，就算做了掌门又能如何？现在有祖父撑腰，没人能说什么，可是祖父一旦过世，他该怎么办……"

桥诘瑛用女人般的手指抚摸着角带的花纹。奈奈换了个抱胳膊的姿势。

"周围的人们怎么想？你和他们谈过吗？"

桥诘瑛向奈奈投去自嘲般的笑容，随即又低下头。

"我谈过，他们就和田代先生说的一样，只是更过分罢了。不管我再怎么解释自己的真心，也没人听。大家都拣容易的说：妒忌、嫉恨、骨肉相争……我能做的只有作为经纪人守护弟弟而已。好了，请还给我吧。这是权利人提出的要求哟，田代先生。"

孝弘直视着桥诘瑛的脸，确认了他的坚定意志后，静静地下令：

"摩涅莫辛涅，指定通讯输出。机场内 J 接待室。电视屏幕。"

大型电视机的画面亮了起来，显示出"了解"两字。

"能听到吗？"

孝弘的指令还没结束，画面就切了过去。桥诘瑛发出啊的一声低呼，身子僵住了。

"哥哥。"画面里出现一位少年。用的是酒店的公共通话器吧，在吉原结纹样的浴衣背后，可以隐约看见黑沉沉的庭院树木。

十五代霓生飞快地说："不是的，哥哥。雪的奇迹只是前奏，真正的继承演奏在那后面。雪之奇迹给大家尝过鲜以后，就要真刀真枪地表演了。所以……所以……我全心全力在练。我会进步的，会更灵巧的，所以……"

接待室的每个人都沉默了，房间里只剩下摇曳树枝的夜风声。

面积堪比澳洲大陆的人工行星阿弗洛狄忒 73% 都奉献给了农业女神。从已知世界搜集来的生物，在通过环境调节模拟出的人工海和迷你山中幸福而无知地生活，还有一些则是在豪华的建筑中享受着无微不至的照顾。

那一夜，德墨忒尔的职员们抱怨说再也不借场地搞什么典礼了，总算放过了孝弘。这时候继承典礼的开幕词已经快要结束了。

"赶上了，真不容易。"

一赶到员工席，缪斯的职员赫伯特·木村肥嘟嘟的脸上就露出笑容。对这个特立独行的日本音乐研究者（而且向来因为与卡拉扬同名而自豪），孝弘苦笑着回答说："确实不容易"。要是错过了演奏，刚刚抱佛脚向木村学来的知识全都打水漂了。

临时设置的员工席位于舞台侧面,从这里可以清楚看到观众的情况。客人的数量比预想的要多。先搭穿梭机,再坐直升机,最后乘巴士过来的热心听众,将德墨忒尔职员们灌注心血养育而成的夏日原野围得水泄不通。

如雷般的掌声涌起,在舞台上结束了致辞的新旧掌门朝台下深深鞠躬。

个子不高的新掌门用优美的动作从肩上卸下带家徽的羽织①,递给退场的祖父。身着素黑和服,下身缟袴②的少年,肃穆地望着穿正装的流派弟子将回雪挂在衣桁上。

"啊,要是录像就好了。"赫伯特后悔地说。

霓生伸手取过劲雪,灯柱上的聚光灯逐渐暗淡。

少年深吸一口气,准备好开幕的"笛之一声"。

观众如水纹般一层层安静下来。满场都是期待和紧张。

笛声似细针迸射,能管的最高音——慑③如女性的悲鸣,四个八度上的F调在听众后背掠过寒意。通过微妙的指法和运气,音调逐渐下降。以难融的雪命名的笛子发出仿佛锋利刀刃的声音。再度跳上F时,观众的视线都聚集到映出雪影的霓彩雪轮黑合纱上。

全息投影的雪,配合着与其兄相似的狂野演奏乱舞。隐隐烁烁的十重、二十重雪幕。

孝弘的心终于放下了。

猛然响起的能管紧紧攫住大脑,激荡狂舞的雪使人眩晕。霓生在多次反复如劲丝般的旋律后,以清澈的慑音结束全曲。

---

① 羽织:一种和服的短外罩。
② 缟袴:一种下半身的和服,类似裙子。
③ 慑:日本能管独有的极尖锐高音,甚至可以超出人耳的听觉范围。

漂亮的唇刚从歌口离开,照明就全灭了。

厉害啊,小田仓先生。孝弘心悦诚服。用这种安排抑制鼓掌,无可挑剔。观众就那么举着手,阅读舞台侧面的发光提示板:

"Be quiet. And listen to the murmur of the universe……"

"请安静,侧耳倾听这包罗万象的低吟……"

文字刚融化在黑暗中,脚灯便微微放出青光。光线中浮现结束了全息投影的衣物,以及少年身影的纤细线条。

在水底的色调中,换了笛子的霓生,已经摆好了造型,一动不动。

他手上拿着一支简朴的上品篠笛,那是雅典娜和缪斯都垂涎的五笨调子①的名笛"韶雪"。

掌门垂下了顾长的眼帘,轻轻侧首,圆润的脸颊微微泛红。

霓生没有动。始终一动不动。观众的紧张逐渐升高——

就在此时。

呦——柔和的风拂过脸颊。小草沙沙,犹如贵妇人衣裾的摩擦。

混杂在抚拂草原的风中,"韶雪"演出柔美的音。

旁边的赫伯特缓慢而用力地点了点头。

不愧是令专家欣喜的竹之声。他昨天对孝弘说"我认为霓龟的人选是正确的。霓柏确实很厉害,但那干涩的声音像是长笛。这一点上,姑且不说技巧,至少霓生的笛声确确实实是竹之声。"

笛声随风息而绝,待风起而再生。这一回像是要成为风的对手般,转为短奏。夜风、草声、笛音,上升而下落,纠缠而分离,急迫而悠然,微妙地起承转合。

不知不觉间,连虫声都加了进来。从草原中得到了绝妙回应的少年,眼眸中隐约流露笑意。

---

① 篠笛的"调子"是根据其基准音所做的分类,"五笨调子"又称"五本调子""古典调",相当于A调。

霓生渐渐挺起胸膛,但那与哥哥霓柏的热情明显不同。桥诘瑛的激动是技术,是将自己的主张放到面前;相对地,弟弟的早笛则是给人的印象就仿佛他在向包围自己的大气请求,是从脊椎中引出一般。

凤舍霓生这个少年已经不在了。纤细的身体被笛音洗炼,逐渐变得透明。

他已经化作吹拂的风,化作摇曳的草,化作超越时间的竹,化作振翅鸣叫的虫,只剩下以这夜晚为友的舒缓呼吸的声音。

孝弘将身体浸入这声音中,闭上眼睛——

微微的灯光照到合纱内面,雪轮发光的残影遗留在眼睑内侧。舞动的绢在风中沙沙作响,化作了不是全息投影的雪的幻影,填满了孝弘的脑海。散发微光的雪之残像,乘着编织在夏日原野的旋律,如星如萤,纷纷扬扬,若隐若现。

夏雪。奇迹如是。

披着家徽的桥诘瑛和祖父,并肩站在舞台一侧,凝望着霓生。哥哥如人偶般的脸上,没有了平时的冷笑。孝弘知道,他在心底微笑着。

撤出舞台的大型推车破坏了演奏的余韵。

孝弘呼呼喘着粗气,他终于从再三叮嘱的德墨忒尔职员们的抱怨中逃了出来。

"田代先生。"

孝弘回过头。桥诘瑛向他深深鞠躬。

"给您添麻烦了。"

他肩膀的线条原来这么柔和啊,孝弘想,大约是因为他终于展现出了与年龄符合的笑容吧。

青年爽朗地说:"我被祖父训斥了一顿。不过祖父也说,我还可以吹笛……兼任经理,并不是剥夺'霓柏'之名。"

"这是知道你对弟弟的牵挂呀,不是说笛声如心声么?"

孝弘第一次见到他露出了羞涩。那是奈奈喜欢的美丽神情。

"但是,今后就是艺术上的对手了。我吹不出那样的音色,不过掌门的技巧也还要再磨炼。"

"我很期待啊。"

"嗯,大先生还说希望和您畅谈一番。您会来参加庆功宴吧?"

孝弘遗憾地摇摇头:"对不起,我去不了。麻烦事一件接一件。"

"那么改日再向您道谢。"

"不用客气。对了,我倒是有个请求。"

桥诘瑛挑起眉毛,摆出"无论何事请尽管提"的表情。

"不,不是什么大事。只是我内人大概会去宴会叨扰,能不能稍微夸夸她穿的和服?这段时间有点忙,没顾得上讨好她,好像有点闹别扭。如果您能夸她两句,她的心情大概也会好点。"

青年的目光变得柔和。

"那么我就学一回花言巧语吧。您夫人有什么特征?"

"中等个头,短发,偏偏今天选了件最老太婆的衣服,像是白色浴衣,碎白点花纹,很不好看。"

桥诘瑛突然咯咯笑了起来。孝弘茫然地看着他。

年轻的笛手说:"您说的这一位,我已经见过了。"

桥诘瑛拳放在嘴边。垂下的刘海间,眼睛淘气地向上翻了翻。

"那是最高级的织物,名为'夏结城',一件可以换五十件浴衣。"

"哎、哎、哎——?"

"幸好您很忙啊。我的多此一举看来并不是白费。"年轻人开玩笑说。

祈候天赐的手型

博物馆行星"阿弗洛狄忒"。

专程来到第三拉格朗日点的人，基本上分为两类：想看梦的人，和想织梦的人。

想看梦的人容易理解。因为这里是博物馆，已知世界的一切——从需要一公顷荒野的环境艺术，到经过变异用于火星开拓的细菌——都汇聚在这里。充满好奇心的人，只要忍受二十八小时的虚空之旅，便可以大饱眼福。

难以理解的是为了织梦而来的人。阿弗洛狄忒过去和现在都承担着类似卡内基音乐厅一般的任务，也有人把这里当作孤注一掷渴求成功的场所。这并不仅限于缪斯。不管是公演、特展，还是举办学会，都是一样的。结果就是无数心怀宏愿的企划公司、美术商人纷纷发来活动申请，盼望自己培育的植物种苗能被动植物部接收的园艺师也要求增加接待窗口，想让新人在这里一展歌喉的唱片公司则是采取人海战术，恨不得拉一个军团的歌手过来。

当博物馆染上了商业气息后，学艺员们殚精竭虑搜集来的艺术品就被贬成了货币，货币的面值单位则是"美"这一毫无意义的东西。

综合管辖署大厅靠墙的地方放着一尊低调的教诲：身为学艺员，不可忘记矜持。

那是名为"手掌"的女性雕像，具有浓郁的文艺复兴时期风格。人造大理石的光洁面颊，连褶皱都清晰可辨的优美服饰，丰满完美的肉体。她的手臂弯曲着，掌心向上，伸向面前的天空，左手稍稍靠前，像是捧着什么东西。

希塔·萨达维轻盈一跃，去看手里放了什么东西。

"骗人的。"希塔·萨达维撇撇嘴。

背后响起一个男子的声音："我们在那里放的是美。就像您刚刚的一跃，非常美妙。"

希塔回过头，朝男子冷冷地微笑。比常人大一倍的丹凤眼中，漆黑的眸子犹如黑曜石一般闪烁。黑发扎成一个马尾，小麦色的脸庞上眼睛如星星一样闪亮。

"难得有人夸奖，可惜我不是芭蕾演员。"

"那么在您的舞蹈中，刚才的跳跃叫什么呢？"

希塔再度露出那种被戏剧评论家盛赞为"希腊古典美""东方式"的谜样笑容。她回答说："就是跳跃呗。跳、跳起，诸如此类。很直白吧。"

"确实很直白。"男子走过来，皮鞋发出蹬蹬的声音。

"我的学识不足，请原谅。我毕竟不是缪斯的职员。"

辩解的脸庞看上去颇为年轻，乱蓬蓬的稻草色头发不知怎的给人一种淘气的感觉，白衬衫牛仔裤的打扮也与这座美之殿堂的大厅格格不入。

"不过，不论您把跳跃叫作什么，希塔·萨达维都是足以放在这里的舞者。"男子拍了拍雕像的手掌。

"谢谢，您知道我的名字啊。"

男子嘴角扬起，露出笑容。真恶心，希塔想。

"对了，您知道演出家科尔奈先生来了没有？我第一次和他同台演出，想要打个招呼。还有阿波罗的田代先生。我一直在等他们，但是到现在还没有来，柯林斯所长也没见到。"

"啊，说到这个，其实我是代理。"

"代理？"希塔强压住心中升起的怒火。

找个代理人就够接待我了？把我喊到这么个偏僻的地方，就为了让我跟这个恶心无聊的人说话？

男子在牛仔裤的腰上擦了擦右手，伸出来想和她握手。

"我是德墨忒尔的罗布·隆萨尔。"

希塔瞥了一眼那只大手，无可奈何地伸出了手。

"您好。可是为什么由负责动植物的人来为我安排？"

"不是我为你安排。你的舞台准备工作，科尔奈和田代正在做。唔……说起来我就是接待员的角色——"

"别开玩笑了！"希塔终于忍不住怒吼起来。尖锐的嗓音，还有甩开罗布的手的声音在空旷的房间里回荡。"要耍我也请适可而止！我是来干什么的？来跳舞的！我是为这个来开会的。好了，我知道了。这些日子我神经兮兮的，也不锻炼自己的技艺，只顾埋头研究实现不了的难题，所以接待人也换了，企划会议也不让参加了。反正就是这样，对吧？拿我当傻瓜呢？！"

"谁也没有拿你当傻瓜。"

"有！让我在阿弗洛狄忒单独公演这件事情本身就是证据。哈，快看那个跳舞的！知道自己日薄西山了，所以跑到这儿来跳舞，想要制造新的话题——你们就是这么想的，对吧？！以神秘的奉纳舞成名的她已经不再是神秘的少女了，是三十岁的老妇女了，这就连猫身上的跳蚤都知道！"

罗布忍不住苦笑:"猫身上的跳蚤这个比喻真有趣,不愧是三十岁的老妇女。"

"你说谁是三十岁的老妇女?!"

"是你自己说的啊。"被罗布这样冷静地回敬了一句,希塔一时不知该如何反驳。

"如果不想被我鹦鹉学舌,那就不要妄自菲薄——或者说您想要浅薄的安慰?不管到什么时候,我都是你的粉丝。如果恭维就能让你安心,那我可以一天到晚捧你个不停。"

希塔的眉毛苦涩地拧在一起。看到她探询的视线,罗布叹了一口气:"恭维你不需要专业知识。真正的粉丝都知道你是因为什么才颓废,就连狗身上的跳蚤都知道。"

"你是——?"

"罗布。"

"罗布,"希塔用杏仁般的大眼睛盯着他,"你很骄傲啊。"

罗布似乎很喜欢希塔的判断,爽朗地笑起来。

"既然有了结论,可以说说工作了吧?"

"工作?接待吗?"

罗布没有回答。他从左手的腕带中拉出薄膜显示器。

"塔莉亚,动植物全图,输出到薄膜显示器。"

刹那间,罗布的脸染上一层白光。薄膜显示器上映出德墨忒尔的地图。

希塔听说过阿弗洛狄忒的学艺员都连接着各自研究领域的数据库。据说只要在头脑中下达指令就会产生反应。

"特意把指令说出来给我听也是接待工作之一?"

"嗯,是啊。"罗布挑起眉毛。

"又拿我当傻瓜。"

"没有啊,对主演总要尽礼节。你有知晓一切的权利。"

"都被赶出企划会议了算什么主演哟。这一次我也只不过还是按照吩咐扭动身体,做个跳舞娃娃罢了。"

"你想错了,田代很尊重你的意见。他不是把你排除在外进行策划,而是根据你的要求在做准备。"

"……什么意思?"

"科尔奈也赞成田代的意见。他之所以不做安排,就是因为想让这一次的公演完完全全按照你希塔·萨达维的想法来进行。"

罗布把薄膜显示器递到她的面前。

"好了,从哪儿开始看起?挑选公演的候选地点?还是先找一棵能够衬托你舞姿的大树?我的专业是植物学。只要你开口,不管哪儿的树我都能给你移过来。要摘花也没问题——除了珍稀品种。"

希塔第一次慌了。"拿、拿我当——"

"说了没有啊,到底是哪一点让你这么想?"

"你看,连地点和花草都随我……"

罗布恶作剧地保持沉默。

"我……第一次自己决定公演内容,不知道该怎么办才好……"

"哎呀哎呀,你不是一直都说想要按自己的意愿做吗?那就让你更困惑一点吧。绘画工艺部门也答应提供支持,他们会提供珍贵的展示品给你做舞台装饰。我想这是对你舞蹈的最大信赖。"

希塔双手紧握,微微颤抖。罗布将薄膜显示器收好,轻轻一拍雕像的手掌。

"如果不想被人说在走下坡路,就请把你的舞姿放到这里来。你说自己是老妇女?阿弗洛狄忒的所有部门都做你的后盾,这样的老妇女也是空前绝后吧?"

"可是——"

"曾经一败涂地又有什么关系？在最完美的条件下尽情舞蹈才是最重要的。让自己开心就好。"他突然正色凝视希塔的眼眸，说，"这场公演一定会成为一场无比华丽的、与你的才能和经历相称的引退公演。"

希塔犹如羞怯的少女一般抬头望向罗布。学艺员的脸上隐约浮现既非哀伤也非怜悯，而是和适才判若两人的沉着。恐怕和我同样年纪吧，希塔想，毫无遗漏地看到我的荣耀与坠落的世代。

她第一次露出真正的微笑——虽然在鲜明的眉毛中间带有阴影。

这个人知道的，希塔·萨达维的一切……

希塔的风靡已经是十八年前的事了。

生于印度的她，从记事的时候开始就在跳舞。一开始当然是模仿电视、电影上的舞蹈，不管是太鼓还是锡塔尔琴，天生的音感让她连第一次听的曲子都能毫无错漏地踏准舞步，每当节点到来的时候必然会摆出美丽的造型，令她那天生的美貌绽放得格外鲜艳。周围的邻居朋友无数次劝说她的父母把她卖给电影公司。但是她的父亲信奉伊斯兰教——这从希塔的姓氏就能看出来，并不想把自家的独生女浸泡到印度文化中。在伊斯兰化与印度传统文化复权两波大浪的激烈冲突中，希塔没能学习专业的舞蹈知识，被父亲强行拖进了一日五次的祈祷漩涡。

沐浴着具有大量音乐要素的祈祷语，小小的希塔在思考。

"一切赞颂全归安拉"与右手的摇摆很契合，"除安拉外绝无主宰"与扭动身躯伏倒的动作很相称。在颤音中抖动身体。"穆罕默德是安拉的使者"这里锤炼步法会很有趣。不过真这么做的话会受处罚。

但在十三岁时，希塔遇上了不会受处罚的伊斯兰舞蹈。在神秘派的布道公演上，她看到了苏菲教团的旋舞。男人们乘着庄严的合唱与民俗乐器的节奏不停旋转,白色长法衣的衣裾形成美丽的圆锥,翻滚起伏……

希塔不知不觉也在观众席后面跳起来,但她的舞蹈和单纯旋转的男人们不同。她以手掬起苇笛的旋律,以足缠绕太鼓的节奏,以眼波的流转表现喜悦,以静止的背脊表示威严。她追随她独自的神,不断舞蹈。

曲子结束时,等待她的不是惩罚,而是诸多好奇的目光。

接下来登场的贝克塔什教团带来了土耳其的民俗乐器。在吟游诗人式演奏开始时,希塔的身体也自然舞动起来。虽然感到周围的视线都集中在自己身上,但她一心想要跳舞,对这种事情毫不介意。

人们在看。拨弦乐器萨兹[①]和吹奏乐器唢呐[②]装饰了化作神圣衣装的少女,每当她舒缓地伏低身体时,人们便感到仿佛有神圣的重量沉降在自己的心中。

伊斯兰教禁止崇拜偶像,因而无法诉诸于口,但在大眼黑发的美少女的动作中,人们隐约看到了神的身影。有些人说,在她手指的动作中感受到了古兰经的木卡姆[③]调式;有些人更是坦白说,他们心醉神迷,被引导至比旋舞更高的法悦境地。

仅仅一个晚上,希塔·萨达维就成了话题人物。

她之所以没有被当作安拉的神授之子,是因为一个美国人。这个个头不高的美国人是图像乐谱研究者,来这里观看公演。他放出豪言壮语,说希塔的动作是纯粹的音乐视觉化,而他自己可以将希塔的这一才能进一步发扬光大。他对希塔的父母又是利诱,又是威逼,成功

[①] 萨斯: Saz,土耳其重要的民族乐器,琴体呈半梨形,琴颈较长,分大中小三品种型。
[②] 唢呐: Zurna,这里指中东唢呐,外形与构造均与我国唢呐相似,我国唢呐即由此演变而来。
[③] 木卡姆: 伊斯兰风格的一种艺术形式,列入联合国人类口头和非物质文化遗产。

将希塔带了出来。

少女希塔就在他的身边成长。图像乐谱研究者一开始打算让希塔尝试比较容易记谱的西洋音乐以便自己研究。希塔一方面接受敷衍了事的函授教育,一方面在基辅、巴黎、纽约、伦敦等地接触新的舞蹈,浅黑色的脚有时也会穿上粉红色的芭蕾舞鞋。但是希塔无法放弃她自己的舞蹈。有人教,她就学,经验在不知不觉间化作她的血肉。但西洋舞者从少女身上学习的要比她从西洋舞蹈中吸收得多,对她产生了敬畏。

有位著名的现代芭蕾舞家后来这样说:"我没办法收下她,她的收缩与释放犹如与生俱来的呼吸。出生于神秘国度的她,一定是被神托付了宇宙的气息。她的宏大,我无法容纳。她不是我这个芭蕾舞团的希塔,她是神与这个世界的希塔。"

于是希塔在全世界舞蹈。在巴黎是巴黎的音乐,在夏威夷是夏威夷的音乐,在乌干达是乌干达的音乐,在日本是日本的音乐,她都以她自己的舞姿舞动。无论是巴洛克还是偶发音乐,希塔总是希塔。

十四岁时,她登上顶峰,成为世界级舞蹈家。她有着阿比西尼亚猫般的眼睛、柔韧与气质。她的身躯仿佛弱不禁风,然而屈膝低沉的舞姿却没有任何东西可以入侵。贮藏的力量一旦转为跳跃释放,整个身体都会闪过耀眼的光芒。

十几岁的希塔·萨达维什么都没有考虑。只要能够听着音乐——有时在无声中——按照自己想要的方式去动就很快乐。

对希塔来说,观众只是单纯的旁观者,所以当蜂拥来看她表演的狂热粉丝数量迅速膨胀,身边的人提出要拍摄录像进行销售的时候,她没有任何意见。

希塔在摄像机前不停舞蹈,不是为了观众,不是为了现存的神,而是为了自己心中的神舞动她的身躯。

那时候她很幸福。真的很幸福。

"一切按照我的意思,那就是说,不做视频加工也没关系?"

罗布一边面朝前方驾驶着双人座旋翼机,一边化身为莎士比亚。"如您所愿。①"

"做还是不做,这是一个问题。②"希塔没有丝毫笑意,"你觉得不经加工的舞台表现好吗?"

罗布轻轻耸了耸肩:"都可以。不过我想你最终还是会选没有任何加工的实况。啊,请看下面,德墨忒尔能用上的东西都在下面。"

希塔的手轻轻搭在旋翼机的挡风玻璃上,俯瞰下方。

下方是足有五百六十万平方公里的德墨忒尔领地。旋翼机刚好经过海洋生物区的深蓝色区域,正要进入广阔的草原地区。鲜艳的春日绿意迎风荡起涟漪,希塔的视线追随涟漪向前,前方是如岩石般的黑森林。

"那模仿的是维也纳森林。"罗布终于开始说起符合学艺员身份的话,"经常有异想天开的音乐家来演奏,也搞过《威廉·退尔的探险之旅》之类儿童节目,不过太儿童了,完全变成了阿帕奇游击战。"

"和我没关系吧?"

即使希塔冷冷放言,罗布也不畏缩:"是吗?过了森林就是欧洲名园区,仿造了许多著名景点,投入无数预算和人工。先提醒一句,不是那种傻里傻气的模仿。"

"不错啊,政府搞的,有的是钱。"希塔讥讽道。

是的,如果有足够资金,就可以尽情做想做的事情了。自从某一天观众们从投影机前离去,宣称"你再也不是摇钱树了"时开始,钱

---

① 此处原文"As you like it",出自莎士比亚《皆大欢喜》。为语意通顺,未采用惯译。
② 此处化用莎士比亚《哈姆雷特》中的名句。

的苦恼就缠上了希塔。

驾驶座上的罗布没有看到她的苦闷表情，快活地说："阿弗洛狄忒并不是完全靠政府拨款，我们是半官半民，自己挣钱养活自己。"

"游客有那么多吗？"

"没那么多。我们的主要收入是各部署的学术调查和研究成果的商业运用，以及贩卖能源。"

"能源贩卖？"

罗布搔了搔鼻尖。"唔，我是植物学家，不懂物理……据说这里的重力控制用的是量子黑洞，用磁场控制在地下旋转的量子黑洞，可以从什么能层区域中抽取能量去卖。不好意思，我说不明白。"

"确实不明白。"

"反正没关系，不明白也不妨碍在这里生活。要明白的只有艺术、学术、美这些美丽的东西，再有就是庸俗的会计事务。"罗布向希塔露出笑容，"孤高纯粹的艺术并不存在，这一条值得铭记。"

希塔严厉地斜瞪了罗布一眼："你是打算教育我吗？"

"怎么可能。我是在介绍德墨忒尔，怎么会变成教育？"这否定像是故意为之。

他果然知道。什么都知道。连我想要忘记的一切都知道。既然是我的粉丝，当然会知道。

可是，都已经到了今天，而且是在这里……

"拿我当傻瓜呢？"

视频录像将希塔的身影播撒到全世界，引发了空前的热潮。

脚掌与大地接吻的伏身，仿佛触到天际的华美跳跃，不受民族差异束缚的自由感性。十五六岁的年纪，混合了危险与美丽的、不可思议的、水晶般的微笑。

视频中的她是所有人信奉的一切神的圣女，同时也被人们视为与神同列的存在。

原本依照本能跳舞的希塔开始思考，是在她刚刚二十岁的时候。

拙劣地模仿她的舞者充斥大街小巷。把印度教教义与希塔的柔韧性恣意延伸到色情领域的四人组合、恬不知耻地瞄准流行歌曲再演绎的杂技舞者、将东方艺术与芭蕾舞融合在一起号称新流派的团体、不计其数自称是"希塔·萨达维第二"的少女……

希塔还是像以往一样舞蹈，但是视频制作者担心新兴势力盖过她的风头，开始对视频进行加工指望以此来取悦购买者。

明明是在灰色的艺术工作室里舞动身体，但市面销售的视频中，她却是站在睡莲上；以紧绷的静止表达无限时，她的身影被分解为七彩的光点，化作面带浅薄笑容的伎艺天女；有时候还会用椰子树叶装饰她的手臂，把节奏完全不合的肯尼亚音乐合成进来，甚至让她与麋鹿、犀牛一同舞蹈。

不是这样的。她在投影机前紧紧咬住嘴唇。

那一步隐藏着移动场所的含义呀，这里的回眸是在配合背脊与乐曲的紧张，不是的，眼神的流转不应该依附于具体的东西！不是的。不是的！不是的！！

自己以为已经完美的躯体动作，却被他人胡乱加工，这一定是因为自己的表现力还不足——年轻的希塔如此反省。

不能更好地诠释这支曲子吗？这个动作不能更优雅吗？但是，不管如何努力，希塔还是逐渐走向崩溃。我，为什么不能继续跳我自己的舞呢……？

某一天，希塔终于尝试了第一次的反抗。

"拜托，请让我按照自己的想法来。"希塔鼓足勇气的提议，被图像乐谱研究者一口否决。他早已堕落为纯粹的商人了。

"你取悦不了观众了，我们这是在帮你。"

取悦。将自身的感受视作天启，尽情舞动自己的躯体，有那么糟糕吗？跳舞的时候没有考虑观众就是那样不可取吗？

"哎呀呀，不要摆出那种表情。你是货真价实的优秀舞蹈家。非要说有什么不好的话，只能说大家已经对你太熟悉了。你也长大了，也该知道不能再把你的自我满足强加于人。你应该通过媒体让更多人认识你、喜欢你。你看，稍微做点加工，对、对，就是稍微那么一点点加工，就能找回你逐渐失去的少女神秘性。毕竟你一天天大了嘛，对吧？"图像乐谱研究者嘿嘿地笑起来，"而且啊，虽然你自己可能还没意识到，但是你已经踏入下一个阶段了，你在努力追求自身的完美。刚好现在你的容貌不是那么完美，大家对你千篇一律的舞蹈也有点乏味，就该趁这个时候换一换形象了。你曾经登上顶峰，现在通过视频加工重现你全盛时期的身影，大家一定也会高兴的。就算为了这个，你也该放下那种圣女态度。不要光想着自己了。"

除了舞动身体之外什么都没有考虑过的希塔，感到自己心中有某种东西崩溃了。自己的舞步是奉献给自身内部满足的神，自己缓缓伸出的手掌是向着自己心中的理想。

明明不需要观众，明明是自己想跳。

几天后，希塔看到世界网络的喜剧节目中出现了自己的身影。在喧闹无比的酒馆里，自己独自在舞台上跳舞，一双眼睛空洞无物。大众戏剧评论家认为她的演出有绝好的喜剧效果，大加褒扬。

希塔很悲伤。

"这里的一切都很完美，就连地底下俗气的会计计算机也是。"降落在散步道上的希塔，一边整理被风吹乱的头发，一边低声嘟囔，像是在抱怨。

现在是格林尼治标准时间下午三点，而在偏离主区域的广阔德墨忒尔已经是傍晚的模样。希塔注意到，由于大气层比较薄，黄昏是用红灯营造出来的。

"中国庭园中牡丹盛开，风车下郁金香怒放着，向日葵群也很漂亮，菩提树令我感到怀念。一切植物最美好的时期尽在此地——人工的。"她用指甲弹了弹散步道两侧盛开的蔓蔷薇花。

罗布那特别的头发染上了落日，宛如火焰般摇曳。他回答："想调整到最美好的花期要费许多工夫。有些情况下不得不全面更换，实在没办法调整的植物只能藏起来。就像这个蔓蔷薇的矮墙后，实际上是光秃秃的波斯菊田。"

希塔盯着毫无惧色的青年。他微微探出头，像是话外有话。

她仰天叹息道："又拿我当傻瓜呢。"

"为什么又这么说？"

"这里太完美了，我的压力很大啊。你说你是我的粉丝，还说阿弗洛狄忒会全面支持我的公演。那我问你，你认为，现在的希塔·萨达维有资格自由使用这个完美的世界吗？"

罗布的笑容不变，视线也没有移开。

"人气凋零的你，胆怯也可以理解。"

希塔心中一阵刺痛。是的，他说过，不要再自卑了。

"我知道，你被强迫进行低俗的表演，是观众离开的原因之一。但即使排除那些因素，现在的你，以前可以转四圈的跳跃，现在两圈就收了。"

希塔在红色世界中站住了。

罗布迅速回身，恶作剧般地说："拿你当傻瓜，生气了吧？"

她没有回答，双手紧握在一起，怔在原地。罗布往回走了两步，来到希塔身边，牵起她细瘦的手，搭在自己的胳膊上。他沉默地走了一会儿，等待她冷静下来。

蔷薇矮墙变成了两侧的合欢树。暮色将临的青蓝色中，树木陷入了沉睡，叶子都合拢了，淡粉色的花犹如满天的繁星。

迎面走来一对老夫妇。稳健的谈笑声断断续续传到耳中。虽然看不到他们的表情，但可以想象出一定是满足的微笑。

擦身而过的时候，罗布向老夫妇微微颔首示意，老夫妇回以温和的点头。

夫妇的身影远去后，他轻轻拍拍希塔搭在肘弯的手。

"可是，我是你的粉丝，转两圈变成转一圈也没关系。因为我知道，希塔·萨达维这个人无论技术怎么衰退，也可以通过表现力加以弥补。你问你有没有资格使用阿弗洛狄忒，我要告诉你的是，你多虑了。实在不行，我给你搞一场盛大的欢迎仪式怎么样？"

希塔轻笑起来。自己能向他展现出笑容真是太好了，她想。

"这几年，你过得很辛苦。你对低俗的视频加工痛心疾首，为了找回原本的自己努力奋斗，结果却弄得不像是原来的你了。这些我都看在眼里。"

"这……"她咳嗽了几声，声音嘶哑。

"不是这样的。我一直都认为观众无关紧要。从小就是这样。我跳舞，只是因为我想跳，现在也是一样。我不想用那种糟糕的视频取悦观众，但也从没有想过要用真实的我去取悦他们。我仅仅是为了我心中的幸福舞动手足。"她抿嘴一笑，抬头看着罗布，"就像你一开始就发现的，我把这场演出当作引退演出。我要做自己想做的。让大家看到我上了年纪的模样没什么关系，和视频中的我不同也没什么关系，对我失望也无所谓。我就是要跳一场无视观众的舞蹈，和他们彻底诀别。"

罗布盯着路旁的果子，低声呢喃："当傻瓜呢。"

"哎呀，你帮我说了呀。"

"不是。我是说，是你拿我们观众当傻瓜。我说的引退和你说的不是一个意思。"

"那是什么意思？"希塔厉声问道。

罗布重重叹了一口气："我想，疲惫烦恼的你因为不能跳自己想跳的舞蹈，于是在这场一切都能随心所欲的演出中获得满足而引退，那也是情有可原的。但是，用引退这一最后手段来把观众贬为傻瓜，这就不一样了。"

"你刚才到底有没有听我说？我说了我本来就不会取悦观众，是只为了自我满足而起舞的舞者！"

希塔想要甩开罗布的手，但是出乎意料的是，罗布以男人的力气紧紧地按住了。

"那为什么反对视频加工？既然只要按自己想跳的跳就能满足，那市面上流传的是什么东西又有什么关系？这次也一样。如果只是为了满足自己，那你完全不用顾虑，想要什么直接向阿弗洛狄忒提出要求就行。观众的期待幻灭什么的对你完全没有影响，你也没必要摆出诀别的姿态。你之所以嘟囔引退这个词，恰恰不是因为周围的邪念，而是为了保护你脆弱的自信。想要无视周围的一切，恰恰是因为你自己内心的扭曲，不是吗？"

希塔瞪圆了她的大眼睛，漆黑的瞳孔中透出惊愕和胆怯。那视线如火焰般颤动，慢慢落到地上。"可是我……我觉得这是在玷污我对纯粹舞蹈的冲动……"

"你看，希塔，并不存在孤独的艺术。不管多纯粹、孤高的艺术，那种气质本身就有无穷的吸引力，足以让我这样的观众陶醉。这是不可避免的。请将排斥周围的精力投向舞步，像原来那样保持自然吧。找回你的自信，相信自己必能做到吧。"说完，他嘟囔了一句"我说这样的话,大概要被雅典娜的家伙群殴了。",而后就又羞愧地说起来,"没有鼻子的斯芬克斯、断臂的维纳斯、萨莫特拉斯的胜利女神会强烈地吸引我们,正因为他们身上充满了骄傲。正因为满是已臻完美的自信,才会有这般悠然的态度,敢于将现实的欠缺留给想象力去填补。同样是在画布上画线,我没有而蒙德里安[①]有的就是那种自信。小孩子拳头敲击的钢琴声与缪斯青睐的音簇,不同之处也在这里。我无比喜欢的希塔,就算是被合成到与蟑螂共舞的画面中,在蟑螂国销售录像,只要她还怀有自信,这份光辉就一定不会消失。"

不知不觉间,散步道走完了,眼前是一片没有照明的原野。隐约残光中,与罂粟很相似的花朵正在膝盖的高度悄悄绽放。

"你是说,我太注重观众的反应所以失去了自信?可是介怀的东西到底要怎么才能从心里赶出去?我直到今天都一直在拼命拒绝观众,难道对舞蹈来说这才是邪念?"

罗布没有回答。他轻快地蹲下,用植物学家的动作采了一捧花。

"塔莉亚,启动光饰系统,注册个人账户。注册对象,希塔·萨达维,就是这位在我身边的女性。"

"我?"

罗布站起来。他向后一退,笑容融化在黑暗中。

"塔莉亚,启动光饰。"

"等等——什么东西?"希塔正要追问,却哑然失语。

花朵在发光。原野中出现了浅绿色的光带,又慢慢减弱。

"……罗布。"她情不自禁用指尖触摸自己的嘴唇。就像是读取了她的动作一般,别处的花朵星星点点亮了起来。

举手便是光波划过,踉跄则是回应以频繁的闪烁。

[①] 蒙德里安:荷兰画家,风格派运动幕后艺术家,非具象绘画的创始者,以几何图形为基本元素绘画。

"罗布!"

"呀,这么吃惊,真让我自豪。"映照在花的微光中,德墨忒尔职员慢悠悠地说,"喏,多动几下看看。很有趣吧。"

她一回头,小小的圆形光晕轻轻在花圃中荡开。

"这是 LL 发光花,'光饰'是我们给它起的名字。在罂粟的原生质体中采用电穿孔技术注入荧光素酶,令它发光。塔莉亚将你的动作转换成位图,向其根部施加电荷,驱动鞭毛型的生物微型马达,挤压荧光素酶的生成囊,产生反应——"

罗布忽然苦笑起来。舞者根本没有听他的科学解释。

希塔探索着摆动手臂,轻轻晃动手指,以左腿为轴尝试各种变换重心的姿势。

她横切开了温柔的夜色,面纱般的光芒扭曲了。轻盈一跃,连原野的尽头都掠过了闪光。

罗布眼前的一片花圃随即渐渐明亮起来。纤薄的花瓣随风摇曳,静悄悄地将光芒扩散开去。希塔露出欣喜的表情。

"太神奇了,虽然发光和我想的有点不一样。"

"已经不错了。花朵确实感受到了你的动作,只不过乱七八糟的,就像不听话的观众。"

出神的希塔又皱起眉头,花丛中亮起点点不安的光。

"我们这些观众无法对录像中的你发送实时反馈,这对你而言到底是幸运还是不幸呢?我一直对我无法向你献上花或者别的什么耿耿于怀。你越来越努力,可我却无法送给你任何一样温暖的东西。"

"你真轻浮呢。"

"是啊。不过,举个例子,看到光饰的奇妙感会反映到你的舞步中吗?你的舞蹈反映了音乐和整个世界,但如果你敏锐的感觉中混入了观众的反应,那舞蹈会变成什么样子呢?而且,如果这不是为了取悦我们，而仅仅是为了奉献给你心中的神灵，我会更开心的。"

"你还真是什么都敢说。"

罗布宽容地张开双手："当然！我就是那大厅中的雕像，伸出双手在等待。只是等待，一厢情愿地祈祷：请给我美的东西吧，给我更美的东西吧。"

罂粟中泛起几重光晕，明暗条纹重合在原野的尽头。

希塔不知怎么摆放自己的手臂，拍了拍双手。

"我没有那么厉害哟。既然现在不能转嫁责任，而且要在观众的注视下跳舞……我在感受到观众反应时，说不定就会畏缩摔倒，再也站不起来了。也许弄假成真，真的变成引退演出了。"

"一切都由你定。我只要你满足就行了。"

花朵的光芒跳跃闪烁。

"……又拿我当傻瓜呢。"

翠绿色的光芒中，她微微笑了。

开演前的慌乱让阿波罗职员田代孝弘不由得加快了脚步。

灰色的官署比往日更加乏味。

他刚一走进空旷的大厅，就被罗布·隆萨尔叫住了。

"田代先生。"

"这段时间给你添了不少麻烦，太感谢了。"

"没什么麻烦的。一开始我还以为是什么难题，挺担心的，结果没什么事，都让我觉得有点失落。虎视眈眈的记者们都打发去所长那儿了。"

"哈哈，那可好。赶跑叽叽喳喳的麻雀本来就是稻草人的任务。"

看来，就算德墨忒尔关门，所长的绰号也将会继续回响。

不过，孝弘稍稍侧头盯着罗布："明明所有部门都愿提供帮助，结果只申请借用'手掌'雕像，会场也没换，还是缪斯的赫利孔大厅，总感觉有点浪费。"

罗布挑起眉毛，挺起胸膛："正因为如此才是希塔·萨达维。实际上，如果她选择了卖弄自己的技艺，我就打算辞职。"

孝弘吓了一跳："这是……"

"我真的下过决心，不然也不会让光饰走上商业化的道路，更不会拿它做条件向所长提演出策划。说服天下闻名的演出家科尔奈也需要相当的胆量。"

罗布是豁出去了呀。这么信任希塔吗？

孝弘拍了拍罗布的上臂："差不多要开始了。"

"嗯，我喜欢的希塔马上就要回来了。"罗布脸颊上绽放出了身为粉丝的热切神情。

把牛仔裤和白衬衫换成软式西服的德墨忒尔职员，坐在十二排正中的好位置上。

赫利孔是九个会场中最小的一个，但以缪斯居住的神山命名，反映出"美不应该以动员了多少观众来衡量，而是要看质量如何"的观点——尽管这个观点多少有点自相矛盾。

无论如何，这个场地用来欣赏希塔·萨达维的舞蹈非常合适。罗布很满意。因为这样才可以在很近的距离欣赏。整整一个半小时都可以真切地看到她那令人无比怀念的微笑。

舞蹈中使用的东亚各民族的音乐都是现成的音源，唯一的改变仅仅是在舞台上摆放了"手掌"雕像。至于说舞台效果，也就是略微调节一下灯光的色彩而已。

希塔在跳舞。不做任何修饰的舞蹈。

圣女将降临在自己心中的神，原封不动地投射到自己的动作中。

妆容掩藏不了她的年龄，曾经被称作"神之女"的少女，再也没有了当年的爆发力，跳跃与旋转也没有了往日的灵巧。

但是，那又如何？

可以看到她在消化自己十几岁时完全不可能体会到的另一层天启。她不再依靠气势，而是在展现圆润与优雅。大地的爱恋与安详在她的微微屈膝中流溢，无可匹敌的巨大力量在她的眼波流转中乍现。手臂仿佛松弛随意，纤细的手指却翘曲得令人难以呼吸。强力踏出的舞步，蕴含着破魔灭妖的力量。希塔随着巨竹打击乐器的拍子，传达出悠久时光的流动。

观众们屏息静气，注视着她的一笑一颦。

希塔似乎不再像以前那样抗拒观众的视线。她将观众的存在用手臂拖曳，用腰身牵引，用步法接待。

她会以怎样的方式取纳从观众席中感受到的东西，罗布不知道。

他只知道，希塔看上去非常幸福。摆脱了一切束缚而舞动的她，直到终曲于眼前展开的时间里，一直一直闪烁着光辉。

所以，罗布觉得很好。

就在这时，她向"手掌"雕像走去。可是乐曲还没结束啊？罗布担心起来。

希塔轻妙地抚摸雕像朝天的手掌，像是确认，又像是祈祷……

竹琴与印尼鼓还在喧嚣。沐浴在神之岛的音乐里，希塔将手重叠在雕像的手掌上，与雕像相互凝望一眼。

金属打击乐器发出叮的一声，乐曲向着终点逐渐延伸。

希塔回到舞台中央，对台下屏息静气的观众们莞尔一笑。

在逐渐舒缓的节奏中，小麦色的身体缓缓移动。她将手臂向前伸出，摆出将自己心中的一切都奉献出来的造型。

"啊——"

那是和"手掌"雕像一模一样的姿势。

同时,当啷一声,乐曲结束了。希塔静静地一动不动。

罗布的思绪飘到了某个很远的地方。

那手掌不仅仅是祈求天赐的形状,也是奉献自己的造型。

他在胸前摆出接受的手势,朝舞台上露出笑容。

和他一起接受了同样东西的观众,终于反应过来,发出了震天动地的喝彩声。

拥 抱

"不管怎么说，毕竟是贝森多夫帝王大钢琴，而且还是"九十七键的黑天使"呢，美和子快活地说。

孝弘怎么都想不明白，为什么妻子会知道自己熬夜的缘由呢？自己只是告诉她手头有点麻烦事要处理，晚上回不去了。

雅典娜与缪斯争抢展示品乃是家常便饭。妻子身为所长的第一秘书，基本上也能猜到自己为什么苦恼。但是这一回连争夺的目标展品都能说中，孝弘不禁怀疑是不是摩涅莫辛涅向厨房的终端电脑里灌输了什么闲话。

"肯定是稻草人吃饱了没事干跟她唠叨的。"

田代孝弘一边打量眼前的薄膜显示器上列出来的若干未决事项，一边诅咒稻草人——也就是所长亚伯拉罕·柯林斯。

"黑天使"的主人是位老钢琴家，出了名的难伺候。钢琴包装到现在还没有拆开，当然更没有接受检疫，一直在仓库里沉睡。缪斯的调律师曼努埃拉十分牵挂钢琴的状况，给孝弘发来长长的抗议信。

曼努埃拉虽然不是直接连接者，但具有杰出的才能。她针对当前这个停滞不前的状态提出了若干解决意见。因为这些意见都很中肯，提出者也非常认真，所以必须给出同样中肯认真的回复。孝弘需要详细解释事情为何迟迟不能取得进展，同时又要当心自己不能顺手写出对各部门的抱怨，还要表达自己也很困惑的状况——这也煞费苦心。

在给曼努埃拉回信的期间，显示器上又增加了三条待处理事项。其中一条是要他等待会议的结果，总之就是不得不继续在这乏味的官署里待一阵子的意思。

这段时间，部署间的调停事项越来越多。稻草人倒是每次都兴趣盎然，妻子也还是一如既往地天真无邪，但孝弘却越来越疲惫。

调停原本不是学艺员的工作。有时候确实也会出现关于鉴定的争执，不过大多数情况都是小问题，只要事务员稍微机灵一点就足以解决了。可是大家还是……连所长也是……只要稍微有点不顺心，就全丢给综合管理署。虽说综合管理署连接的数据库确实权限更高，但也不能什么东西都扔过来吧？

尤其是和优秀的女神直接连接这一点，让孝弘更觉得可惜。上一次为了充实学艺员的灵魂而呼叫女神是多久以前的事了？近来呼唤女神全都是为了解决鸡毛蒜皮的琐事，真是暴殄天物。大家真把综合管理署"阿波罗"的直接连接学艺员当成什么都能处理的阿波罗吗？

"哎，还有那家伙也跟我纠缠不清。"

孝弘一边揉着太阳穴，一边连白天见的客人都诅咒起来。

萨尼·R.奥贝肯定无法想象直接连接者会有这样沮丧的想法。这个出生于尼日利亚的液体美术家，跳过了自己暂时辖属的缪斯，直接来向阿波罗的学艺员投诉。

"我认为你能判断。"

他的视线一直低垂着落在地上，叽里咕噜地说。

奥贝前来申请使用阿弗洛狄忒的低重力区域。他要运用可变控制的透明薄膜封装液体在三维空间绘制文字。薄膜还能释放化学物质，将内部的液体染上各种色彩。

奥贝一直低着头，仿佛是因为自己也觉得自己是把科学实验一样的小把戏带入艺术中，多少有些惭愧似的。他嘟嘟囔囔地说着自己的想法，连耳朵都红了。按照他的介绍，这种艺术是通过揭示"语言很含糊，容易受周围环境干扰，还很容易分解破碎"，进而表现出"尽管如此，语言依旧是伟大的力量"，但是缪斯不理解他的意思……

"我说不太清楚，我想要的是……根据液体描绘的词汇，唔……该怎么说呢，蔓延的和受约束的东西，慢慢分解变成反义词，就像是被裹起来……嗯，就是说，就是说，那个缪斯啊——就是说，诗歌和语言都是困不住的，就算作为单纯的表演也有足够的观赏价值，是综合艺术……你能帮我跟他们说说吗？你的脑子跟计算机连在一起，刷的一下就能把这个想法变成图像，对吧？我要做什么，你也能弄明白，对吧？我说不太好，但是艺术本来就是说不清道不明的东西，帮我说说吧？"

奥贝的话里充满了误解。孝弘解释说，缪斯的学艺员中也有"脑子跟计算机连在一起的"，而且有没有这个系统跟演出申请的审核完全无关。

但是这个自称艺术家的家伙根本不听，自顾自地一个劲拜托。"你什么都知道，对吧？我心里模模糊糊说不清楚的东西，你只要用上连接大脑的计算机，一下子就能看到清晰的图像，对吧？所以请你给他们说说吧，我说不清楚，你应该明白的……"

结果孝弘只好说："如果你的主题是综合艺术，请整理一份正式的申请书给我。"

自己还是没抵抗住，输给了毫无意义的溢美之词。对自己这个整天忙着调停的学艺员来说，这些话听起来太别扭了。

孝弘伸手去拿薄膜显示器旁边的咖啡杯。直接连接者的房间里只放了桌子、椅子和接待沙发。杯子里的冷咖啡，指向深夜一点的时针，显示器上静静的蓝光，那蓝光描出的无解难题。

寂寞的情绪袭上心头。如果让那个一直到上周都在缪斯举办"拟音与拟声语"活动的日本人主办者来说，大概会说是"哎呀呀"吧。

不是"哎呀呀"，而是"咚咚咚"。那是小心翼翼的敲门声。登门造访的时候一定要亲手发出信号，这是整天和机械打交道的人独有的讲究。在这个时间来怀柔太阳神的直接连接者，也只有天马与黄金甲胄的主人了。

"抱歉，这么晚了突然过来。"

"啊，奈奈。"

这位雅典娜身上并没有披黄金甲胄，取代的是柔美的黑皮肤和美丽的笑容。孝弘朝后仰去，伸了个懒腰。奈奈朝他投去怜惜的眼神。

"你越来越像猥琐大叔了，整天卷在莫名其妙的争执里。再不回家，美和子都要跟你离婚了。"

孝弘无力地笑了："美和子每天过得可好了。植物展、音乐会，充实得很。一回家就是'好看！''好听！'，跟连珠炮一样。只要她高兴就好，谁让我没时间好好欣赏艺术品呢。都是这该死的工作。每次听她兴高采烈告诉我又看了什么什么，我都更讨厌自己的身份，越来越累。"

"哎哟，原来你这是不想回家呀？"到底是奈奈，一下就明白了。不过她又多说了一句："这么看来，是你打算离婚呐。要坚持住啊，孝弘，你不想给自己的离婚做调停吧。"

"你别自说自话好不好？半夜里闯进男人的房间说什么离婚，没你这样的吧。"

"那闯进来有咖啡喝吗？困死我了。"

"你那边也出问题了吗？我记得你们在准备欧亚陶瓷展吧？"

递过真空管送来的塑料杯，奈奈以黑豹般的灵巧动作地坐到沙发上，翻了个白眼。

"你同情同情我吧。展示会的准备很顺利，问题在于你这边的小子让我的下属抱怨到现在。"

"哎，哪个小子？现在分配到你那儿的研修员……"

"马修·金巴利。上个月从德墨忒尔轮到我这儿了。虽然是轮岗实习，可是该怎么说呐……对不起，我不是说你啊，不过确实是一股阿波罗的毛病。"

"请问发生了什么，姐姐大人？"孝弘的玩笑终于让奈奈露出笑容。

"一句话，看不起三美神。确实，我们雅典娜不能连接高于欧佛洛绪涅的摩涅莫辛涅。三位女神之间的联系线路也不是完全开放，相互访问是有条件的。能看透一切的只有在天空中闪耀光辉的太阳神。可再怎么说，也不能拿下属系统当笨蛋吧？"

"难道马修说你们是笨蛋吗？"

"倒没有直接说，但是也和直接说没什么区别。真让人生气。"动作灵活的纤细手指在保温杯的纸垫上疯狂挠动，"今天也是。有一批未整理的发掘品运过来，准备放到展示会上，我这儿的小家伙在做鉴定。"

"是克劳迪娅吗？"

"对。你应该也知道，她的能力很强。有件展品是景德镇的影青，她很看重，认为是珍品。但马修这小子，非要在专家面前班门弄斧，说那东西不好，花纹有问题。他用阿波罗的特权查询德墨忒尔的塔莉亚，结果找到草木纹样，说那东西上面的花纹和纹样相似，所以不是好东西。"

奈奈晃了晃杯子里的咖啡。

"马修这小子到底知不知道艺术品的价值在哪儿啊？瓷器本身的纤细、釉彩的色泽感，花纹的优雅表现……克劳迪娅不管怎么解释也没用。最后的最后，这小子死活坚持说什么真相存在于数据中，真是什么都不懂。好东西就是好东西。我们用欧佛洛绪涅是为了确认自己是不是过于自大。我们认为好的地方是哪里？是形状、是颜色、还是更难以表达的共通特点？我们就是这样埋头钻研'什么是美'的终极难题，不是吗？不是为了确认设计有没有抄袭而使用女神的力量啊！而且，他还那么洋洋得意。"她发完一顿火，喝了口热咖啡。

"决定文物价值的不仅仅是知识量，否则在记忆女神出现前，所有的鉴赏家都可以说是睁眼瞎。东西的好坏首先是传递给肌肤的，接触的东西越多，肌肤的感觉才会越来越敏锐。我们是积累了无数经验的专家，可是……啊，那个充满了精英派头的冷笑啊！"

奈奈把还烫着的咖啡一口喝干了，然后终于注意到孝弘的表情。

"哎呀，对不起。你没什么不好的，都是马修的问题。"

"哎呀，完完全全是我的问题。"现在的孝弘，完全无法回避奈奈对同事的辛辣抨击。

"你来之前，我刚好也在考虑类似的问题。能在那么完美的条件下使用系统，多好啊。不好好用就太浪费了。马修他现在大概就是只要能用系统就很开心的状态吧，说实话，我还真有点羡慕。"

"孝弘，你很累啊。"混着白发的短发下，奈奈的眼神十分温柔。

"你知道马修的 Access Shell 版本吗？"

"交互接口版本吗？唔……我是 6.1，你是实用化版本，好像比我高 4 代吧？"

"我是 8.37j，今年的新人是 8.80。修改虽然不大，不过从视觉联合域读取的负荷更低了，海马区的反馈也更灵敏，潜意识图像也能比较方便地确定。"

奈奈用眼神询问："所以呢？"

"你和我、我们所有人都不可能回去。就算辞掉这份工作，也只是停止对数据库的访问，但要想大脑恢复到手术前的状态，那是不可能。也就是说，从选择这份工作的时候开始，我们就不得不将自己的整个人格调整到与数据库直接连接的标准学艺员角色上。马修也许是有点过分，不过作为拥有最新版本的新人，怀着梦想，想要炫耀自己的能力，多少也能理解吧。"

"要是这么说的话，我也是同类，好歹也能理解。"

"嗯，不管怎么说，再忍忍吧，奈奈。"孝弘终于笑了笑，"很快他就会知道，不管有多么广阔的数据存取平原，阿波罗也只能为女神大人们的任务奔走啊。"

"你别闹了。"奈奈笑了起来。

为了"九十七键的黑天使"，孝弘又在官署睡了两天。曼努埃拉总算没有多纠缠，放弃了进一步的申诉。但还没等孝弘喘口气，负责木工的欧尼斯又一连送来好些调查钢琴构造的申请书。孝弘费了半天力气好不容易把他打发掉，接下来又是德墨忒尔的凯特跑过来说想从钢琴锤上提取羊毛的试料。孝弘嘴都说得酸痛，跟她反复强调说，就算解开包装，钢琴主人也绝对不会同意她去动钢琴琴锤——到这时候他才突然反应过来，自己之前太疲惫了没有发现，这些家伙的前后顺序掌握得这么好，肯定暗地里已经商量过了。换句话说，三个部门意识到不拆开钢琴的包装就不可能展开真正的所有权争夺战，所以指定了共同进退的行动方案来折磨阿波罗吧。

孝弘深深叹了一口气，直接把曼努埃拉再度发来的邮件保持未读状态就存档了。

真想把周围卷起漩涡的一切全都扔掉算了，但是到底做不到。接下来还要处理是否应该给预定放置于德墨忒尔花坛一角的诗碑刻上缪斯的名字。这其实是件很无聊的小事，可偏偏还是要金色小车出动。

真是太无聊了。这不是只要有个讨人喜欢的事务员笑嘻嘻地说一句"哎呀划个拳决定吧"就能解决的事情吗？为什么连这种和学术毫无关系的事都要找上学艺员呢？

跨在小车上的孝弘仰头望天，仿佛在寻求救赎。他感到头晕目眩，眼睛因睡眠不足发痛。

天气真好，虽然自己愈发沮丧。

孝弘突然很想去看展览。不管什么展览都行，他想马上沐浴在美的瀑布中，希望像美和子那样享受纯粹的喜悦。要不然，干脆今天怠工一天算了……

就在这时，他的内耳里响起沉稳的声音。摩涅莫辛涅在说话。

"可以连接。什么事？"

——枭会馆请求您出动。紧急度 D 级。

D 级不是什么大问题，但孝弘还是条件反射般地踩下小车的油门。热心工作的自己真是可怜。

——摩涅莫辛涅，请说明出动请求的详细情况。

——有一名男性在展示会场晕倒。医疗班已经出动。报告说没有生命危险。

"为什么让我过去？"

——晕倒者名叫马桑巴·奥加坎加斯，是阿弗洛狄忒的前职员，直接连接者，目前居住在地球，这里没有亲属。会场责任人——雅典娜的奈奈·桑德斯称她认识该人，现在正在照顾。请求你出动的申请是奈奈·桑德斯发出的。如何回复？

——告诉她我会过去，让她准备好真正的咖啡，不要速溶的。

——了解。

前职员晕倒在会场，为什么要让自己过去呢？奈奈应该知道自己有多忙，难道说这件事必须呼叫阿波罗才能处理？这到底是怎么回事？要不先查一查那个人的情况……

——已经在职员名簿中检索了马桑巴·奥加坎加斯的资料。要输出吗？

孝弘握着方向盘的手微微一抖。

"……是啊，输出吧。"

——了解。输出方式继续保持现在的音频方式可以吗？

孝弘稍微犹豫了一下，反问道。

——摩涅莫辛涅，在思考是否需要检索时，我的思想是在哪个无意识层面？应该还没有形成命令吧？

——无意识层面3至7。我推测您会下达指令，因而开始检索。

无意识层面7，勉强可以形成语言的思考层面。这是以前的摩涅莫辛涅无法取得的深层意识。尽管已经知道今年的系统修改提升了读取精度，但亲身体会则是另一回事。

长期的疲劳已经让脑细胞死了一半，现在又冒出新的混乱状况。孝弘向女神提出下一个问题。

——摩涅莫辛涅，直接连接者的最新版本是多少？

——版本8.98，正在进行临床试验。

混乱变成静寂的沉重，笼罩住孝弘破碎的心。

到底会走到哪里啊，学艺员和女神们？

追求美的技术正在不断发展，速度之快令人目眩。照这样继续发展下去，学艺员也能从琐碎的事务中解脱出来吗？终有一天，学艺员可以不受调停和抱怨的干扰，尽情享受美的幸福吗？

自己是连欣赏美术的时间都没有的无能学艺员，能跟得上这些发展吗？

"我在想什么啊?"孝弘轻轻摇头,集中精神驾驶小车。

一走进枭会馆的办公室,首先看到的就是跪在长椅前面、背对着自己的奈奈。她一如既往穿着黑色连衣裙,只是看起来远没有往日那般活力。奈奈察觉到动静,转过头,脸上露出如释重负的神情。她挪开身子,孝弘便看见一个老黑人软绵绵地搭在长椅上。数据显示他今年七十四岁,但是他的外表看起来比实际年龄还要老很多。短短的头发和胡须都已经白了,脸庞像是磨光的黑檀木,只是上面刻满了深深的皱纹。手脚又细又长,仿佛不像人类。身上穿的格子衬衫显得很肥大。

老人的脖子上挂着带有糖果厂商 LOGO 的红色带子,胸前吊着一块又脏又旧的厚纸板。纸板中间有几个手写的工整文字,角落里则画着漫画人物,像是小孩子喜欢的那种,。

"初次见面,我是综合管理署的田代孝弘。"

马桑巴·奥加坎加斯费力地睁开眼睛,仰望孝弘。"综合管辖署吗?那是我的直属后辈啊。不过我那时候说到底也只有一个部署。现在是叫阿波罗吧?"

孝弘点点头,奥加坎加斯轻轻笑了。

"抱歉给你们添麻烦了。哎,我只是拿以前学的技术检索了一下。结果大家就看到了,一个累坏了的老头瘫在地上。看起来,这块牌子也和我一样被时代淘汰了呀。今天已经不需要这样的东西了,当然也没人知道它的意义。哎呀,真是对不起。"

奥加坎加斯用长长的手指抓住带子,颇为羞愧地拆下厚纸板,放到腿上,用手轻轻抚摸。纸板正中用大大的装饰字体写着"检索中"几个字。

当年他在这里上班的时候,这块牌子有重要的作用。

奥加坎加斯的接口版本是 2.00C-R,那是阿弗洛狄忒黎明期的版本。当年,各部门和美惠三女神都还没有分化,学艺员用的数据库也只是一台名为"阿弗洛狄忒"的小型计算机,性能当然不可能和摩涅莫辛涅相比,图像检索也很粗糙,基本是徒有其名。就连这颗小行星也到处都是光秃秃的石头,连土壤都还没有覆盖。但是,血气方刚的学艺员们依旧很开心,他们的脖子上挂着这块牌子,在建设中的大厅里、在人迹罕至的展览室角落里,呼唤他们的美之女神。

不过,孝弘认为即使是在当年,女神的反应也不至于慢到必须要靠这种夸张而愚蠢的牌子来提醒其他人。从"数据库"这个词诞生的时候开始,处理速度就是最主要的开发目标之一,不管怎么说,所有直接连接者都在胸前挂手写的牌子,道理上也说不过去。

阿弗洛狄忒的后裔用文静的女低音回答了孝弘的疑问。

——这不是数据库的问题,是因为奥加坎加斯是C-R方式的直接连接者。

眼前的老人静静地坐着,犹如古树一般。

"总之没事就好。可惜我们的误解打断了您的连接。"

奥加坎加斯把厚纸板放到旁边,慢慢摇了摇手:"没关系。我也没在检索什么东西、"

"啊,我去泡咖啡。"奈奈猛然站起来。

她关上门之后,老人眯起眼睛说:"奈奈现在变成很会照顾人的阿姨了嘛。我退休的时候还是个整天沉着脸的小姑娘。"

"沉着脸还没变哟,我总是被她骂。不信的话,请当面喊她阿姨试试。"

老人发出犹如气球中漏出空气的声音——似乎是笑声。

"这里现在变得很美。本来只是块空空如也的大石头,竟然能搜集这么多东西,你们很努力啊。"

"不不,没有的事。"

"我找的东西要是能找到就更好了。"

他垂下视线。孝弘忽然想起奥贝也有类似的表情。

"您是为了找东西专程来这儿的吗?我听说您退休以后回地球去了。"

"对,不过地球上的东西和我想要的还是有点区别。说实话,我想在这儿大概也找不到吧。"

"能问问您在找什么吗?"

奥加坎加斯微微一笑,用沉稳的低音回答:"我对那孩子也说了。这是老年人的任性,只是为了想要填补非常自我的欠缺。不用介意。真想知道的话可以去问她,只不过,知道了也别笑话我啊。我也知道自己这是想捕捉落后于时代的幽灵。"

"哈……"

"马桑巴,你晕倒了?"

休息室里回响起尖声惊叫。那声音孝弘好像在哪里听到过。他回头看到飞奔进来的人,不禁怀疑自己的眼睛。

"奥贝先生,你怎么在这里?"

液体艺术家像是被太阳神扔出的铁饼直接命中的雅辛托斯[①]一样。虽然没有晕倒,但他嘴里发出啊的一声尖叫,立刻低下头,视线落到地上。

"哟,水艺师,你认识这个很有前途的学艺员?"

"啊,嗯。我那个策划……打算交给他。"

奥加坎加斯告诉茫然的孝弘:"我和他是在酒店休息室认识的。"

"老人家心情很好,你怎么反而忧心忡忡的?"

[①] 雅辛托斯是植物神,西风之神和太阳神都宠爱的美男子。在一次和太阳神的掷铁饼练习中,嫉妒的西风之神刮风吹回太阳神阿波罗扔出的铁饼砸死了雅辛托斯。

"我年纪大了，没那么无忧无虑了。"

奈奈·桑德斯在窗边紧紧抱着胳膊，眺望着两个人返回酒店时被街灯照亮的身影。

太阳已经快要落山了，奥加坎加斯对后辈讲述的往事还没结束。他真的很喜欢学艺员这份工作。不过，在眉飞色舞的老人旁边，奈奈萧索的神色也没逃过孝弘的眼睛。

"孝弘，我去泡咖啡的时候，奥加坎加斯跟你说过他要找的东西吗？"

"他没说要找什么东西，只是说具体情况可以问你，说是落后于时代的幽灵什么的。"

奈奈依旧望着窗外，又问："你查过他的版本号吗？"

"2.00C-R 吧，好像是角膜－视网膜投影方式。"

"那种方式很快就停止了。仅仅一年后，版本号一下子就升到了3……"

"我知道。"

奈奈用脚后跟转了个圈，微微侧头，嘴唇浮现出复杂的笑容："我说，孝弘，同情和怜悯是有区别的呀。"

"是啊。一般人都不愿意被人怜悯吧。"

"我大概是在怜悯奥加坎加斯……真不好。"奈奈揉起了自己的眉心。分明是在明亮的室内，她看上去却像是要被外面的黑暗所吞没。

她的心情孝弘也很理解。轻飘飘的一句"过渡期"，就把C-R版的学艺员收拾掉了。

人类自从成功探明大脑地图、采用纳米技术从意识源头找出信息以来，便在积极探索技术革新。不是通过语言而是用脑电波发送指令的思维控制技术，很快就催生出监听"内声"——尚未形成词句的意识层面的"声音"——的设备。听觉辅助、超小型耳机、人工内耳等很快就被视为过时的技术遭到抛弃,科技人员的研究主题迅速转向对耳蜗神经的研究,进而集中到直接存取颞叶听觉区的可能性上。即使是在耳鼻领域,如今还需要和鼻涕打交道的只剩下临床医师,而大部分学者都是在洁净的研究室中将好奇的鼻子探进眼窝前额皮质。

奥加坎加斯时代的科学家们就像是刚刚得到了新玩具的孩子,天真无邪,无所畏惧,对一切充满好奇。

1500克的未知大海迅速分解为有理数的泡沫,就连横亘在深处的心理活动也能被看透。科学家的下一个目标就是要捕捉在温润的水底游动的"生物"。那是科学的鱼钩钓不到的生物,是名为"创造性"与"艺术性"的深海鱼。如果把它粗暴地抓到海面,恐怕会立刻死去。

博物馆行星就诞生在这个激荡的时代。一部分直接连接者之所以采用C-R方式,说不定也仅仅是为了尝试一下新鲜的玩具。

所谓C-R方式,是让视觉信息与海马、大脑新皮质视觉区域发生联系的方式。人眼看到的东西可以作为数据加以保存;同样的,头脑中想到的东西也可以在视网膜上输出。不过以当时的技术,要实现这样的功能有许多简直让人无法接受的麻烦。

要确定一副图像,首先需要惊人的精神集中力。终于获取了数据之后,检索速度也很慢,甚至连家庭常用的终端电脑都比不上。还有许多其他麻烦:需要处理角膜,会导致实际视力降低;数据投射到视网膜的时候必须紧紧闭上眼睛;视点不能移动;不能对图像进行放大或局部特写;不能逐一切换图像……

即便有这么多麻烦,2.00C-R版在当时还是最先进的版本。

"奥加坎加斯是非常优秀的学艺员,具有多年的经验和敏锐的直觉,不是像我这样的后辈有资格去怜悯的。"晚了四代——和马修比较则是晚了六代——的学艺员紧紧抱住自己的身子,"可是,当最先进的版本变成了最没效率的版本,连自己都被贴上'过渡期'的标签……奥加坎加斯会是怎样的心情呢?一想到这个,我就……"

孝弘抿了抿嘴,斟字酌句地说:"我想,唯一可以形容他的只有勇敢。当原本的阿弗洛狄忒被分为摩涅莫辛涅和三位女神,C-R连接的性能再也无法跟上女神脚步的时候,他没有自怨自艾,而是接受了缓冲记忆设备的移植,靠它来储存女神们语速过快的神谕。作为学艺员,还有比他更勇敢和出色的吗?"孝弘一边说,一边想道:这不仅仅是在说奥加坎加斯。

奈奈也意识到了吧,她这也是对我们这些逐渐被时代淘汰的人的怜悯啊……

在不断的调停中逐渐失去自我的学艺员,当最后的时刻到来时,也能像奥加坎加斯一样勇敢吗?

也是为了鼓舞自己,孝弘坚定地说:"即使是在系统再也不能进行视网膜投影之后,他又植入了薄膜显示器,继续做一名学艺员。只要怀有对美的热忱,就可以成为最出色的学艺员。技术有什么关系,版本有什么关系?那时候义愤填膺贬斥马修的你到哪儿去了,奈奈?你不应该怜悯奥加坎加斯啊,应该向他学习。"

奈奈一脸严肃地抬了抬眼睛。

"奥加坎加斯要找的东西,就是那个学艺员之魂产出的幽灵。他想把和C-R连接一起放弃的东西再找回来。"

"什么意思?"

"在他那个时代,角膜-视网膜投影技术还不能根据思维来控制视点,所以图像会占据整个视野,不能移动视角,也不能集中观察某处。你能想象那样的感觉吗?他说,那是学艺员最幸福的地方。每当视网膜投影绘画的时候,那幅画就是整个世界,绘画会传来震撼的力量。那是被绘画包围、因绘画而生的感觉。只要体验过一次就会觉得无论是薄膜显示器还是通常的绘画展，都像是受到了边框的限制，非常狭小。他回到地球以后，也曾周游世界，四处寻找宏伟的风景。然而自然的宏伟终究与艺术品的力量有所差别——他这样说道。"

被绘画完全包裹？孝弘试图想象那样的感觉。那和在古老的教堂仰头观赏穹顶画的感觉类似吗？宏伟、辽阔、在眼前铺展开来、又像是要被吸进去一样的感觉。

"孝弘，他跟我说，无论如何都想再感受一次那种艺术之力，就算再也不是直接连接学艺员也没关系，他还是想做一做那样的梦。所以他又回到了这里……真让人又好气又好笑。"

"可我们的系统已经不再提供 C-R 方式了，来了又能怎么样？"

奈奈的手放在窗玻璃上，玻璃中映出的两个人隐约浮现在黑暗中。

"他那个时代的技术梦想，上个月终于走下神坛，进入实用化。新版的女神，也就是马修他们的 8.80 版本，终于探入海马区，这就是说——"

"对啊！C-R 方式废止后一直被搁置的海马区视觉信息处理研究在 8.80 版本复活了。"

"就是这样。只是现在还不能视网膜投影。但学者在探索如何提高图像检索效率的同事，也开始涉足过去以 C-R 方式开拓的领域。"

"这样一来，"孝弘伸手摸摸自己的下巴，"他找的东西不是某幅绘画，也不是某件工艺品。他的检索是一个试验，想看看 8.80 版本能不能做模拟变换，用类似马修的处理方式让 C-R 输出形式复活，是吧？"

"回答正确。"奈奈的语气完全不像是在夸奖。转过身面对同事的干练学艺员，一脸如泣如诉的表情。

"但是不行。技术的进步非常无情，如果用古老的方法强行侵入现在的系统，完全无法预料女神会向奥加坎加斯返回多大的负荷。我告诉他这样做很危险,请他不要尝试,可是他没答应。我能做的只有以防万一,请求系统管理局封锁他的鲁莽访问。

"孝弘啊,这里有很多美术品,那都是我们的骄傲。可是,前辈要找的东西不在这里。他怀着将一生献给艺术的决心,选择了直接连接学艺员的道路,培育了黎明期的博物馆行星。他的目标原本是要协调艺术与科学之美,可是这个目标却在每天和展示品打交道的琐碎事务中化作了一个个条款。令他感到无比幸福的那种压倒一切的美的力量,被一句'过渡期的技术'彻底封印了。我不知道该对他说什么才好……难道要对他说:'你的梦已经丢了,再也回不来了?'我说不出口,太残酷了……"

奈奈的视线无力地垂了下去。孝弘沉静地望着她。

"奈奈,你不是在怜悯他,是在羡慕他啊。"

"为什么这么说?"

"因为他是纯粹的学艺员。那种纯粹早已被我们丢了。你是因为他的无比坦率而悲哀。真的,奈奈,就连我在心底也在思考和他类似的事情。我不想做分析,不想做调解,不想做搬运工,不想做管理者,我只想做个求婚者,被美之女神紧紧抱在胸口。如果能够那样,就算死了也没关系。对热切追求梦想的他,我很羡慕。"

奈奈孱弱地松开胳膊,再度将视线投向窗外弥漫的浓暗。

"孝弘,你忘了呀。你说的是有可能实现的梦。可是奥加坎加斯的梦,虽然曾经实现过,但 C-R 连接既然已经不再可能,那就是绝对无法再实现的。可是他听说了系统修改的消息,还以为说不定有可能了,拿出厚纸板,像个少年一样欢呼雀跃着回到这里。正因为明白他那种祈求美之至福的纯粹,我这个久经世故的后辈才会怜悯他,想要恳求他不要再追求了。"

奈奈的身影映在窗户上。她静静地闭上眼睛。

孝弘仿佛也能看见她眼睑内侧的景象。

年轻的黑人学艺员知道自己有可能要伫立很久，为了不吓到孩子们，慢慢抓住红色带子，将画着漫画人物的"检索中"挂到脖子上。

然后，他默念美之女神的名字，闭上眼睛。

在犹如深海的黑暗中，缓缓出现了一幅图画。

拥抱他的是以"想看"的无穷力量召唤的图画。迅捷如兔，不肯被科学家的钓钩钩住的珍贵深海鱼。

在那一刹那，整个世界只剩下了他与绘画。意识被绘画涂满，绘画只接受他一个人。美的压倒性力量令他忘记了评价，意识都发散在至高无上的幸福中。

所以他打开了心的臂膀，拥抱填满整个视野的美之至福。

奈奈突兀地说："他看到的，不是无法触摸的美之女神，而是技术女神制造出来的残酷幻象。"

出了阿波罗的厅舍，天空和往日一样湛蓝。下一次降雨应该是五天后。气象局会按照预告准时下雨，取悦观光客，然后在整整十二个小时后准时停止。

这段时间，孝弘一直感到自己似乎过于融入这些人工风景了，仿佛自己不是学艺员，甚至也不是人类，而只是这个行星的一部分。妻子倒是有人类的气息，每天都从资料室借出无数帝王大钢琴的音源资料，如痴如醉地喃喃自语道"太美了"。

"正因为无法解释，才是艺术。"萨尼·R.奥贝的这句话搞不好还真是说中了，孝弘如此想道。摩涅莫辛涅也好，现在的学艺员也罢，试图去解析艺术，其实恐怕就堕落得和技术员一样，已经失去了享受美的资格，不是吗？

"对不起，田、田代先生？"迎面走来一个人，怀里抱着一个大包。正是那个奥贝。

说曹操,曹操到。孝弘脸上露出笑容。

"申请书怎么样了?"

"啊,还行吧。跟马桑巴讨论了半天,总算差不多把我想做的事理出了一个头绪。他在找的东西和我想表现的模糊概念非常相似。"

"那太好了,你的美学很快就能整理成申请书了吧。"

将美学整理成申请书?孝弘对自己的话不禁感到有些恶心。咽下去的唾沫很苦。他换了个话题:"奥加坎加斯状态还好吧?要是能慢慢转一转美术馆就太好了。"

奥贝哆嗦了一下,嘴里嘟嘟囔囔不知道说些什么。

"怎么了?"

"没什么大事……吧。哎呀,老老实实待着呢。就是听说还不能进入数据库内部,好像有点失望。这几天一直在房间里摆弄电脑玩。该怎么说呢?唔,好像挺开心……不过那种样子也感觉有点像隐匿性抑郁症就是了。"

"什么抑郁症?"

没什么,没什么,奥贝一个劲摇头。孝弘等了一会儿也没有下文。

"那么我告辞了。总之等您的申请书。对了,请帮我告诉奥加坎加斯,如果房间的电脑不够用,请来找我——"

"田代先生?"

孝弘像是发条卷断了的人偶一样动弹不得。这是因为,他一边谈话一边接受的摩涅莫辛涅内耳输出,报告了奥加坎加斯的异常访问。

酒店区距离美术馆和音乐厅很近。奈奈已经在奥加坎加斯的房间里了。医务人员也到了。他们围着监控奥加坎加斯大脑的三维立体图像,一副束手无策的模样。

"这次真的昏厥了？他到底怎么能访问的？"

"是这个。"奈奈的手掌上放着一枚圆圆的东西，像是古董硬币。

"据说这是型号非常古老的调制解调器，他好像就是用这个东西与房间里的电脑成功通讯。"

"可是就算进入了系统，线路应该也有相应的保护，去不了C-R相关地方啊。"

"女神也有盲肠。"

"什么意思？"

"作为元系统的阿弗洛狄忒至今还保留着，为了保证在摩涅莫辛涅发生万一的时候有紧急处理能力。访问接口也还在，没人注意。这也不奇怪，因为能进去的只有版本2.0以前的人。"

奥贝推开孝弘，插嘴说："奥加坎加斯的情况怎么样？"

"和系统切断联系了。但是好像无法处理已经写入缓存的数据，卡住了。"

"那么，那个什么C-R连接实现了吗？！"奥贝脸上刚刚闪过喜色，随即便注意到奈奈的表情，"……不行啊？"

奈奈的视线飘到横躺在地上的老人身上。他胸前的红色带子格外鲜明。

"还要更糟，奥贝先生。我们现在收藏的绘画精度太高了，无论如何也无法用C-R方式输出。能读进缓存已经非常神奇了。说实话，医疗人员也束手无策，这就像是现代的建筑学者要去挖掘遗迹一样。"奈奈的叹息声在颤抖，"我们所知道的只有：他一心想观赏绘画，却只能一个人在黑暗的地方挣扎前进。他肯定也深知其中的危险性吧，读取的都是宗教绘画。"

"做到这种程度……"孝弘为了说这一句话就已经耗尽了力气。奈奈也不再说话，仰头望天，继续颤抖着叹息。

萨尼·R.奥贝用求救般的视线望向奈奈，问道："马桑巴还有没有意识？"

"没有。"

"外界刺激呢？瞳孔反应还有吧？应该还有吧？"

"嗯，有吧……奥贝先生，你干什么？"

液体艺术家灵活地右转，凑近那一群白衣医生。

"对不起，让我看看活性图。这是什么？这是缓存？没有内出血和器质性破损吧？只有某些部位的异常沉滞和异常兴奋——但以前没见过这样的活性分布症状，所以也很难给药。做过针点刺激吗？啊，海马区域这样了。血压呢？"

年轻的医护人员条件反射似的回答："55.73"

"有点低啊。你们的判断呢？这是单纯身体方面的问题，还是因为心理因素导致的自我封闭？"

"我们的诊断是，他的身体和机械部分的信息传递出现了障碍。原因很复杂，不过也不能否定有心理性混乱这一因素。"

奥贝点点头。

"该怎么做才好，你们有想法吗？"

没有人回答。他又点了点头，像是将这个沉默当作回答接受了。奥贝打开了自己提包的拉链。"那么让我来吧，用昨天马桑巴也赞成的方法。"

"等等！"孝弘赶快跑到他身边，"你要做什么？你对直接连接者一无所知。"

奥贝一只手伸进提包，笔直盯着孝弘。

"嗯，我是不知道。可是要说理解他的思想，我并不是门外汉。啊，这个。"他从提包里取出一个很大的密封袋，熟练地拆开。

一股浓烈的消毒水味在室内散开。奥贝展开医疗用的透明凝胶布，朝孝弘一笑。熟悉的羞赧表情又出现在他脸上。

"借用一下洗澡房。对了，我一直没来得及说，我的本职是精神医生。"

孝弘目瞪口呆。

马桑巴·奥加坎加斯消瘦的裸体被裹在茧里。

奥贝在浴缸里铺开袋装布，将他脖子以下的部位完全包住，然后在布袋中注入38度的热水。茧逐渐胀大。

"袋子不会破吗？"

"没问题。只要注水口和肩胛骨处的粘压胶布完好，最大可以承受七个大气压。"

"奥加坎加斯！"紧紧抓着厚纸的奈奈在他的耳边叫喊，"你的牌子已经拿掉了，回来吧，奥加坎加斯！"

"不，要喊马桑巴。如果喊了半天都没反应，就直接喊'你'，最好是和他大脑里的声音相似。一切顺利的话，一定会有反应。他的条件得天独厚。"

奥贝一边准备，一边解释说，奥加坎加斯刚巧已经完成了疗法的第一阶段。

奥加坎加斯在酒店大堂遇到了奥贝，两个人探讨起艺术问题。奥加坎加斯追求的东西，让自诩为艺术家的奥贝很赞同，并且指出他的想法和神经疾病中使用的支援疗法是相通的。而作为精神医师的看法是，有没有能够理解自己的人，对返回俗世要花费的气力大小有着很大的影响。

按照人物数据库"点名"的资料，相比对话形式的治疗，奥贝更擅长物理疗法，尤其擅长物理疗法中使用人工肌肉之类的疗法。他通过机械化学反应，采用凝胶纤维当场制作出"子宫"，将患者放入其中，以此来治愈患者受损的心灵。

"差不多了。"他停止注入热水，轻轻触摸手边的控制器。

透明的膜开始收缩。奥加坎加斯的腹部在水压的作用下逐渐下凹。随后，膜中的热水渗透出来，膜又恢复到原先的状态。

老人的嘴角漏出空气的声音。

"现在！快喊！"

"马桑巴！你在吗？！"

奥贝凝视老人的脸，等了一个呼吸的时间，然后将温度调整到43度，又开始注入热水。

在水声中，奥贝说出泄气话："如果单纯是生理上的问题，我就没办法了。如果是机器的部分坏了，我就更没办法。压力刺激不能用在计算机上。"

"只是——"奥贝低着头嘟囔，"只是，马桑巴的心情我很理解。我用过很多次这样的治疗方法，所以我很明白他那种被包裹的感觉。和他交谈的时候，我发现我追求的液体艺术，和他追求的东西在根源上是相通的。我想用液体描绘出语言和文字，通过这些包含着世界的存在——非常宏大、深邃的语言，飘在半空中，在改变形状的同时也在改变意义——哇的一下，把观赏者包裹在里面……你们看，和马桑巴说的很像吧？我的艺术，马桑巴是最理解的——快喊！"

奈奈像是被吓了一跳，又开始叫喊。

奥贝咬着嘴唇，将水的温度降到30度。

"……马桑巴也说他能理解。所以昨天他说：'既然你在做这样的工作，能不能把我包裹起来试试？'他还说，如果在令人怀念的温暖中，在包裹自己的液体中，就算只能看到全息图像或者有边框的画面，说不定也可以忍受。"

奥贝瞥了一眼孝弘，后者正像是木偶一样跪在地上。

"对你们说这些也挺丢脸的……马桑巴也跟我说了些学艺员的情况。据他说,学艺员最重要的不是五感,而是从长年经验中积累出的类似触觉,甚至可以说是直觉一样的东西。否则,学艺员就没有存在价值了,只要分析仪器和数据库就能解释一切。"

"马桑巴!是啊,是那样的!说话,马桑巴!让后辈们多听听你的教诲!"隔壁房间的医务人员叫喊起来,盖过了奈奈的尖锐叫喊。

"有反应了!"

"真的?"

"略微提高一点压力。准备冰块。"

奥贝很冷静。他一边检查紧紧贴在咽喉下面的胶布,一边毫不留情地注入热水。水声已经听不到了。膨胀到纺锤形的凝胶布继续可怕地扩张。

热辣的空气中,奥贝又开口了:"马桑巴也这样说过:从充斥整个视野的画像中喷薄而出的美之力量,绝不是通过五感去接受的。在那时候所感受到的幸福无法用语言形容。不过,即使无法形容,也有一种隐约的预感,仿佛只要继续被绘画拥抱,早晚会发现直觉的真实来源……不知道马桑巴现在被什么东西拥抱着啊……对了,他的连接并不顺利是吧?哎,就算是梦,要是能看到就好了。"

"他一定在看着。"孝弘将手放在充满热水的薄膜上,虚弱地笑起来,"那一定是个绚丽的梦,充满了整个视野、被温暖光洁的美之女神紧紧抱着的梦。"

"你虽然在死板的部门,想法倒是很浪漫啊。"奥贝嘿嘿地笑了,"你们说得都很好。我也希望能有像马桑巴和你这么好的口才。我追求的那种不确定的东西——就像是水的语言那样哇的一下涌过来的东西,我也想通过自己的准确表达告诉大家。"

突然间,注水口的胶带破了。

犹如炸弹爆炸一般,围在马桑巴身边的三个人重重撞到了乳白色的墙上。

"醒了!"

医疗人员跳进一片汪洋的浴室。

"马桑巴!你醒了!"

"冰!"

奥贝一把抓住递过来的冰块,贴在黑檀木般的脸颊上。

奥加坎加斯的脸庞收缩,动作中仿佛带着咯吱咯吱的声音。

"马桑巴,你醒了吗?!"奥贝继续用冰块摩擦。

黑色眼睑裂开一道缝,露出了眼白。

"天使……天使的绘画啊。"老人用干涩的声音说。

"我接上了,是吧?珍珠色的翅膀充满了我的视野,还有温暖的拥抱……我死而无憾了。"

"不行哟,奥加坎加斯。"孝弘的声音夹杂着笑意和哭腔,听上去很孩子气,"没有办完申请手续可不行。你这位了不起的朋友表达能力可不行。"

奥贝的视线彷徨着落向瓷砖地面。

奈奈紧紧握住全湿透了的厚纸板,无力地笑了起来。

天上下着柔和的小雨。气象台的员工自豪地表示,这是真真切切的"五月小雨"。

这里浪漫的可不止我一个。这话一定要告诉奥贝。

"你还有心思在这儿笑嘻嘻的,我还在为你的后辈头疼呢。"孝弘的心不在焉被奈奈发现了,她一副闹别扭的口气。

"别说我天天跟你抱怨。你看,下着雨我还来到阿波罗这么偏僻的地方,就是为了府上的公子哥操心。你明白吗?"

"我也在努力啊，昨天还拎着脖子狠狠训了他一顿——虽说我也不习惯训人。"

"你太软弱了。换了我，真想把他的线拔了直接扔出去。"

"拔线可不行，不过收拾他一顿还是可以的。我不拦你。"

"哎呀，真的？"

孝弘知道自己确实太温厚，不过对接二连三引发问题的马修·金巴利也实在头痛。骂他一顿，也丝毫没有反省的模样。不仅如此，每次惹出事情的时候，都会标榜他的版本号。自信过头的权威主义者，真是打也没用骂也没用。

"随你怎么收拾。等你收拾完了，我打包扔去穿梭机。"

"这个办法挺好。啊，对了，说起穿梭机，奥加坎加斯说他坐明天的飞船回去。奥贝的申请怎么样了？"

"废了。"

"哎？"奈奈夸张地叫了起来，双手捂住脸颊。

"真无情啊。"

"你不知道，他提交的策划一塌糊涂，写什么'把观众拿凝胶膜包起来'，让他们欣赏那个什么水文字，又说'在子宫中被梦抱住'，全都是诸如此类言之无物的推销词。反过来，基本的全都没写。把观众一个个包成包裹吗？总不能让观众背着氧气瓶把整个会场包起来吧。虽然我也知道他要干什么，但策划书里完全没有表达出来。"

"有奥加坎加斯帮忙也不行啊？"

"哎，他也还没有完全恢复，我劝他先回地球静养一段时间。就算是为了实现他们的想法，我也希望他尽快从阿斯克勒皮俄斯①转到阿波罗的管辖范围。"

---

① 阿斯克勒皮俄斯：希腊神话中的医神，前太阳神赫利俄斯之子。在后世神话中，作为太阳神的赫利俄斯被逐渐与阿波罗混在了一起。

"哎呀，阿斯克勒皮俄斯可是阿波罗的儿子啊。顺带一句，阿波罗也擅长医术。"

"哎、哎、哎，真的？"

奈奈摇了摇手指。

"请好好学习学习自己部门的历史。总之——"她优美地站起来，"马修的事，我再忍一忍，想想对策。"

"知道了。"

关上门，房间里充满了寂静。

窗外，雅典娜的蓝色小车在潮湿的路面上投下长长的影子，优美地驶上了回去的路。

沉在青灰色中的世界宛若海底，孝弘想。

自己对这里已经非常熟悉了，可以说没有一处是未知的。但依然还有深海鱼沉睡在看不见的地方。那是逃过了奥加坎加斯之手的幻影鱼。它栖息在广袤的大海深处，科学的鱼钩钓不到它，通常的渔网也网不到它，也许只有用纯真而温暖的臂膀去拥抱……

真的一片阒静，没有人的动静，也没有雨声，只有房间外雨滴的重量缓缓渗入狭小的房间。

拥抱着美之女神的温柔的雨，还有三个小时停息。

永恒的森林

博物馆行星"阿弗洛狄忒"里昂贵的设备仪器都是为了追求终极之美而配备的。将大脑与数据库直接连接的学艺员存在的意义也在于此。学艺员呼唤以女神命名的数据库，是为了将自己的直觉升华为直觉之上的理论。

对研究对象，首先必须有爱。看到一件艺术品，首先要抚摸它，感受它，了解它的暗喻，接受它的主张，然后再借助女神的力量，客观地研讨。比如，就像常言说的"初吻的味道分为柠檬派和香草派"，把初吻用这种独具人性的行为加以解读固然非常浪漫，但也需要客观考虑是不是陷入了某种偏爱当中。

"先骂一顿，再夸两句……"

当然，你的好奇心值得称赞，马修。我也是直接连接学艺员，每当我向数据库抛出"类似如此的感觉"却得到了未曾设想的关联性时，确实会产生十分激动的心情。何况你的交互接口版本更高，至于说意象的确定率、反馈的鲜明度等，比你早了两代的我更是无法和你相比吧。只是啊，马修，我想你应该也明白，最重要的还是在于你如何运用能力。

"学艺员的存在价值并不是为了寻找相似的东西——不错，就是这样的顺序。"

田代孝弘决定了说教的基本程序，满意地点点头。

综合管辖博物馆行星的"阿波罗"的新人学艺员马修·金巴利在其他部门巡回实习三个月，其间，身为直属前辈的孝弘至少收到了超过五十份的抱怨，其内容一言以蔽之就是"你个小屁孩能懂什么？版本高一点尾巴就翘到天上去了"。

阿波罗的学艺员被赋予了其他部门所没有的权限。他们直接连接的数据库"摩涅莫辛涅"可以从上层访问以美惠三美神命名的各部门专业数据库。凌驾于各部门之上裁决复杂问题也是他们的责任。接受了大脑外科手术、立志成为学艺员的年轻人对这样的地位洋洋自得，也不是不能理解。

虽然孝弘想要尽量维护马修，但是后辈的权力欲太强了。

德墨忒尔的职员怒气冲冲地跑来投诉：我们要把那小子关进笼子里，好好教教他怎么照顾动植物。那小子一点都不明白书本上的理论和实际操作的差异。

缪斯邀请的年轻指挥，在音乐会结束后专门给孝弘上演了一场漫长的独奏会，主题是自尊心受损的怨念。演奏从分解马修一举一动的呈示部开始，经过指挥者以自身的卑微作为装点的展开部，又在再现部返回提升了迫力的怨念上，可以说是一首完美的奏鸣曲。

就连雅典娜的老练学艺员奈奈·桑德斯，这些日子别说抱怨了，连训斥的力气都没了。

"算了，我放弃了。我试过以专家的角度给他一点建议，可是一点用都没有。他翻来覆去就是一句话：我的计算机版本比你的新。就这样。我说孝弘，我可没时间调教这种自以为无所不能的小屁孩。实在对不起，我负责的艺术品能不能别让他碰了？"

如果自己能像奈奈这样彻底放弃就好了。孝弘在阿波罗官署的灰色走廊中发出深深的叹息。

可惜自己和他同属一个部门,逃都没地方逃。而且孝弘也不得不承认自己不够精明,还没反应过来就被同事们推去看管毛头小子了。

总而言之,必须和马修开诚布公地谈一谈。"类似与影响"这种没有明确主题的企划展并不适合拥有庞大记录的阿弗洛狄忒。

孝弘不知道第几次叹息的时候,内耳中传来柔和的声音。那是摩涅莫辛涅的呼唤。

——可以连接。什么事?

头脑中响起回应。收到孝弘的内声,摩涅莫辛涅静静地报告。

——您有新的消息。发信人,阿波罗,马修·金巴利。

孝弘转了几圈眼珠子。

——只能听听看吧。输出方式保持为 A。

——了解。开始输出。

摩涅莫辛涅在孝弘的内耳里忠实再现了马修的尖细嗓音。

——"田代先生,那份企划,所长同意了哟。"完毕。

"什么东西?"孝弘情不自禁发出了声,"摩涅莫辛涅,就这点?"

——就这些。

"稻草人到底想干什么啊?"

马修的企划"类似与影响"差不多就是把算盘珠和蜻蛉玉、文胸和护目镜摆在一起进行对比展示。孝弘不禁咬起自己的指甲,眼前浮现出绰号"稻草人"的所长亚伯拉罕·柯林斯的圆脸。

孝弘原本就走得不快,这时候有个人从后面超过了他。在统一色调的灰色走廊里,鬈曲的金发闪闪发亮。看到那鲜亮的色彩,孝弘深深叹了一口气。

"……马修。"

"什么事？"金发碧眼的后辈毫不怯懦地回头问。

"首先，我想问问你，为什么明明就在我身后一米的地方，偏偏要通过摩涅莫辛涅来发信息？"

"因为方便呀。"马修露出洁白的虎牙，"又不会打扰您的散步，对我来说也比说话快很多。哎呀，难道您这一代思考要比说话更费工夫？"

马修的眼角漏出蔑视的神色，不过孝弘还是忍了。

"我们这些落后于时代的人，宁愿费事也要注重礼仪。所以稻草人——咳，所长同意了啊。虽然对我来说，你的那个……企划展的覆盖范围太广了。"

马修嘿嘿一笑。"主题不清——您直截了当这么说就行了。您说的很对，但是不用担心。主题说实话什么都可以，因为这一回的企划只是个预演。"

"预演？什么的预演？"

"哎呀呀——"后辈耸耸肩，"这不是很明显的吗？针对我的版本而采用的新数据登记方式的预演。您没有听摩涅莫辛涅介绍吗？"

孝弘感到比妻子还要亲近的记忆女神仿佛正从身边悄悄溜走。

"马修对大脑边缘系统的访问越来越得心应手了。"奈奈·桑德斯一边把咖啡递给孝弘，一边颇为不甘地说。她的办公室位于雅典娜官署，一片银色让她这个身穿黑色连衣裙的黑美人在一举一动中化作优美的浮雕。

孝弘坐在打盹用沙发上，有气无力地剥掉纸杯咖啡的保温带。

"摩涅莫辛涅的调谐超过预期，据说也是多亏了直接连接者一方版本的大幅升级。但是从版本号上看不出追加了什么重要的新功能。反正接触到美的那种感动，我是没办法记录下来。"

奈奈大大咧咧地坐在办公椅上。

"感动这种东西本来就没办法进行明确记录。"

"嗯。现在只能把神经元突触的变化情况保存下来。不过拿到新玩具的小毛孩子才不会想那么多，只要好玩就行了。"

奈奈哼了一声，以黑豹似的动作换了个姿势跷二郎腿。

"鉴赏力乏善可陈的小屁孩能记录什么东西。做记录这件事情看起来简单，但要想真正理解某件艺术品的独特之处，也需要经年累月的经验才行。"她咕噜咕噜地一口气喝下热热的咖啡，看来相当生气，"而且在数据库里混入任何主观印象都是愚蠢的行为。人们对美的感受本来就是千差万别的。带有个人感想的艺术解说不是别的，根本就是思想控制。"

"稻草人和地球上的官员貌似不是这么想。他们打算把鉴赏艺术品时的感动储存下来，最终让我们的机器女神也能理解这样的感动。他们认为，只要机器能够理解感动，也就可以用0和1的数据之网来捉住美的本质。"

奈奈露齿一笑，举起咖啡杯作势要干杯。孝弘总算也能稍微笑一笑。

"马修搞的那个'类似与影响'展览，目的是为了最大限度地运用他的能力。按照他的说法，列举同类事物的时候，是会在花纹的共通性中感觉到时代的流变，还是会将之视作单纯的模仿而加以嘲笑，这种印象上的微妙差异有必要传达给摩涅莫辛涅。"

奈奈沉默了一会儿，再度开口的时候语气中带着确信。

"孝弘，这个苗头更不好。不管怎么说，学艺员考试合格的人，不可能分不出历史关联性与复制品的区别。他是不是忘记了学艺员的立场，单纯想要获取记名记录的快感？"

"我也是这么想。能够向摩涅莫辛涅添加记名数据，意味着能让自己的名字永远流传下去。这是很大的诱惑。"

"这个猜测，你对马修说过吗？"

"当然说过。他没有否认，反而顺着话说，如果他做的工作具有永久保存的价值，留下名字也是当然的。这小子准备的倒是很充分，挑选的展品相当有趣。他说：'正因为要鉴赏的是无法重现的美，如果登记信息中没有情绪记录，那不是太浪费了吗？'"

"哟，这话冠冕堂皇的，难怪稻草人会点头了。"奈奈一脸苦涩，"他挑了什么有趣的东西？"

孝弘喝了一口咖啡才回答："生物时钟。那可是他煞费苦心挑选的展品。"

"哎，什么？现在还搞这个？"

和孝弘预想的一样，奈奈瞪大了眼睛。

生物时钟在二十年前很流行。采用转基因技术让植物的生长产生明显的规律性，就可以通过这类植物的生长变化来设计优雅的时钟。手掌大小的花盆里，红色的花朵在上午十点准时开放；高度受控制的树木，下午三点的时候树叶会准时变红，诸如此类。在时钟流行的后期，也出现了利用变形菌的运动能力来控制动物模型在树林里运动的品种。

为了避免外部环境的影响，大部分生物时钟都罩在透明或者偏光的密封盒里。随着当时太空定居者的激增，封闭的迷你自然迅速流行。在没有明暗变化的人工照明下，生物时钟的购买者按下小小的按钮，排除掉填充在密封盒里的某种惰性因子，小小的树林便被从睡梦中唤醒，开始呼吸。可以说，在无趣的宇宙开拓期，生物时钟刻下了浪漫的绿色秒针。

"马修准备的生物时钟相当高级，而且还是未开封的。"

"原来如此，果然是煞费苦心。生物时钟一旦启动就无法停止，他是打算用他引以为豪的情绪记录功能来装点传说中的绝品，记录到数据库里啊。"

"没错。"孝弘短短应了一声。奈奈的眼神却显得颇为哀怨。

"可是,为了这个目的而被启动的生物时钟不是太可怜了吗?如果要选用独一无二的生命来作展品,完全可以用别的东西吧?比如,德墨忒尔的变色老鼠,体毛颜色每天都会改变,什么斑点纹、大理石纹、漩涡纹、几何纹,还能长出类似世界地图的纹路,也相当厉害……他想怎么记录就怎么记录。"

"哎,我刚刚说过,这位新人准备得很周到。"

"什么意思?"

"参观动物园可拿不到赞助费,也不能了断过去的因缘。"

奈奈在椅子上挺直了身子。她已经是可以被称为中年妇女的年纪了,但是皱眉噘嘴的表情还是让孝弘很喜欢。

面对奈奈无声的询问,孝弘反问说:"马修·金巴利的企划概念是什么?"

"摆满类似品的地摊集市。"

"这就是说,生物时钟也要和它的类似物放一起。你还不明白?"

"不明白。"

"稻草人之所以欢天喜地地批准马修这个企划,是因为展示生物时钟可以拉到赞助。给赞助的是钟表商,现在明白了吗?"

"等等……你是说,明明自家的珍贵藏品被称作类似物,还会兴高采烈地出钱?"

"你搞反了。人家可是认准了自己是正品,旁边那个才是仿造的。那个生物时钟不是量产品,而是全世界独一无二的东西。阿弗洛狄忒的结论将作为既成事实一直被讲述到宇宙终结之时。重视信誉的大型企业,为此掏些赞助费也没什么奇怪。"

"你等等,你等等,你等等……"奈奈一个劲地摇手,连头也跟着直摇,"难道说那个生物时钟,是——拉克洛公司的'伊特尼蒂'[①]?"

"恭喜你答对了。"

"这么说来,马修要放在它旁边的就是那起著作权官司中的八音盒人偶……"

奈奈一边说,一边从腕带上取出薄膜显示器。她应该是用内声召唤了雅典娜的专业数据库"欧佛洛绪涅"。在铺开薄膜显示器的同时,显示器上便显示出图像和文字。

拉克洛公司是生物时钟的开拓性企业。当时的 CEO 阿达姆·拉克洛是生物专业出身,通过手掌大小的迷你森林积累了巨额财富,度过了幸福的人生。他以死后公开为条件创作了遗作,也就是独一无二的伊特尼蒂。边长 1.03 米的大型密封盒里设置了森林和田野,一旦启动就会奏响音乐,同时激活森林里的变形菌,使得林中的小小人偶运动起来。

几年前,媒体在阿达姆·拉克洛去世的报道后面附上了伊特尼蒂的照片,然而却招来了著作权官司。原告是人偶师罗莎琳德·曼宁的遗属。

曼宁的家人认为,阿达姆的伊特尼蒂与两年前亡故的罗莎琳德的作品酷似。罗莎琳德与阿达姆原本就是同乡,自幼相识,专业也都是同一所大学的遗传工程学。罗莎琳德的遗属表示,生物时钟这一构想原本也是她在学生时代的创意。

资本家阿达姆盗用了她的创意,开创了一个时代的繁荣;相反,罗莎琳德保持着独身,度过了平淡而漫长的学者生活,之后为了维持生计改行做了人偶师。她的人偶也采用了生物技术,其公认的代表作是人偶与迷你树组合而成的八音盒。3 厘米高的少女合着音乐节拍,在绿树的树荫下缓缓移动,如入梦境。少女的蒂罗尔裙子下有趋音性

[①] 伊特尼蒂:Eternity,意为永恒。

变形菌，会带动她追踪音源。

罗莎琳德的遗属非常憎恨拉克洛公司，认为阿达姆从天性善良的罗莎琳德那边窃取了将植物运用于时钟的创意，后来甚至变本加厉地开始生产综合运用变形菌的动物人偶制品。本来就算没有伊特尼蒂，他们也想提起诉讼，但是拉克洛公司对使用罗莎琳德名下的趋音性变形菌 DNA 专利都履行了相应的手续，没有留给他们起诉的理由。但是伊特尼蒂不同，这个制品怎么看都是剽窃，罗莎琳德的遗属说。装饰伊特尼蒂森林的边框，与名为"期待"的罗莎琳德·曼宁晚年杰作中使用的蒂罗尔绣带完全相同。绣带的花纹是罗莎琳德的原创，所以明显是阿达姆抄袭了整个设计。他这种恬不知耻的行为显示出拉克洛公司的所有产品都是在不断损害罗莎琳德·曼宁的著作权……

拉克洛公司一开始是这样反驳的：

"两个人因为是同乡，所以蒂罗尔绣带的创意相似当然可以理解。伊特尼蒂中确实使用了趋音性变形菌，但那是阿达姆独自研究开发的新品种，只是没有来得及申请专利。其中涉及罗莎琳德的 DNA 专利也通过正规渠道履行了相应手续，并没有侵犯她的知识产权。因此，伊特尼蒂不是对罗莎琳德作品的模仿，而是阿达姆·拉克洛的原创。此外，生物时钟的创意是在两个人的闲谈中产生的，罗莎琳德本来就没有独占权。我公司认为，曼宁家的起诉超出了合理范围。"

不过，最后拉克洛公司还是做出了部分让步，诉讼以和解告终。说起来要想判断孰是孰非，关键在于激活伊特尼蒂，看它与"期待"的动作是否相似。但拉克洛公司不愿意把公司创始人的最后作品轻率地用作证据，他们更想把它留为艺术界的遗产。

低头看薄膜显示器的奈奈长长叹了一口气："马修要摆到伊特尼蒂旁边的就是罗莎琳德·曼宁的'期待'吗？八音盒不是密封式的，从制作年代倒推，最多再有一年就不能正常动作了吧？"

她在显示器的一角调出罗莎琳德的作品动画。伴随着有许多重复小节的轻盈歌曲，在利用橡树加工而成的迷你树木的树荫下，身高37厘米的蒂罗尔打扮的少女在跳着旋舞。

"人偶应该是瓷器吧？表情很精致，确实好像是在期待什么人的样子。"奈奈一边夸赞，一边又颓丧地说，"马修的准备真是周到。这个足够做伊特尼蒂的对手，一定会广受关注。别说是稻草人，换个人也会同意。又是首次运用情绪记录方式，又是一举解决多年来的争论，展品还这么有价值，再加上不可重复的一次性……"

"尤其是这个一次性还和赞助费捆绑在一起，还能顺便把自己的名字永久保存下来。"

奈奈朝后仰身，手在额头上一拍。

"啊，上帝，请训示他吧。让他知道学艺员是美的鉴赏者，不是商人，更不是法官。"

"奈奈你可真温柔，"孝弘抱歉似地坦白，"我是向恶魔祈祷的。"

就在这时，办公室外面响起激烈的敲门声。

奈奈还没回答，没上锁的房门就被粗暴地打开了。冲进来的是德墨忒尔年轻的直接连接学艺员韩月玉，脸色非常不好。

"终于找到您了，田代先生。我有事跟对您说。"

韩月玉是研究菌类的专家。她拨了拨短短的黑发，用可怕的眼神瞪着孝弘。

"您要好好教育教育马修·金巴利。"

韩月玉刻意压抑了自己的声音，没有叫喊却反而更有股魄力。被她的气势压迫的孝弘小心翼翼地问："他又干什么了？"

"他是'类似与影响'展览的负责人对吧？关于预定的展品，能不能请他事先好好做个调查？明天抵达的那个混蛋时钟，搞不好会把整个阿弗洛狄忒都毁掉。"

"什么意思？"

韩月玉从手腕的腕带上半硬拽地拉出薄膜显示器。

"我在确认地球详细数据的时候，看到了这样的东西。"

显示器上的标识很有设计美感，但却是孝弘绝不想看到的东西。

"拉克洛的伊特尼蒂密封罐内部被指定为具有生物危害性。"

"哪儿有问题？"

在气势十足的三个人面前，马修·金巴利安如泰山。

"这个像武士家纹一样的标识指明的只是严格密封的罐体内部。只要密封没问题，伊特尼蒂本身就不适用这一标识。不然的话，就按你在隔离室里的那种操作手法，整个阿弗洛狄忒早都要被指定成生物危害区域了。"马修笑着说，"至于伊特尼蒂的内部，只是因为阿达姆没有来得及向危机评定委员会申请DNA鉴定就进了坟墓，所以姑且就这么指定了而已。其实它说不定比奶酪上的青霉还要安全。"

"您还真是乐观。"韩月玉也笑了，但她眼角吊起，细细的眸子中闪耀着玲珑之刃的光芒。

"对，我是完全不担心。拉克洛公司的生物时钟本来就配备了内部自毁系统，防止废弃时发生危险。如果真要发生什么情况，轻轻一按那个按钮就行了。"

"有形的东西迟早都会损坏。你能确定密封罐和自毁系统现在都能正常运行吗？"

"这种担心纯属杞人忧天。真是受不了你。跟你说没事的。没问题。除非有疯子把罐子敲碎了从里面取样搞什么研究。"

"专业的疯子知道生物危害标识有多可怕，绝不会做那种事。"

韩月玉又是微微一笑。马修也毫不认输地眯起蓝色的眼睛。

阿波罗官署的会议室里，剩下孝弘和奈奈一起揉着太阳穴。

小个子的德墨忒尔学艺员用干脆利落的语调唤出塔莉亚，调出今天才从拉克洛公司获得的图像。

"总之请先看看这幅图。这是伊特尼蒂的照片。拉克洛公司一直没有公开，只有平面图案。"

会议室的投影仪亮了。

照片的画质不好，反而更让人看上去像是真实的森林。由左向右倾斜的丘陵上长满了阔叶树，树下生长着细密的草。丘陵下是一片小小的原野，覆盖着的似乎是结缕草。只要去除密封罐里的惰性因子，里面大概就会随时间绽放出缤纷多彩的花吧。

"布局很漂亮，森林和草原的平衡非常出色。"奈奈评价说。

德墨忒尔学艺员的表情稍微缓和了一些。"嗯，园艺技术也很优异。树木高低错落，与斜面的比例形成开阔的视野，让人感到安详宁静，情不自禁想要一直观赏下去。"

她快速切换到放大图。"接下来我要说明一下其中使用的菌类。"

放大后的图像画质更糟糕。韩月玉眯起眼睛，慎重地指向投影仪的一个地方。

"左侧的树，从树干表皮上可以看出是迷你枫树。和新盆景一样，通过反义RNA抑制了它的生长，没有害处。图像上能够辨识的树木基本都是这一类。但问题在于树下的杂草，其中混有菌类。"

"不仅布置了缩小的杂草，还混入了尺寸类似的菌类？设想挺好啊。这么低的解析度，根本看不出来。怎么看都像是单纯的草原。"

韩月玉斜看了赞叹的孝弘一眼，继续往下说："改造菌类的DNA，让它们呈现出小草的模样，这是拉克洛的得意技术，其他生物时钟里也在广泛使用，但伊特尼蒂使用的菌类品种至今没有弄清。"

"是韩月玉你没弄清，对吗？因为图像的清晰度不够？"

"有这方面的原因。单从这幅图像上，不要说菌丝有没有横隔壁无法确认,就连是藻状菌类还是囊状菌类都辨认不出来。而且,我最担心的是群落的形状。森林的杂草和草原的部分,放大后可以发现配置了各种菌类……"韩月玉给图像标上颜色。菌类群落的形状像是压扁的西红柿,又像是互相吞噬的巨噬细胞。

奈奈皱起眉头。"这个设计很不好看,一点都不像人工设计的,连整体的平衡都很欠缺。"

"的确如此。我怀疑这些杂草中用的是新型黏菌。"

"黏菌就是变形菌吧?那倒是有可能。拉克洛在生物时钟的动物部分用过趋音性变形菌。伊特尼蒂森林里的趋音性变形菌据说是阿达姆开发的新品种。"

"我知道。森林的地下也设置了音源,所以使用趋音性变形菌也不奇怪。但这里不是动物人偶,而是草原。"韩月玉说的没错,除非阿达姆·拉克洛就是要让小草到处乱跑。

"原来如此,所以你怀疑这个才是生物危害标识的原因?"

"是的。"

"那么,"开口的是马修,"如果密封罐坏了的话,不明身份的新型黏菌就会迈开黏糊糊的步子冲过来了?"

嚯——韩月玉痛快地吐了一口气,脸上露出灿烂的笑容。

"不,我担心的是同源重组。开发新品种用的如果是基因靶向技术,生物危害的危险性会变得很高。你虽然不是这方面的专家,但是也应该知道,菌类当中有些品种会扩散大量孢子。所以,冲过来的很可能不是黏糊糊的黏菌,而是轻飘飘的转位子。"

——摩涅莫辛涅,开始连接。

听得一头雾水的孝弘慌忙发出指示。

——该从哪儿开始……唔,先从基于转位子的同源重组资料开始吧。拜托给我中学水平的内容。输出到……

如果展开薄膜显示器，等于告诉大家自己对此一无所知，孝弘犹豫了一下。

女神探测到他的思考电位。

——压感输出准备完毕。

孝弘看到旁边的奈奈也抱着头。他轻笑着下达指示。

——摩涅莫辛涅，资料用压感输出也传给奈奈·桑德斯一份。

——了解。

嵌在孝弘左手的腕带微微抖动起来。纵200横25的压力单元将单词缩小后的特殊图形文字传给手腕。一开始的两个记号是"输出开始"的固定符号。

稍迟一点，奈奈猛然抬头——欧佛洛绪涅把申请提交给她了吧。她按住手腕，挑逗地朝孝弘眨眨眼表示感谢。看来这份礼物很称心。

孝弘努力将视线固定在两个相互厌恶的人身上，精神当然集中在手腕上。高速展开的秘籍告诉他韩月玉的担心绝非杞人忧天。

近来通过DNA图谱直接构造遗传基因的技术也开始普及，不过在当年设计伊特尼蒂的时候还需要借助蛋白酶或微生物——它们被称为载体的帮助，可以用来剪切、粘贴双螺旋结构。至于转位子，则是特殊的碱基排列，可以被运输到其他基因上。转位子能够在DNA中不断跳跃前进，如果通过转录因子来控制转位子，就可以按照预定的设计来拼接基因。

拼接基因的安全性当然从伊特尼蒂的时代就受到重视。即使是正常的基因复制，譬如减数分裂的时候，也会发生混淆相似排列的情况，更不用说故意引发混淆的基因品种了。换句话说，这类品种中很有可能含有不听指挥的载体。

如果生物时钟里的菌类中住着过分勤勉的载体……当密封罐的密封性受损时，菌类的孢子就会兴高采烈地乘风飞走，给德墨忒尔的同族带去出乎意料的"礼物"吧——还带着锋利的剪刀和强力的胶水。

而且,生物时钟还有另一层可怕之处。由于它们的目标是要通过生长来指示时间,所以通常都运用了加速型进化分子技术。有些品种可以通过土壤中的激素调节,使人能在一天中观赏到四季的美丽景色。这类基因一旦跑到外面,肯定会以无比勤奋的劲头工作吧。

"好吧好吧,那你就搬那个过去吧,不好看也没办法了。"

马修的声音将孝弘拉回当下的时间。"那个"是什么?自己到底不能像圣德太子那样啊。[①]

金发的学艺员粗鲁地站起来,朝在场诸人露出冷笑。

"把德墨忒尔用于预防生物危害的密封容器搬到雅典娜的展览馆——橄榄园里面去。这样总没问题了吧?"

"问题还是有的,不过再说也没什么用吧。"

韩月玉抱着胳膊吐出这句话。马修的脸上依旧带着讽刺的笑容,沙沙地挠他金色的头发。

"哎,这算哪门子事啊。光辉的技术革新即将镌刻在阿弗洛狄忒的历史上,却偏偏要在原来的密封罐外面再套一个密封罐。非要盖两层被子,太难看了。我说,桑德斯女士,雅典娜的美感到哪儿去了?"

"唔……什么?"奈奈终于抬头望了马修一眼。她的版本是6.1,压感输出应该还没结束。

"没什么。那么我先告辞了。"

马修看了一眼她在按的左手手腕,冷冷说了一句,推门出去了。

孝弘没有错过他低声骂的那句"一群废物"。

马修搜集的物品,让负责展示的雅典娜职员束手无策。

就算是寻找相似物品的游戏,如果具备专业的审美眼光,也可以

[①] 传说曾经有十个人同时向圣德太子请愿,圣德太子没有漏掉任何一个人的话,全都给出了准确合理的答复。

成为探索设计思想变迁的学习过程。可是,马修选择的重点全都在炫耀他的独特眼光。

印加的挂毯和蒙古的围巾都是用直线来描绘人物图案。与其硬说是两者相似,更自然的考虑难道不是因为当时的机织技术还没有成熟到可以织出曲线吗?

仅仅因为都有树叶设计,就摆了一百三十多个产地和时代都大相径庭的器皿出来,然后又把麦森的茶壶和景德镇的砚水壶放到一起。陶瓷专业学艺员克劳迪娅·麦尔卡特实在看不过去,也忍不住说出了不合妙龄女生风格的话:"顺便把柿右卫门的尿壶也一并展了吧?"

孝弘最喜欢的还是奈奈的讽刺:"我很感激马修的疏漏。幸好没把壁球和地球放在一起展览——两个都是圆的呢。"

这些乱七八糟的展品简直让人奇怪为什么没有把红细胞和长痔疮时用的坐垫放在一起展示。这样的胡闹,也让人了解到马修的真正意图还是在伊特尼蒂和"期待"身上。

之前他去太空港接收拉克洛发来的货物,据说在那边为了运输方式的问题又和德墨忒尔吵了一架。孝弘庆幸自己不在场。他目睹的是马修回到展览馆后的华丽争吵。在大得足以放下海豚标本的密封容器前,马修和韩月玉大吵一架,核心是要不要在密封容器里安装机械手。马修认为太难看,韩月玉则认为安全第一。

与通过物流送来伊特尼蒂的拉克洛公司不同,"期待"是由罗莎琳德·曼宁的家属亲自送来的。在橄榄园一片混乱的展馆里,马修和孝弘做了自我介绍后,她才小心翼翼地通报了自己的名字。

"我是塔尼亚·曼宁。罗莎琳德是我的姊姊。"

这位女性眼看快要四十岁了。她紧紧抱着重重包裹的"期待",像是抱着骨灰盒一样。马修咂舌不已。

"请交给我吧。我们马上布置展示。"

塔尼亚咬了咬嘴唇。柔软的褐色波浪发，软软地垂在脸颊两侧，让人联想到"期待"里的人偶。但37厘米的陶瓷娃娃眼睛是在微笑，而她的眼睛仿佛随时都要落下眼泪。

"在展示之前，我想先看看罗莎莉婶婶的敌人。"

二十年的固执坚持，如今仿佛再一次出现了。孝弘这样想。

在透明的两层密封中，1米见方的森林沉睡在黑暗中。草原有着舒缓的梦幻曲线。森林里的树木仿佛很无聊地伫立着，在变形菌改造的杂草——韩月玉看到实物后断定是新种——上投下浓浓的影子。

塔尼亚用鼻子顶在生物危害密封容器的无反射强化玻璃上，一动不动地盯着伊特尼蒂。

"'期待'是婶婶的得意之作。"她用几乎听不到的声音自言自语般地说，"婶婶自己这么说过。她虽然一直没有结婚，最后还是生下了出色的'女儿'……可是，他竟然剽窃……"

"您认为两者非常相似，以至于令您不快？"

孝弘这样一说，塔尼亚猛然回过头，将包裹直直递过来。

"拿去吧。只要放在一起，谁都能看得出来。人偶现在泡在含有黏菌惰性因子的溶液里，这个溶液回去的时候还要用，所以在取出来的时候请用灭菌容器保存好。"

马修不等塔尼亚的话说完，就满脸欢喜地伸手接过了"期待"。

"那么接下来就拜托您了，田代先生。"

"拜托什么……？"

"您招待曼宁女士喝喝茶、吃些点心，休息休息吧。她长途劳累，您好好照顾她。我这边有点忙，走不开。"

"马修，我觉得你还是走开比较好。"

守在一旁的雅典娜与德墨忒尔联军从马修手里把"期待"抢了过

去。"恺撒的物当归恺撒。"这是专家组给出的亲切教诲。马修也毫不妥协地在后面追赶,一路还乱喊着文不对题的指示。

"这小子也不打个招呼就跑……真对不起,曼宁女士。马修还是挺热心的,就是有点不拘小节。"

"金巴利先生说要借'期待'的时候……"塔尼亚怔怔地目送他们远去,"我很犹豫。虽然我也知道他说的对,这确实是给婶婶昭雪的好机会。"

看来马修是用了卑鄙的手段裹挟了"期待"的主人。孝弘差点哑出声来。

"可是……婶婶会为此高兴吗?和抛弃了自己的男人放一起……"

孝弘吓了一跳,不小心咬到了舌头。

阿达姆抛弃罗莎琳德?马修把著作权之争带进美之殿堂还不满足,连一对青梅竹马的感情恩怨也要带进来?

抬头仰望的塔尼亚,表情像是下了一个很大的决心。

"约好的事现在开始吗,田代先生?"

"约好的事?"

"嗯。金巴利先生说,为了准确鉴赏作品,学艺员首先需要掌握准确的信息。他嘱咐我一到会场就把婶婶的生平和阿达姆的行径全部告诉综合管辖署的田代先生……"

马修真是准备周到,甚至都没忘记把唠叨的前辈从现场赶走。孝弘真想怒吼说应该在他脸上贴那个生物危害的标志,不过总算勉强忍了下来,转而对塔尼亚露出营业用微笑。

"总之先去休息室喝杯茶吧。"

悠长的午后。

孝弘横躺在直接连接者的单间沙发上。已经没有力气回家见妻子了。今天就在这儿睡了。

窗户外面垂着仿佛具有黏性的黑暗。阿波罗官署的单调夜晚毫无色彩,简直令人窒息。此时此刻,马修正在橄榄园的一角唤醒奢华的时钟吧。然而这里却被夜晚和寂静吞没,几乎让人怀疑时间是否还在流逝。

塔尼亚缓缓道来的尘封往事让孝弘感觉时间都仿佛停滞了一般。在她心中还原封不动地保留着婶婶的哀愁。

"婶婶是个安静的人,喜欢做梦。"塔尼亚用悲伤而怀念的语气喃喃低语,"阿达姆出于私心贬损她那么多次,可是她依然不能忘怀年少时的回忆。"

往事并没有超出世上常有的失恋故事范畴。学生时代从事同一个研究主题的两个人结成恋爱关系,后来家境殷实的阿达姆有了更加门当户对的对象,罗莎琳德黯然离去。即便如此,性格温柔的罗莎琳德一生中也从未憎恨阿达姆,只是默默保持单身。哪怕是迷你森林和趋音性变形菌的双重剽窃让阿达姆暴富,她也一直缄口不言,让身边的亲朋好友白白着急。

"婶婶直到临终前都在思念阿达姆。婶婶说过,她之所以最重视'期待'也是因为其中蕴含了对阿达姆的思念啊。"

两人就读的大学后山有一棵橡树。

午后,罗莎琳德站在树荫下,等待着自己的恋人。

春天浅绿拂影,夏天凉风习习,秋天色彩奢华,冬天树肌温润。

眺望着橡树四季流转的风情,等自己的心上人,那是无比快乐的经历。仿佛回到了多梦的少女时代。在树荫下等待着,等待着,一直等下去,仿佛就会有朝思暮想的人儿从时间的小径另一头款款走来……

所以这个作品的名字叫作"期待"。少女身着田园风饰边的裙装,吟唱着儿时的歌谣,缓缓围绕树木旋转,等待幸福到来。

"婶婶只能把人生最美好的瞬间托付在人偶上,将幸福封闭在永恒的时间中。"在休息室的露台上,塔尼亚望着将要落山的夕阳说,"在某种意义上……姊姊是在梦中幸福离世的。我每次看到'期待'都会感觉她仿佛还在忐忑不安地等待着那么可恨的人。可是……来的不是回心转意的阿达姆,而是他剽窃的作品……"

她用纤细的手指拿起茶杯,面无表情地喝干了已经彻底冷掉的奶茶。

"我不想让'期待'的人偶尝到不幸。两个人的争执已经因为两个人的过世有了一个不算终结的终结,但东西还在。所以我接受了金巴利先生的申请,决心让那孩子自己来讲述。"

"那个人偶还有发声器官?"

"这怎么可能?"对孝弘的愚蠢问题,塔尼亚露出文静的微笑,"但她可以痛骂伊特尼蒂的相似性。只要和伊特尼蒂并排放在一起,姊姊的'女儿'就可以向阿达姆复仇了。她的存在本身就是复仇。"

塔尼亚眯起眼睛。这大概也是在笑吧,但却并不像是十分开心的样子。

她最后用缓和的语气补充说:"阿达姆已经过世了。不过,阿达姆应该承受的痛苦还没有过去——借用金巴利先生的话来说,他将在阿弗洛狄忒的数据库中永远品尝痛苦……"

靠在沙发上的孝弘,脑海里不停回荡着塔尼亚诅咒般的声音,让他难以成眠。最终孝弘决定放弃。他爬起身来。他很想知道,面对启动的伊特尼蒂,马修会产生怎样的感情。

——"和'期待'太像了,一定是剽窃。"

——"曼宁一家人真是没事找事。"

马修将要记录下的情绪的微妙活动,以孝弘的版本无法阅读。不过总会在日志中写点什么吧?

——摩涅莫辛涅,开始连接。马修·金巴利的日报。

摩涅莫辛涅郑重地回答：

——马修·金巴利没有提交本日的日志。

——奇怪，还没忙完吗？摩涅莫辛涅，给我调视频。橄榄园R2展示室的摄像头，我的薄膜——哇!

孝弘的话还没说完，摩涅莫辛涅就发出怪声。紧急警报。房间的扬声器也喷出金属质的声音。

"系统紧急警报。橄榄园R2展示室，暂定C等级生物危害状态。发布者，德墨忒尔学艺员韩月玉，权限B。"

震耳欲聋的警笛声回荡在深夜的官署中。孝弘撞开门冲了出去。

C等级是仅限通知阿弗洛狄忒职员的内部警报。临近商业街的酒店依然一片安详。阿波罗专用的金色小车在夜晚的街道上疾驰。当孝弘在橄榄园的爱奥尼柱旁跳下小车时，脑中的警报声终于沉默了。

关掉警报的是奈奈。解除通报中附加了她的讯息。

——我是雅典娜学艺员奈奈·桑德斯，权限B。我与现场的学艺员经过讨论，将生物危害警报从暂定C级变更为G。保存危险物的密封罐目前仍处于密封状态，危险扩散到外部的可能性基本不存在。为了以防万一，R2展示室也已封锁，并施加了负压，防止物质流出。

隔壁的R3展示室中挤满了赶来的职员。紧急送来的投影仪播放着伊特尼蒂画像，前面山人山海。

奈奈在门口抓住了想要进入R3的孝弘，小声说："到我这儿来。身为马修的前辈，你现在进去挨骂都是轻的，搞不好还要挨揍。"

"马修人呢？"

"危险物当然要隔离起来。现在还在R2里面。"

"哎？"

"放心吧。只是生物时钟的罐子破了，德墨忒尔准备的密闭容器没问题。月玉有点小题大做。"孝弘不禁感到一阵眩晕。他悬着的一颗心终于放了下来。

"月玉也在里面。她正和宿敌马修联手，想办法用机械手或者别的什么东西去按伊特尼蒂的自毁按钮。那个按钮在盒子底部，不好按。要是当初不听马修，装两只机械手就好了。又不能损伤容器里的'期待'，又要把伊特尼蒂这个1米见方的大东西用一只手翻过来，难度确实很大。现在只能看他们的本事了。过来吧。"

奈奈把孝弘带到没有人的小展示室。

"这边是特等座。"

八音盒的和声音乐轻柔流淌。墙面上打着投影。在画面前面坐着一位女子。塔尼亚·曼宁仿佛没有意识到孝弘进来，正凝视着密封容器内部的影像。

"哇，那是什么？"

看到影像的孝弘情不自禁叫了起来。伊特尼蒂密封罐的一角融解了，一根绿色的线将它和"期待"连接在了一起。

"是变形菌，那个装扮伊特尼蒂草原的品种。它们长出来了。"

美丽的草径完全看不出是细菌构成的。不知为什么，罗莎琳德的'女儿'正在缓缓走来，似乎要走进拉克洛的森林。

"异变一开始就发生了，但是马修没有及时报告。不知道是因为他还不习惯情绪记录，时间晚了，还是因为他想把这个麻烦隐瞒下来。"

按照奈奈的说法，马修唤醒伊特尼蒂的时候就已经出现征兆了。

八音盒"期待"毫无问题地运行起来，人偶也开始优雅地旋舞。伊特尼蒂尽管排出了含有惰性因子的气体，森林里却没有响起预想中的音乐。

这是因为当年制作的时候就没有做好，还是因为二十年的沉睡时间太长了呢?马修判断不了。

他检查伊特尼蒂,发现草原的小草都在按设计顺利生长,于是决定放任不管。拉克洛公司的资料中说伊特尼蒂的森林深处设置了通过趋音性变形菌驱动的人偶,不过既然森林中没有奏响音乐,自然也就看不到人偶。但"期待"是有音乐的。马修大概认为森林中的人偶分不出音乐的来源,就算是宿敌的音源也会做出反应,于是决定暂且观察一段时间。

但是被声音牵引行动的不是住在森林里的动物人偶,而是刚刚萌芽的草原。马修一开始发现草原在颤动的时候,以为是发芽产生的热对流引起的小草摇晃。直到草原的绿色接触到透明罩,并且开始融解它的时候,他才意识到不对头。

马修的自尊心耽搁了他向韩月玉的求助。德墨忒尔的专家站到马修身后,看他笨手笨脚和机械手格斗的时候,绿色的变形菌已经越过了蒂罗尔栏杆,开始向音源爬去。

"我来的时候,月玉正在尝试在密封罩外侧施加干扰音,阻止变形菌前进,但没成功。"奈奈叹了一口气,"看上去阿达姆的新型菌不是趋向声音,而是趋向旋律。草原的触手笔直朝'期待'前进。"

"难道阿达姆的设计本来就是要让变形菌爬向'期待'?为什么?"

对孝弘的问题,有一个声音缓缓地做出回答:"显然是因为他拿婶婶当傻瓜了……"

被投影仪的亮光照出半身的塔尼亚,看起来非常苍老。

塔尼亚没有说完的话,奈奈代替了她说完:"不仅仅是变形菌爬向'期待'。你看到没有,罗莎琳德的人偶也在一点点朝伊特尼蒂靠近?知道这是怎么回事吗?在延伸出去的草原接触到'期待'人偶的刹那,伊特尼蒂的音源突然启动了。那声音比'期待'的要大,目的就是为了让装在少女中的趋音性变形菌产生反应。"

"哎？现在是两边都在响？"

"你听不出来是两边在响吧？很完美的复调。按照缪斯的调查，这首曲子是蒂罗尔当地的回旋曲。阿达姆的计算天衣无缝。只能认为这一切都是他算好的，目的就是为了把罗莎琳德的人偶诱导过来。"

至于说阿达姆为什么要这么做，塔尼亚已经回答了。

唯一的解释是，即便纯洁的罗莎琳德去世了，阿达姆还想要嘲笑她，所以设计了这个"永恒的陷阱"。伊特尼蒂与"期待"之所以相似得足以引发诉讼，也可以用这一动机来解释。阿达姆本来就想让两个作品放在一起展示。他是要嘲笑那个为了他痴痴等待、终身不嫁的女子：即便超越了时间，自己也能轻松把她弄到手。

罗莎琳德的女儿踏过缓缓摇摆的草地，一无所知地前进着。她笔直地走向森林，相信前方一定有什么美好的事在等待自己。森林的色彩映照在她的身上，让她的脸颊微微泛红，仿佛心中充满了期待。

加速型进化分子技术让拉克洛的森林迅速变成了红叶的世界。米粒大小的树叶染上了金色与绯红，随后又在执着操纵四方世界的机械手导致的振动下早早飘落。

无计可施的孝弘只能在一边旁观，耳朵里传来马修的大叫："这是什么东西？是伊特尼蒂的人偶吗？"

奈奈迅速反应，声音里带有怒气："欧佛洛绪涅，把我视线范围里的森林放大。"

树叶的凋落让森林显得略微空旷了些。森林深处可以看到一个走动的身影。那不是动物的影像，而是和少女同样大小的人偶。

"再靠近点，欧佛洛绪涅。"

放大的人偶戴着羽毛装饰的帽子，长裤腿紧紧贴着地面，也许是为了保证变形菌接地。那是身着蒂罗尔服装的少年，在原地缓缓旋转跳舞，一只手举起，像是正在牵起舞伴的手。

"那是……"

塔尼亚站了起来。她的右手伸向投影仪，像是要将手放到少年的手上一样。

"阿达姆吗……？"

人偶没有回答，只是在旋转的音源上继续旋转舞动。

"姊姊，那是阿达姆吗？"

少女当然也没有回答。不，就算能够开口，她此刻也已经无法思考了吧。

她此刻刚刚穿过草原，正要进入森林。音源近了，她的脚步也随之加快，宛如奔跑。

终于，少女和少年靠在一起，开始一同旋转。

令人怀念的故乡旋律。色彩鲜艳的落叶。无尽的无声喝彩。

"等待的是阿达姆啊……"

从沉睡中醒来的小小森林里，两个不必再等待的人儿，快乐地跳着永恒的舞蹈。

"他们不是被强制杀死的，是自然死亡。"

连顽固的韩月玉也开始用"他们"称呼人偶，孝弘不禁想要苦笑。

"他们接触后不久就双双摔倒，流出的变形菌尽管品种不同，但还是相互渗透，同时死亡，就像是寿命突然到了一样。在融合的细胞质与细胞核中找不到任何破坏的痕迹。"

"你对这个情况有什么看法？"

"我的看法？"韩月玉罕见地瞪大了眼睛，"啊，一定要说的话，我认为这大概也是阿达姆的计算。他能设计出那样的东西，当然也能控制老化基因的开关。"

韩月玉似乎并没有意识到自己也变得浪漫了。

"是啊,谢谢你。我会仔细阅读正式报告的。突然叫住你,对不起。"韩月玉行了一个标准的规定礼,快速走开了。

被一个人丢在阿波罗官署走廊里的孝弘,很想知道马修得知这一切之后是什么表情。

丢了大脸的毛头小子,总算略微知道了一点人生的波折。展品受损因为情有可原,拉克洛公司和曼宁家都表示了理解,但赞助费当然就不会再有了。为此,稻草人狠狠训了马修一顿,那张脸比起黏菌来毫不逊色。平时牙尖嘴利的马修之所以没有顶撞,大约是因为自尊心所受的严重伤害需要很长一段时间才能愈合。

马修拙劣的情绪记录也因为他本人的申请而删除了。留在摩涅莫辛涅里的是女神拍摄的录像,以及韩月玉和奈奈的无记名报告——记录形式和之前一样。

马修似乎还在像只败犬一样在远处不服气地吠叫:如果没有那个意外情况导致情绪紊乱,我的记录将会非常完美。看来还有不少需要教你的东西啊,孝弘想。

马修,你明白吗?如果不肯正视自己的失败,那不管过多久,也无法增加学艺员的经验。

"像这样先来个当头棒喝,然后再来一棒。嗯,就是这个顺序。"孝弘偷笑着制定了教训马修的计划。

马修,这次的事情必须要作为今后的教训。为此,你要无数次、无数次调阅这次的记录,复习复习再复习。

直到你意识到,那首在女神记忆中永远回响的森林圆舞曲,的永恒价值。

说谎的人鱼

关于人与美的关系，有两种看法。

一种认为，美是应当被慷慨赐予的东西。即使是毫无审美能力的人，只要经常浸淫在最好的艺术中，早晚也会意识到什么是美。换言之，这就是性善说的延伸。

另一种认为，美是极其孤高的存在，只会在全心祈求的人面前展现自己的身姿。错过美的人也会被美错过，三心二意的追求永远不可能获得真正的价值。

学艺员相信后者而勤奋钻研。无论一眼看上去多么无聊的东西，都要千般检查万般求索，生怕其中隐藏着某种奇特、阴险的美。

然而，一般人的理想是前者，所以学艺员必须以专家的身份将普通人的理想引导到现实中。也正因如此，让孩子们从小就接触真正的艺术环境，也是学艺员的职责。

可是……

——摩涅莫辛涅，到此为止。

心中这样一默念，内耳立刻响起丰润的女中音。

——了解。日记已记录。最后的转折连接词也保存吗？

——不保存也没关系，只是想抱怨两句而已。

——删除转折连接词。记录完毕。

博物馆行星"阿弗洛狄忒"的学艺员田代孝弘，关闭了直接连接大脑的数据库通讯，重重叹了一口气。

赫利孔会馆犹如海底一般寂静。开演前的休息室，只有从玻璃门外面斜射进来的午后阳光，完全想象不到不久前孩子们在这里大呼小叫着探险。

"真不愧是政府考虑的企划，面向儿童的博物馆行星之旅。"在沉默的孝弘身边，阿历克斯·特拉斯库恨恨地说，"我说，孝弘，能不能拒绝这种没有家长陪同的儿童访问？'有意义的博物馆之旅'，说得真好听。唯一的意义就是让旅行社靠政府补贴大赚一笔，还有让家长丢开烦人的小孩自己享受开开心心的二人世界。这些小孩连'美的殿堂'这个词都理解不了，还以为到了个新的游乐园。太浪费了。"

幸好刚刚让摩涅莫辛涅记录了自己的想法，孝弘总算没有在怒气的支配下轻率地表示赞同。

"不过，在他们这种敏感的年纪，给他们看看好东西，不是也挺重要的嘛。"

这个冠冕堂皇的标准答案让阿历克斯瘦削的双肩高高耸起，骂了一句"放屁"。

"你白痴啊，好歹也看看我们的损失。这工作服不就完蛋了吗？按我说，给他们看看虚拟的就足够了。连郊游和艺术欣赏都区别不了的熊孩子，有必要给他们看真品吗？在虚拟现实里面随他们怎么折腾都没关系。提什么要求都能满足，就算要在冰激凌山里头滑雪。实在不行我亲自上阵给他们写软件。"

"阿莱克，也不是所有的都是坏孩子啊。"

一边擦衣服一边给出的这个回答，声音小得孝弘自己都听不见。

把冰激凌撞到衣服上的犯人，没道歉也就算了，丢过来的眼神里分明带着"你挡我的路了"的责备，一溜烟跑掉了。

"孝弘，你这么宽宏大量，肯定是因为在综合管理署这样的地方待久了。你们没什么具体的东西需要保护。可是我忍不下去。美术馆搞成这副样子，到底算什么意思！个个都是混蛋。"

香草的甜美气息让孝弘也有了同样的心情。冰激凌事件不仅让衣服遭殃，连阿历克斯的精心准备也成了笑话。

德墨忒尔的非连接学艺员阿历克斯，原本就不赞同政府的开发项目。他不停地说，目前尚在建设中的圆形海上大厅"喀耳刻①"，把自己这些海洋学家辛辛苦苦培育的海滨"忒勒福斯"贬低成了招揽顾客的庸俗地方。

忒勒福斯海滨是阿弗洛狄忒不为人知的名作。珊瑚礁的海是嫩绿色的，海边沙滩像是铺了象牙粉一样闪闪发亮。走在海底隧道里，可以看到各种鱼儿，周围是清澈湛蓝的深海，简直要将来访者的意识溶化在其中。唯一的问题是忒勒福斯海滨地点不太好，作为观光景点，交通非常不方便。地球上的人似乎不太信任德墨忒尔的能力，如果他们知道原本是学术课题的"海洋再生"完成得如此漂亮，恐怕早就着手开发旅游项目了。结果，看到了海洋的美丽后，地球政府慌忙开始着手建设招揽游客的项目，这就是喀耳刻会馆建设计划。

孝弘非常同情阿历克斯。

在不毛之地的小行星上忍受着气象台和水务局的任性，先建设起精致的生命摇篮，然后再发展成"海"，历经千辛万苦总算可以开始进行研究了——这时候突然传来要在海上建设会馆的消息，换了谁都要气得冒烟不可。

---

① 喀耳刻：希腊神话中住在艾尤岛上的一位令人畏惧的女神。她善于运用魔药，并经常以此使她的敌人以及反抗她的人变成怪物。

为了让阿历克斯放点心，孝弘半强迫地让他答应今天来碰个头。

在赫利孔会馆办公室，阿历克斯见到了内定为喀耳刻负责人的迈克尔·法里纳。面对认真的迈克尔，阿历克斯的态度总算有点软化。大概也是因为风度翩翩的新负责人说的这句话起了效果："来参观的客人也许确实会有很多，但您的海洋如此美丽，肯定不会有人往海里扔垃圾的。"

不过，冰激凌事件也让阿历克斯意识到了小孩子的危险性。他们只会到处乱跑，不会顾及周围环境。显然，如果在这里引入儿童观光项目，以便让父母们能够尽情欣赏喀耳刻会馆，那么要不了多久，忒勒福斯海滨就会变成垃圾场。

但事到如今，再怎么牙尖嘴利的海洋学者也不可能把历时多年才决定下来的喀耳刻会馆建设计划推翻。眼下他唯一能做的大概只有拿差不多相当于阿弗洛狄忒后勤总管的阿波罗的职员出气了。

"既然如此，落成典礼想必非常值得一看。"阿历克斯挖苦说。

孝弘一边把抹布揉成一团，一边尽力摆出最大限度的笑脸。

"这是什么意思呀？"

"空荡荡的舞台必然是很好的游乐场，肯定会被熊孩子搞得一塌糊涂。"

"落成典礼的舞台空荡荡的？"

"你别装蒜了，我都听说了。为了装点喀耳刻的华丽亮相，上头专程从小行星开发基地运来'九十七键的黑天使'，但是钢琴的主人各种抱怨，到现在连检疫都还没弄。"

阿历克斯说的虽然轻巧，孝弘却已经笑不出来了。

"你说的是那个啊。我并没打算一直把贝森多夫帝王大钢琴捆着不管。现在距离喀耳刻的落成典礼还有三个月，到那时候怎么也该检疫完了。"

"能弄完就好。要是钢琴赶不上时间,首演不得不取消的话,观众肯定不会同意。孩子们也会群起抗议。真到了那个时候,你就等着哄孩子吧,不然肯定给你闹得天翻地覆。家长在这头抗议的时候如果小孩跑去玩水,我肯定会奉上德墨忒尔的服务,放出特大鲨鱼——而且都是饿了一个星期的家伙——陪他们好好玩玩,。"

"你可真敌视小孩。"

阿历克斯焦黑色的眼眸紧紧盯住孝弘。

"我不是敌视小孩。我只是讨厌那些不知道体谅我们有多辛苦的人。阿弗洛狄忒的海洋太小,自净能力很弱,为了维持它的平衡,我们费尽心力。可是总有人不知体谅,最明显的就是小孩子。所以等到喀耳刻会馆建设完成,那些支持派欢呼雀跃着跳进来,我就免费送他们几条鲨鱼。"

阿历克斯还没说够,孝弘用弱笑代替回答,先起身出了休息室。

他还要往下说什么,背都背得出来:明明是大海孕育的人,却不知道体贴大海,诸如此类。

在从小行星带拖来的大石头改造成的微型地球上,海洋的重要性比在地球上更大。阿历克斯等人满怀维持生命的坚定信仰,为阿弗洛狄忒提供氧气和水。

——摩涅莫辛涅,开始连接。

孝弘一边仰望湛蓝的天空,一边在脑中下令。

——继续写日记。无意识层级设定为低,不要太高,因为我一不小心就会把抱怨混进去。

——了解。无意识层级设定为2。开始记录。

摩涅莫辛涅静静地等待着孝弘将头脑中的思考整理为语言。

关于人与美的关系,有两种看法——孝弘一边叹息,一边这样开头。

一种认为,艺术是人类创造的东西。自然界的事象与素材,如果没有人来将之作为美而感受，那就只是单纯的物质。只有经过人的加工才成为美。换言之，这就是主观观念论的延伸。

另一种认为，美蕴藏在自然万物中，人只是能力低劣的模仿者，或更加卑鄙，是以传播美为借口的逐利者。大海的绘画与真正的大海所能激发的感动相去甚远。一幢建筑无论如何夸耀自身的设计，归根结底不过是破坏自然美的存在而已。

学艺员的理想是这两种看法的妥协。自然不仅是单纯的物品罗列，也是传授美的优秀教师，因为人类能创造出不存在于自然界的人工美。

然而……

"怎么回事？！"阿历克斯刚一走进赫利孔会馆后面的停车场，就大叫了一声。

有个十几岁的少年正心不在焉地靠在德墨忒尔专用的绿色小车上。

"混蛋，这小子也是冰激凌一伙的吧。喂，你小子！"

孝弘根本来不及阻拦。

"给我离开车子，那不是你的卫生纸！"阿历克斯挥起右手怒吼。

黑发少年吓了一跳，从车旁跳起，慌慌张张地跑过来。

"对、对不起。您是德墨忒尔的老师吗？我在等您。"

"等我有什么事？"

面对满脸不耐烦的阿历克斯，少年毫不畏惧，勇敢地露出大人般的亲近笑容。

"我叫尼克，尼克·埃斯特曼。我在找负责大海的老师。"

阿历克斯的眉毛微微一动。

"先说说你有什么事。如果确实有必要，也不是不能帮你介绍。"

这意思就是说，如果没必要，阿历克斯就会装作一无所知。孝弘祈祷这个看起来挺机灵的少年不要触怒他。

"以前我曾和父亲一起走过海底走廊,非常漂亮,我很想再去一次,所以申请参加这次的儿童旅行。可据说那里正在施工,没能看成……"

不妙,很不妙。孝弘不禁退了半步。

"你说的是忒勒福斯海底走廊吧?珊瑚很漂亮吧,小家伙?那曾经是德墨忒尔海洋部引以为豪的地方。"

"曾经是?现在已经没有走廊了吗?"

尼克茫然若失。阿历克斯耸了耸肩。

"走廊还在,但是禁止入内。不过就算翻新完了,也不会再有你想看的景色了。那边正在建一座莫名其妙的海上剧场,会改变洋流,生态系统也会随之改变。走廊本身也要大加改造,增加很多低俗的东西,就为了让来剧场的游客开心欢呼'真了不起'。那边会设置许多透明养殖箱,把极地鱼类、赤道鱼类、浅滩螃蟹、深海螃蟹全都养在一起——这样的想法不错吧?真是连泛神论的神灵都不知道该保佑哪个呢!"

被阿历克斯迁怒的少年露出可怜兮兮的表情。孝弘插口说:"唔,这个该怎么说呢……走廊虽然和以前不同了,不过我想也会有新的乐趣吧。三个月后再来吧。"

尼克显得有些着急:"鱼啊虾啊都没关系。我只想知道能不能在海里游泳……"

海洋学者顿时瞪起眼睛,一把推开少年。

"阿莱克!"

无视孝弘的责备,阿历克斯哐的一声坐进小车里,随即猛地发动了绿色小车。

尼克嚅嗫道:"我说了什么错话吗?"

"他就是你要找的海洋学者。他最恨有人在海里游泳,认为那一定会污染海洋环境。"

"原来如此。啊,可现在该怎么办?我还有问题要问呐。"

孝弘把手放在尼克的肩膀上,教育他说:"很抱歉,如果你想问能不能在海里游泳,回答是不能。他刚才也说了,海里会设置许多透明养殖箱来养鱼,在海里游泳很危险。"

"那——"少年抬起双眼皮大眼睛,问,"人鱼现在怎么样了?"

"人鱼?!"孝弘情不自禁叫了起来。就算是以德墨忒尔的基因技术,也造不出人鱼来。

这该怎么回答?教育专业的学艺员也许可以接上话吧。难道直接告诉他世界上没有人鱼,他大概是做梦的时候看到的?

尼克半张着嘴,怔怔地望着孝弘。

"吓到你了吗?我说的不是真的人鱼,是人鱼装饰。"

"装饰……"

"奇怪吗?要是有真的人鱼,那不早就是特大新闻了。"

孝弘干咳了几声,换了个站姿。

"说、说的也是。"

"我在找的人鱼是沉在海底的雕像。我猜应该是专门雕刻人鱼的拉丽莎·高斯贝克的作品。来这儿之前我查过相关资料。据说她现在也在阿弗洛狄忒?"

"啊,我想起来了。你等一下。"

——摩涅莫辛涅,开始连接。

孝弘从腕带上拉出薄膜显示器。尼克兴趣十足地凑过来看。孝弘干脆在停车场的路障石上坐下来,尼克也在旁边蹲下。

"纵向检索美惠三女神。人鱼雕像,制作者拉丽莎·高斯贝克。"

"你在和谁说话呢?"

尼克歪着头问。孝弘露出笑容,没有回答他,继续说:"沉在忒勒福斯海里的。输出到薄膜显示器。"

他用双手展开的薄膜显示器显示出了文字。

——检索完毕。制作者拉丽莎·高斯贝克。系列作品"泡沫之梦"。德墨忒尔订购的物品,共计1038件。请指定显示方法。

"有那么多啊?能不能再缩小点范围?不然这孩子看到太阳落山也看不完。"

"我说——"尼克探出身子,"我看到的是尾鳍破碎的雕像。"

孝弘不知道怎么回答。他不敢告诉尼克为什么会把人鱼雕像沉到海底。

"没有别的特征吗?比如说姿势、造型,还有什么记得的吗?"

"当然记得,是这样的姿势。"少年举起一只手,把腰和脖子扭起来给孝弘看。

孝弘刚一点头,薄膜显示器上便显示出五张图像。

"真厉害。没有任何指示就有结果出来。"尼克保持他那种像是剃腋毛的姿势,瞪大了眼睛说,"我还以为是数据库,不是吗?"

"是数据库,不过非常聪明、体贴,只要在头脑中想想图案就能检索。你看看,这里面有你喜欢的人鱼吗?这是尾巴还没碎时的图像。"

少年眨了眨眼睛,仔细查看显示器。他朝分割画面中的一个伸出手指,但又缩了回来,想指别的,可又举棋不定。他渐渐抿紧了嘴唇。

"可能是这个右上角的……但是我也不确定……那个……给我看看真品吧。"

"唔……"孝弘斟字酌句地说,"其实啊,尼克,难得你大老远跑来看,真不好意思,这个人鱼雕像已经不在了。"

"到哪儿去了?"

"哪儿也没去,就是没有了。"孝弘直视着尼克的眼睛回答。这是他对这个特意从遥远地球赶来与人鱼再度相会的孩子所表现出的最大诚意。

"你知道美人鱼的结局吧？这些人鱼和她一样，化成了大海的泡沫。"

"叔叔，看不出来你还这么爱幻想。其实你看我是小孩，逗我玩的吧？金属不可能变成大海的泡沫。要是不能给我看，请直接告诉我原因。"

孝弘从没想到自己会被小孩子说爱幻想。他苦笑着改口。

"大海的泡沫是我夸张了，但是确实没办法给你看。这些人鱼是用特殊的钢铁制作的，会逐渐溶解到海里。你看到的尾鳍之所以会破碎，也是它们从顶端开始溶解的缘故。"

"怎么……为什么？"

孝弘将过去的记录图像调出到薄膜显示器。那是一条鱼都没有的大海，就像自来水一样干净，还有岩石裸露的荒凉海底。

"大海不是简单的盐水，肉眼看不到的复杂物质在保持精妙的平衡，同时又在不断变化。大海就是这样的生物。阿弗洛狄忒的大海很小，一不当心就会生病。从前，这里的大海就是骨瘦如柴的病人。治病需要铁，铁是大海的特效药之一，因为铁份能够增加浮游生物量。拉丽莎的人鱼用自己的身体换来了海水的丰腴。"

"真的没有了吗……我来得太迟了呀。"尼克低下头，声音中带着哭腔。

孝弘慌了："你既然那么想看，不妨再去恳求恳求刚才那个叔叔，他叫阿历克斯·特拉斯库。他那边应该保留了许多海底全息图像。你的人鱼说不定也在里面。"

少年小声嘟囔了一句什么。

"你说什么？我没听清。"

"别拿我当傻子！"少年激动地抬起头，大叫起来，"我不要假的！要是全息图像就能打发我，我到这儿来干什么？！我想见真的人鱼！"

尼克愤然站了起来。

"对不起，抱歉。我不是这个意思。"

孝弘抓住的手腕被少年用力地甩开。

尼克紧紧咬住嘴唇。

"我要道歉……"他扭头向着别的方向说。

孝弘有点恍惚。向谁道歉？道什么歉？该道歉的是我啊。这三句话在争夺声带的所有权。

就在孝弘张口结舌的时候，尼克像兔子一样溜走了。

眺望着少年敏捷的背影，孝弘精疲力竭地叹了一口气。

"摩涅莫辛涅，帮我把刚才的日记输出出来。"孝弘发现自己的声音嘶哑得可怕。

"从最初的部分开始，'浸淫最好的艺术中'那部分。我想再读一读，反省反省。"

身着正装向赫利孔会馆走去的男男女女，对无力地坐在路障石上的男人频频皱眉。

这些眼神很适合忘记了理想的学艺员啊，孝弘想。

"你说他啊，他来找过拉丽莎。"

为了不被低沉轰鸣的机械声盖住，雅典娜的资深学艺员提高声音回答说。

"他一直缠着琳达问'为什么不肯见我？她真的谁都不见？'，琳达跟他解释了半天，他才无可奈何地放弃了。就是这样。是不是要找拉丽莎道歉，我也不知道。"

"这样啊……"

奈奈·桑德斯很奇怪地歪过头。

"孝弘，你还真是担心那个小家伙，竟然专程跑来这里。"

"唔，是吧。"

大概是过了最初的加压阶段，机械声逐渐变成沉稳的嗡嗡声。

孝弘的目光转移到耐压玻璃对面的人鱼身上。

这里是忒勒福斯海滨附近的德墨忒尔海洋实验室。耐压玻璃外的30吨海水，通过不间断的压力，将拉丽莎制作的人鱼雕像导向完成。

利用水压的CIP技术原本是用于陶瓷、金属等粉末的成型技术。一般的烧结技术无论如何都会产生瑕疵，而在水中则可以通过四周的均等压力制造出精度极高的制品。所以有段时间CIP在精密部件制造领域风光无限，不过后来又因为费时费力而逐渐遭到淘汰。

但是，以人鱼为生涯主题的拉丽莎·高斯贝克与众不同。这位女性造型艺术家刚刚过了四十岁，从年轻时开始就一直属于"手工派"。手工派是一个尽量不用机器和工具、只用自己的手直接创造出美的团体。早些时候她宣布要通过深海水压运用CIP制造人鱼，宣称"人鱼当然要在海中出生"。她潜入海里，口中含着氧气片，用白色的油灰状特殊材料徒手制作雕像，再进行CIP加工。她认为这样就会诞生出真正具有故乡气息的人鱼。

其实最适合实践她这一理念的是地球的大海。不过阿弗洛狄忒的重力是通过量子黑洞形成的，不用潜到很深的海底就能获得较高的水压，费用也相对较少。而且阿弗洛狄忒本来就要向海中投入铁分，这一次的制作还得到了医疗器械公司Med-C的赞助。为了彩排而使用实验室的申请也得到了批准，她在这里可以大展身手。

"不过后来拉丽莎说她应该见见那个孩子。"

Med-C派来的琳达·马库洛德在奈奈旁边微笑。她是个高个子的女生。

"她对自己在事故前的作品评价很复杂。不过唯有提供给阿弗洛狄忒的系列作品她最喜欢，因为那些真的会变成大海的泡沫。如果听说有个孩子一直对她的人鱼念念不忘，她肯定非常开心吧。"

"说得没错，"通向实验室的舱门打开了，"不过反正那孩子也不在，你们传话的时候也夸大了吧？"伴随紧张而有力的声音，操作室充满了潮水的气息。拉丽莎有一头褐色的及腰长发，发梢上正落下水滴。从她那小心翼翼的步伐看来，拉丽莎似乎把自己也当成以大海为故乡的生物了。

"要帮忙吗？"

孝弘这么一问，她面无表情地说："谢谢，没关系。刚从水里上来，略微有点不协调。"

她的脸庞没有丝毫变化。虽然知道原因，孝弘还是不禁感觉不太习惯。拉丽莎·高斯贝克不见人的原因就在于此。

五年前，她在制作过程中，被灌了熔化金属的大型坩埚压在下面，身负重伤。现在她的两条腿都是假肢，面部肌肉和皮肤都是人工制品，声音则是从巧妙隐藏起来的扬声器输出的。即使是以 Med-C 的高超医疗技术，也无法完全复原复杂的面部神经。拉丽莎说："我做的是描绘人类表情的工作，我很清楚表情与心情不同，会对人与人的交流造成多大障碍。"所以，她尽可能避不见人。

她将氧气含片交给琳达，坐到椅子上，用毛巾仔细擦拭手上的泥灰。

"平衡怎么样？"琳达问。

"在水里比我自己原来的身体还要顺畅。"

"那是因为为了防止摔倒，重心向下肢转移了。思考控制的反馈没变吧？"琳达把氧气含片插到旁边大箱子的分析口里，又问。

那是一个金属箱，放在悬浮板上，边长足有 1.5 米，材质很罕见。Med-C 的标识下，忠实地记录着拉丽莎的各项生理反应。号称"从基因到医院"的大公司 Med-C 之所以把设备和技术负责人派到领域不同的博物馆行星，大概是为了通过艺术提升企业形象吧。当然，搜集分析拉丽莎的电子化机体的数据肯定也是目的之一。

"嗯，和平时一样。"拉丽莎回答琳达，"完全意识不到，就像是自己的身体一样在动。温感、痛觉也都没问题。挤压皮肤的水的触觉也能辨别，踩到刮刀的时候吓了一跳。"

"非常仔细的描述。思维控制在水里有减弱吗？"孝弘这么一问，琳达的表情刹那间僵硬了。

"没有。为什么这么想？"

"啊，要是让你误会了，我道歉。我只是想确认最基本的事情，看看我们是不是需要尽量避免海水浴。如果耳朵里进了水就不能与数据库对话，那就糟了。"

虽然是营业用笑容，但琳达此时露出的表情可谓魅力十足。

"不用担心。虽然同样是思维控制，拉丽莎和你们的学艺员系统还有很多差异。仅仅通过内声或者图像来发送指令是很简单的，而要控制她的身体运动，那就稍微有点……总之她比你们的更新，也更精密。"

"日新月异啊。"奈奈叹着气耸耸肩。

拉丽莎以优雅的动作将湿漉漉的头发缠在手指上，接着奈奈的话说："真的是日新月异。其实创造力也是一样。我以前的作品没有一个比这个海里的人鱼更好，明明是自暴自弃时接受的工作委托。"

"不是接受的吧。明明是你缠着我说报酬无所谓，一定要让你来做。"

拉丽莎瞥了一眼拆台的奈奈。

"你记得真清楚。"

如果不是她的声音中带有笑意，根本分不出那是责备的眼神还是对老友的温暖目光。

"总之我在做的时候非常努力。我一边做一边觉得以前做的东西都不值一提。尽管制作时相信那是世界第一的艺术品，在完成的瞬间又会嫌弃。"

"手工派的人，多少都有这样的倾向。"

"嗯。因为必须要手工制作，制作时间往往要拖得很长，完成时的满足感仿佛和之前花费的工夫不相称一样。所以我有一种预感，如果制作数量能够多到不在乎工夫和完成度，大概就会产生什么变化吧。我不想走省力的路。我喜欢改变造型、塑造个性。大笑、哀叹、矜持、吵闹——我的人鱼就像是鲜活的生命，诞生在这个世界，然后又逐渐消失。她们让大海变得丰腴的时候，我第一次对自己的作品感到珍惜和自豪。"

"你这话真像是供奉千体佛的佛教徒。"奈奈夸张地摇着头说。

拉丽莎扑哧笑了起来，眉头却纹丝不动。

"本质是相同的，然后结果就是我的烦恼都变成大海的泡沫升天了。再加上这次本来是过来做无聊的预备实验，没想到有人告诉我，我的人鱼在一个小男生的心上留下了吻痕。美之女神对挑战新事物的造型艺术家真是亲切呢。"

她仔细地叠好毛巾，透过耐压玻璃眺望正在逐渐凝固的新作。

"拉丽莎，要不要先回一趟宿舍？要整理海中作业的数据，还要给你做维护。"琳达问。

艺术家虽然回答说好，但还是凝望着伫立在水中的人鱼，并没有起身。

"田代先生，"拉丽莎说，"那孩子说，不是真的他才不要？"

"对。"

拉丽莎放在膝盖上的手反复握拢松开。那双手非常光滑，看不出实际的年龄。与其说这是造型艺术家的手，不如说更像人鱼的手。

"那孩子在不自觉的情况下理解了手工派的理想：手指是直接连接到灵魂的，亲手创造出的独一无二的实体才是真的，只有'真'才能用强有力的产啼宣告美的到来……不知道他要向谁道歉,其实是我必须向他道歉。那孩子那么喜欢那些人鱼,我却再也不能把他的'真品'还给他了。我回不到那个时候……"

"那就是进步。为了尼克,你应该做的是用现在的拉丽莎·高斯贝克的手去创造出最美最真的东西,超越他记忆中的过去的作品。"

拉丽莎朝孝弘望去。

"您真体贴。"

她的声音比表情更平淡。孝弘不知该如何回答。

晚上,大海到了展现自我的时间。夜色中,海浪的声音仿佛就在耳边回荡,潮水的气息一直钻到鼻孔深处。

太阳映照的庞杂时间缓缓流逝,大海在夜晚如母亲般反复低吟。

孝弘站在德墨忒尔咖啡间的阳台上,心不在焉地眺望着喀耳刻会馆的建筑工地。一连串工作灯铺在海边,灯前方的圆形建筑工地上,无数吊车如触手般蠢动不已。灯光照耀下的海上工作平台与其说是魔女的住所,更像是趴在海上的白色虱子。

孝弘摇了摇头,喝了一口冰冷的白葡萄酒。

这样可不行。阿波罗的职员必须时刻保持中立。自己恐怕是不知不觉受了阿历克斯的毒害。那间会馆完成后,在灯光照耀下必定会成为美丽的海上建筑。

"我说孝弘,你怎么在这儿偷懒呀?"

丁零一声冰块声,一只手拿着波旁威士忌的奈奈来到他身边。

"你是为了品尝忒勒福斯所剩无几的葡萄酒吗?阿历克斯·特拉斯库的面谈怎么样了?"

"他丢了一句话就跑了。建筑工地的水下起重机把透明养殖箱的建设材料搞乱了,现在大概正在和远距离操控起重机的技师打架吧。"

"你不过去?"

"我去干吗?"

"这是事故啊。要是有 A 权限人员在场,善后工作会很快吧。"

"我是外人。偏左不对,偏右也不对,最后就是左右一起揍我。哎,话是这么说,要是他们吵到最后非让我去调解,我也不得不去。"

"祝愿闲暇之神能向你微笑。"奈奈轻轻举起玻璃杯,向孝弘表示同情。

"我要是知道自己能这么空闲,就喊美和子一起来了。这里的海风很舒服。"

"哎呀,吓我一跳。我还是第一次听你提起您夫人的时候没说她烦的。"

奈奈瞪大了眼睛。可恨的是,她确实很吃惊。

"你的心情是怎么改变的?原来天天都抱怨说没时间出去玩啊、工作上的事情烦人啊……难道说最近有什么好事吗?"

"正好相反。她啊,明天早上要离家出走了。"

奈奈一点准备都没有,嘴里的酒一下子喷了出来。她敲着阳台栏杆笑说:"带预告的离家出走!"

"你别笑啊,这可是家庭危机。"

孝弘不禁撅起了嘴。奈奈手里的冰块又开始细微地颤动。

"美和子这么说,肯定是想让你哄她,这个你总该知道吧?"

"当然,所以我哄了啊。最近确实忙过头了,没顾得上她,所以隔三岔五我都会丢下工作早点回去陪她逛逛街什么的。但是这回情况不一样。"

"什么意思?"

"怎么说呢……"孝弘将视线投向黑沉沉的大海,"不知道是她傻了还是放弃了,这一次很安静。以前总是很生气地说我只顾围着头脑中的女神转，可是这次她却说，要去地球，找一个和摩涅莫辛涅做朋友的办法。"

奈奈不禁探出身子。"难道她想成为学艺员？"

"说不定真是。因为她像开玩笑一样接受了学艺员的函授教育。别看她那样子，脑子倒很好使，竟然通过了录取考试。不过我想这也不错，因为我怎么也解释不清和女神共生的感觉，还不如让她自己亲身体会，这样她就知道自己对直接连接学艺员有多少误解了。虽说一旦成为直接连接者就没办法再还原，但既然是她自己的决定，我还是尊重她的意思。"

"原来如此。"奈奈悄然点头，"如果美和子也成了直接连接者，你们夫妻间的龃龉会消失吗？"

"但愿吧。"

"美和子的版本会更高哟。说不定会像马修那样有我们不具备的情绪记录能力。"

"是吧。"

孝弘情不自禁地开始咬指甲。奈奈像个姐姐一样碰了碰他的手肘。

"我啊，有种预感。假如美和子成了学艺员，她能获取非常纯粹的情绪记录。问题在我们这边。我们能够相信记录下来的情绪吗？经过他人情绪过滤的美术品，要如何判断才好呢？"

孝弘手肘靠在栏杆上，深深吸了一口潮水的气息。

"如果苦于判断，去见真品就是了。情绪记录说到底只是他人的感动。美和子所想的一切，我不可能全部理解。但是，我并不需要完全相信她的意见和感想，而是要和她一起并肩去观赏她在看的东西。我觉得，真品本身会对我诉说的。如果美和子成为学艺员，我应该也可以告诉她我的想法，对她解释真品的种种美好之处了吧。"

"因为真品中蕴藏着唯有真品才会散发出来的真实之光啊。"

"没错。我们寻找的终极之美,也许就是真品所具有的那种光芒。所以我在某种意义上也算能理解手工派的目标。只有亲手做出的东西才具有真实之美……那种如祈祷般的、神秘的美之力量,从制作者的指尖直接倾注到作品里。"

黑影优美地模仿孝弘的姿势。奈奈转了转垂在栏杆外面的手里的玻璃杯。

"拉丽莎也在为此烦恼。"

"她还烦恼什么?她一直在制作真品,而且那么出色,都能把少年的心捉住不放。"

"我也这么对她说。可是她本来就是自我要求很高的人,自从身体的一部分机械化之后,对自己的评价就更低了。不管做了什么东西,都说那不是真品。本来还可以像以前那样通过大量制作来度过低迷状态,可是她现在的身体又做不到。"

就在这时,工地现场突然一片明亮,灯光全部打开了。

"怎么了?怎么突然那么亮?"

移动的光是大型探照灯。几道白色的光束直射向黑漆漆的海面。

"海里有什么——"

刚说了一半,孝弘的大脑中响起摩涅莫辛涅的紧急通知。

——发自阿弗洛狄忒所长亚伯拉罕·柯林斯的最优先指令。请立刻赶往喀耳刻会馆建设工地。

孝弘怒吼一声:"什么事?!"

——来自终端的紧急消息。强制输出。

内耳响起阿历克斯的声音,比孝弘的怒吼声还要厉害几倍。

"孝弘,你对那小鬼说了什么?!刚才的事故把他夹到透明养殖箱里了!"

葡萄酒杯摔到了地上。

为了便于施工，透明养殖箱的板材上面附着了电荷，会发出青灰色的偏振光。板材统一放置在会馆建设工地附近的海底，通过远距离控制的水下起重机牵引。

肉眼无法分辨的透明板，最大的足有500米长，而像用于珊瑚养殖箱的最小部件不足1米，现在乱七八糟地倒在一起，连起重机本身也被压住了无法动弹。

"没有立刻采取行动是我的责任。可是谁能想到有孩子会在晚上潜到海里？直到用雷达确定透明板位置的时候才发现。"

在栈桥上，戴着巨大耳麦的阿历克斯，用下巴示意浮在黑暗中的立体图像。

眼睛看不见的迷宫中，筋疲力尽的尼克被吊在深度15米左右的地方。小小的身体伴随海流毫无生气地摇晃着，嘴角咕嘟咕嘟冒出来的气泡已经小到极限了。

"现在这小子刚好卡在洞里。但是你也看到了，透明板很不稳定，一直因为海流摇晃着。一旦倒塌，他会被压死的。"

"用起重机把透明板一点一点移开呢？"

"这个就像多米诺骨牌一样，稍微出点错就完蛋了。而且，光是把起重机放进海里说不定就会引发连锁反应。潜水员一直在下面，我刚刚才让他上来。本来打算让他们把这孩子救出来，但是发射的探测器显示没有任何通道能让成年人通过。"

透明板间的缝隙被标成黄色，显示在立体图像上。那就像蚁巢一般复杂，每条通道都在半路闪烁着红色的叉。

"眼下只能一边用超声流量计监测海流，一边用手工作业拴好绳子，然后再小心放下起重机。现在我已经让潜水员去准备了，问题是……问题是……"

阿历克斯的性格就是很难把坏事说出口。

孝弘又咬起了指甲。这一次奈奈没有碰他的手肘。

"阿莱克,那孩子的氧气含片还有多长时间?"

"不知道。从外表上看应该是最多两小时的型号,但这孩子是什么时候潜到海里的……"

三个人不约而同地望向立体图像。孝弘按捺住想朝图像伸出双手的冲动。这里显示的少年不是真的,不管怎么伸手也抱不到他。

能做的事情都已经安排了。距离最近的医疗队马上就会赶到吧。孝弘让摩涅莫辛涅把所有可能用到的东西都准备好,又调拨了可以远距离操控的小型潜水机以便更换氧气含片,但那东西远在市区,再怎么快也要一个小时才能送到。

"为什么?"

孝弘询问少年的幻影。

尼克,我告诉过你,人鱼已经不在了吧?你为什么潜下去呢?是为了道歉吗?向谁道歉?为什么道歉?

幻影没有回答。

"拉丽莎,不要!"

海边传来大喊声。孝弘回过头,只见身穿蓝色长礼服的拉丽莎,一只手拿着线缆,反复摆动着略显僵硬的两条腿,正经过栈桥向这里赶来。琳达带着悬浮板,板上放着箱子,一路小跑追在后面。

"奈奈,快把她们拦住。绝不能让她们知道那个孩子就是尼克。"

"我明白。"

奈奈刚要过去,拉丽莎的扬声器咆哮起来。

"让我去!我能通过C-4通道!"

"……隔那么远都能看到通道编号?"

"回头再说,我走了!"

拉丽莎把氧气片含进嘴里。琳达的呻吟和水声同时响起。翻卷的长裙裙裾。那残留的影像烙在大脑里，让孝弘说不出话。

"混蛋！"阿历克斯狠狠地跺脚，"怎么可能通过！她到底在想什么！"

他一把扯下耳麦，将小型耳机塞进耳朵，慌慌张张地含了一片氧气片。

"靠你了。快撞上透明板的时候提醒我。"他用手指了指孝弘，朝水边紧赶两步，第三步他就踏进了水里。

"琳达，怎么回事？拉丽莎应该不是这么乱来的人啊。"奈奈严厉地责问道。发怔的琳达被她一问，恢复了生气。

"让一下，奈奈。给我看图。我也要支援拉丽莎。"

"琳达？"

琳达一边关上悬浮板开关，一边向孝弘和奈奈露出虚弱的笑容。

"拉丽莎并不是乱来。她练习过在海里运动，她的眼睛可以和雷达媲美，能够看到偏振光。喏，你们看。"

立体图像中铺开薄薄的蓝色。脱下礼服的拉丽莎只穿着一件内衣。她一边利用假肢的重力，一边灵巧朝 C-4 通道的入口游去。气泡在她周围摇曳，仿若珍珠。

"琳达，可以吗？"

悬浮板上的箱子突然发出了拉丽莎的声音，大概是把她的内声数据传输过来的吧。琳达打开箱子上部，展开控制面板。

"没办法，随你吧。你本人的指令优先级最高。"

面板一片赤红，发出刺耳的合成音："用户正在卸载下肢。用户正在卸载下肢。"

"拉丽莎，再确认一次。"

琳达说了这句话后，面板忽然安静了。

"原来如此……"孝弘望着图像，怔怔地呢喃。

只见拉丽莎的双腿从股关节处脱离躯干，笔直沉了下去，两条腿宛如正要落地的芭蕾舞演员。

只有上半身，确实可以通过 C-4 通道。

孝弘捡起落在地上的耳麦。

"阿莱克，听得到吗？你到拉丽莎那边去，她能通过通道。你把她带的绳子一头抓好。"

无法传递内声的学艺员抬起一只手表示知道了。

"另外，我想行使 A 权限，让你的部下进入 C-4 通道，在周围张设固定线缆。C-4 通道只有一处最窄。在最坏的情况下，可以敲碎 C-4 通道外的透明板进行救援。"

阿历克斯再度抬起手。孝弘接通了首席潜水员。

拉丽莎的手臂优雅地拨动水流，靠近通道入口。她将手放在肉眼看不见的透明板上。

"透明板在摇晃，感觉像是扑克牌搭起来的房子遇到了地震。"

她侧着头，面具般的脸并不像说的话听上去那么轻松。

孝弘中断了和潜水员的交流，从腕带中拉出薄膜显示器扔给奈奈。薄膜发出淡淡的光，在空中展开，落在她的胸前。

"帮我让摩涅莫辛涅把 ADCP 链接的画像显示在这上面。海流可以视觉化，利用海流应该可以轻松一点。把时间告诉拉丽莎。"

"知道了。"

陆地上的行动愈紧张，立体图像中的时间感觉愈是漫长。

阿历克斯拿着线缆的一头，没有新的动作。规律的气泡和缓缓踩水的动作格外醒目。

拉丽莎小心翼翼地在通道中前进。她配合海流摆动身体，褐色长发沿着被冻住般的脸颊、裸露的乳房披到被内衣分开的腰肢。她低头躲避透明板的身影仿佛在向海中的生物点头致意。

拉丽莎抵达尼克身边时，潜水员们加固通道的努力也即将完成。

她优雅地抱起尼克的头，检查含片的氧气量。

"似乎还有一点余量。以防万一，和我的交换一下。"

白皙的手臂将线缆的绳圈穿过少年的腋下。阿历克斯小心地向外拉，尼克开始慢慢移动。

孝弘满头冷汗。

"拉丽莎，小心。那边不好走。"

"嗯。"拉丽莎刚一回答，绳圈突然从尼克腋下滑落，勾到了他的手臂。少年的手肘与透明板撞击时发出的钝声，在现场的诸人耳朵里犹如巨大的轰鸣。

立体图像上显示出扑克房子咯吱作响倾斜倒塌的模样。

孝弘情不自禁地朝画面伸出了手。如果那不是图像，他可以撑住不让它倒掉——

无法从通道外固定的中央部分、位于拉丽莎背后的一块透明板，缓缓地倒下来。

拉丽莎用尽力气将尼克的身体推向前方。

"拉！用全力！"

箱子里发出的嘶哑声音，仿佛直接传到了耳麦里。阿历克斯略一犹豫，随即把固定线缆挂在腿上，用力拉扯少年的救生索。看他的动作像是打算拉扯两个人的重量。

手臂别在拐角的少年，身体痛苦地扭曲起来。瘦骨嶙峋的肩膀狠狠地撞在透明板上。

尼克的身子从通道最窄处飞出来的时候，拉丽莎猛然掉了下去。

"拉丽莎！""天哪！"孝弘和奈奈同时叫起来。

下落的冲击让她把嘴里的氧气含片吐了出来。4米宽的透明板压住她的身子，沉了下去。

立体图像中迅速变小的拉丽莎,脸上依旧毫无表情。

沉默中,海风轻抚栈桥。

海风中,奈奈哇的一声捂住了脸。

孝弘想要安慰她,可是惨况让他无法动弹。

"这里并不深呀,拉丽莎。如果你能含着氧气片……"

"奈奈。"箱子里传来拉丽莎的声音。奈奈吓了一跳,抬起头。

"含着氧气片也没用。那孩子的含片其实已经耗光了。"

"拉丽莎?你没事吗?"

"嗯,没事,我在这儿呢。"

"这儿是哪儿啊?!"

"这个……"她的声音有点不好意思,"在这里面。"

发出声音的箱子上,生命信号灯不停地闪烁着。站在旁边的琳达,抱歉似的皱着眉头。

孝弘和奈奈张大了嘴,半响都没反应过来。

尼克要道歉的对象是大海。

"我看到人鱼回头看自己受伤的尾鳍,表情十分可怜。可是我们站在安全通道里,既不能帮她,也不能安慰她,非常难过,非常痛苦。所以我下定决心,一定要再来一次,向大海道歉。我想温柔地抚摸她,对她说一声对不起。"

人鱼已经溶解到大海里了,但她不是归于虚无,而是变成了大海的一部分。既然如此,大海就是她,她就是大海。

"照片不行,隔着玻璃就更不行了。我要直接抚摸她,就算是微粒也没关系。我想用我的手和声音直接向她道歉。"

一开始尼克也曾想过,既然人鱼化作微粒溶解在海水里,那么只要触摸海水,也就算向她道歉了吧。但在潜水的过程中,他不禁产生了孩子气的冒险心,想找找看人鱼留下的碎片。

"想要亲手抚摸呀。这可不是精神创伤,而是长久的相思呢。"

在孝弘的办公室里听完了来龙去脉的奈奈莞尔一笑。

"你的精神创伤在这次经历中也略微得到一点安慰了吧,拉丽莎?"

"一点儿也没有。"箱子闪烁着生命信号说,"那些人鱼是用我原来的双手制作的。接下来做的东西能不能再一次捕捉到他的心,我一点信心也没有。能不能具有让他渴望再会的力量——"

孝弘沉静地告诉她:"你思考,你动手,这就很好。只要你的想法没有变,拉丽莎·高斯贝克的力量就不会变。加工素材的手,不管是流着血液的肉体之手,还是远距离操控的机械手,都没有关系。只要按照你的想法在动,不就是与你的灵魂直接联系在一起吗?"

拉丽莎低声说了一句"是呀"。在孝弘听来,那声音中混合着羞涩与满足。

奈奈把咖啡递给琳达,走到箱子旁边,砰砰地敲着箱子表面。

"你这么拘泥于手工制作的人,失去了手臂的心情我也不是不能理解。可是你不该连我都瞒着。谁能想到你是通过思维控制来远距离操控身体的呀。"

"我不是单纯拘泥于手工制作理念,你知道的吧?"

"嗯,我知道。"

奈奈不再敲打箱子,改为温柔地抚摸。

"身体受伤、连形体都无法维持的人,自然会很介意他人的眼光。如果有办法隐藏,选择那种办法也是理所当然的。可是呢,拉丽莎,不要说谎哟。从今往后,不管 Med-C 给了你多么精巧的身体,也不要把它当成真正的自己。我并不是要你大张旗鼓地宣扬,可是一旦说谎,你就会迷失自我。别忘了你是拉丽莎·高斯贝克,你的人鱼雕像广受赞誉,现在更是掌握了困难的思维控制技术,是出色的现役艺术家。"

"谢谢。"

"任何一个真正了解你的人，都可以很自然地和你对话——和你这个箱子上的交互装置对话，和真正的你对话。我感觉，唯有那个时候，你的精神和肉体才缔结了正确的关系。"

"你说的对。"拉丽莎被老友的气势压制，发出了轻笑声，"两条坏腿丢到了海里，以后大概可以在陆地上轻快游泳了。"

孝弘望向放晴的窗外，悄悄喊出了摩涅莫辛涅。

我要写日记，他告诉女神。

关于人与美的关系，有两种看法。

一种认为，美给予人类力量。人因为美而得到安慰，因为美而产生力量。正是美，令人类得以生存。

另一种认为，是人类给予美力量。具象化的美，正是创作者灵魂坦诚的表现。如果真的存在所谓"终极之美"，那么它所放出的炫目光芒，除了人类的"真"还会是别的吗？

理想当然是——兼而有之。

孝弘打开窗，深吸了一口气。

美和子乘坐的穿梭机准时起飞了。

银色的泡泡冉冉升起，天空宛若大海。

闪 亮 的 星 星

漂浮在第三拉格朗日点上的博物馆行星"阿弗洛狄忒"。

这里是女神们的神圣领地,是搜集了人类已知宇宙中一切美的事物、放射着璀璨光芒的天界——人人都在如此称颂阿弗洛狄忒。然而遗憾的是,事实并非如此。尽管小行星上的各个部门与电脑数据库都以神的名字命名,但承担实际工作的学艺员们却只是愚顽的人类,远不是全知全能的神明。

"谢天谢地,今天总算也把那些家伙甩掉了。"

综合管理署"阿波罗"的学艺员田代孝弘独自一人躲在官署的办公室里,他斜躺在休闲椅上,一边喝着咖啡,一边喃喃自语。虽然理论上他应该把此前的录像仔仔细细看上一遍,确认刚刚结束的记者会是否一切正常,但是这时候的孝弘实在没有打开显示器的心情。屏幕上记者们被放大了的嘈杂声,他绝对不想再听一次了。

其实直到不久前,所谓记者会还只是向艺术领域的记者们做的无聊的定期报告会而已,然而如今的阿弗洛狄忒却已经成为全世界注目的⋯⋯啊,不,阿弗洛狄忒本身就已经成了全世界的目标了。

置身在湍急澎湃的激流中心,孝弘还是第一次体验到这种感觉。

人类骤然间瞩目于阿弗洛狄忒，大约是两周前的事。事情的起因是人类在位于小行星带的资源开发基地上发现了未知的物品群。他们在首次探索小行星希达尔戈的时候，从这颗由土星返回的小行星上发现了两枚直径约1厘米的植物种子，以及数百枚边长14厘米厚3厘米的五边形彩片。

想来不管如何恶趣味的人，也不可能故意去小行星上放什么种子和瓷砖吧。坊间小报盛传这些东西"很可能是外星人的遗留物"，但实际上究竟是什么还是要等有一个科学的分析结果才能下结论。这个研究分析的任务便由阿弗洛狄忒承担，于是孝弘的工作场所也就顺理成章地暴露在全人类好奇的目光下。

交给阿弗洛狄忒负责的原因其实很简单，一来是因为这里同数据库直接连接在一起的学艺员们有着相当优秀的综合考察能力；二来也是因为这里的地理条件独特，万一有什么情况发生，可以将此地与地球隔离。然而，这样的安排落到坊间小报大张旗鼓的宣传中，就被添油加醋地改成了"天上降临的神秘物品，期待女神的神谕指引"。

如果真能像宣传上说的有神谕的指引就好了，至少学艺员们不用工作得如此辛苦了。

的确，直接连接学艺员无须发出声音就可以将难以言传的图景和印象传输给数据库。最新版本的数据访问接口甚至连个人情绪的变化都能记录下来，但那都是为了让学艺员更好地完成工作，可不是像小报上说的"等待天上的女神解读宇宙人的讯息"那样轻松惬意的。

学艺员们既要忍受不负责任的粗体新闻干扰，又要埋头于艰巨的工作，这些麻烦事几乎是超出了学艺员们的承受能力。孝弘禁不住想，在发生这一事件的时刻，所长大人居然在地球的联席会议上不做丝毫分辩便仓皇而逃，实在是大错特错啊。

"不管怎么说,今天真是多亏了罗布。"

孝弘向着罗布·隆萨尔的方向——也就是地面的方向轻轻点了点头。动植物部门"德墨忒尔"的广大领土分布在这个小天体的背面。

罗布担负的任务是调查希达尔戈的种子。多亏他拿出了让记者们欢声雷动的成果,今天的记者会才终于一扫往日沉闷无聊的气氛,成为有实际内容的新闻发布会。

在记者会上,性格沉稳的罗布笑着避开记者们刺眼的视线宣布:"借助于加速型进化分子技术[①],我们对种子进行了克隆培养,目前已经确定这种植物可以在海面上生长。"

刹那间记者们喜形于色,问题一个接一个,排山倒海般地浇到他的头上。

罗布带着微笑,不焦不躁地回答记者们的问题。

"不,不是发明了时间机器,只是一种加速生物成长的技术。"

"克隆体的数量当然足够充分,因为还有许多东西有待研究。"

"抱歉,目前还不能允许任何人参观,记者会后我们会给大家分发照片。"

"还没有发现和地球植物明显的差别。"

"这个啊,大概会开花吧。"

"唔,如果说这个种子是从地球飞出去的东西,那么那些彩片又是怎么出现的呢?"

"远古文明?是说母大陆和亚特兰蒂斯之类的故事么?对不起,我对那些假说不是很熟悉。"

"不,外星人是不是真的存在,目前我们还不好说……从种子判断,只能说它的原产地大概是和地球相似的有海洋的星球。"

最后罗布说"那么,大家请往这边走",结束了记者会。然后他

[①] 原文是 Time-machine Biotech,因此后文会提到"时间机器"。

朝孝弘偷偷做了一个鬼脸。这时候，时钟指针恰好指向预定结束的时间。为了能给可怜的综合管辖署在记者的质问攻势下留一点喘息的时间，过去的日子里，罗布真的是拼命努力了。

然而，幸运之神还会再一次降临吗？如此漂亮的一仗恐怕终成绝响，下次自己又要面对记者的枪林弹雨……仅仅是想象一下那场面，孝弘就已经烦恼得不能自已了。

与德墨忒尔相反，承担五边形彩片分析任务的雅典娜那边完全没有任何进展。

实际上，雅典娜的学艺员很容易便分析出了彩片的组成成分。那是现代科学技术尚且无法制造的大尺寸铝－锰－硅准晶体。以紫色为基调、带有细微璺纹的玻璃质彩色原料，看上去类似陶瓷的釉药。这些小小的五边形原先构成的是什么，色彩的意图又是什么——有关这些涉及制作者真实身份的问题，雅典娜的学艺员提不出任何合乎逻辑的假设。

负责分析彩片的学艺员是专门研究瓷器的柯尼斯伯格·默西迪丝。这个工作认真的女性埋头在雅典娜所辖的分析室里没日没夜地工作着，然而怎么也拿不出成果，她自己大概比谁都着急。好像雅典娜还外聘了专家来协助她工作，可是负责招聘的不是别人，正是阿波罗的问题儿马修·金巴利。他找来的人真能帮到忙么？

孝弘新倒了一杯咖啡，刚开始喝的时候，内耳里传来了柔和的声音。那犹如木珠滚动般悦耳的声音，是从阿波罗所属计算机数据库、他直接连接的记忆女神"摩涅莫辛涅"发来的呼唤。

孝弘放下咖啡，在休闲椅上坐直了身子。

"什么事，摩涅莫辛涅？"

——接到一个通话邀请。发送人，分析室室长卡尔·奥芬巴赫。输出方式指定为薄膜显示器。

"特别指定要用薄膜显示器?"孝弘怪讶地低声自语,把镶嵌在左手手腕上的腕带展开成薄膜。

"好了,请帮我接通。"

——好的。输出至薄膜显示器。

薄膜上发出淡淡的荧光。朦胧的图像渐渐清晰,出现了卡尔·奥芬巴赫鸟窝般的头发。

"麻雀可不是那么容易轰走的,孝弘。"卡尔贼兮兮地笑着。

"怎么看怎么觉得你这张笑脸很讽刺。"

听到孝弘的话,卡尔的嘴角更是夸张地扬了起来。

"你能明白我的意思,真让我高兴。指定F模式果然很正确。"

听到卡尔这么说,孝弘禁不住生出一股不祥的预感——这股预感立刻应验了。

"说正经的,孝弘。你知道为什么负责分析五边形的柯尼斯伯格一直拿不出成果来吗?大半都是托您家马修大少爷的福啊。"

"他又怎么了?"孝弘低声问了一句。至今为止马修惹出的诸多事端都在他的脑海中盘旋起来。这个新加入阿波罗的学艺员是个让人无法忍受的选民主义[①]者,瞧不起经验丰富的老资格学艺员。

"马修倒没有直接干什么坏事,惹麻烦的是那个天天粘着柯尼斯伯格的王子大人。"

"王子大人?啊,是说莱茵哈特·毕契科夫吧。唔,比起图形学者,这个名字确实更像王子的名字。"

"就是他。他可实在是让人头疼,这就是你们马修大少爷塞给我们的人选啊。"

"真是对不——"孝弘正要反射性向对方道歉,突然反应了过来,

---

① 选民主义:此处"选民"为宗教概念,认为自己是特别的、被神所挑选的人,从而产生了优越感,与"弃民"相对。

"不对,为什么向我发牢骚?有问题你直接对马修去说啊。"

这次卡尔的笑容僵住了。

"理论上是该如此,我也确实找过他,可我的话只说到一半就给切断了。他说他马上就要开始情绪记录,不是谈话的时候,然后再也不接收我的讯息了。"

"又是情绪记录啊⋯⋯"

"那小子声称要证明自己的能力有实际用处,听说好像是要帮一个从地球来的老太太寻找失物什么的。"

"用情绪记录寻找失物?这家伙到底想干什么?"孝弘不禁按住了自己的太阳穴。

从直接连接系统的最新版本开始启用的情绪记录,真可以说是助长了马修选民主思想的罪魁祸首。情绪记录可以将心中微妙曲折的情感变化原封不动地记载到数据库中,确实是一种极具魅力的能力。地球上的警察也配备着类似的情绪记录版本程序,他们能用这个积累直觉数据;而配备了情绪记录的动物学者也可以依靠计算机分析自己察觉动物接近的那种感觉。与此类似,基于接触美术作品时学艺员们的情感数据,也有可能使诸如美的本质、终极之美一类朦胧而无法言喻的感觉显现出大体的轮廓。从这一点上说,情绪记录的确是非常值得期待的新星——如果新来的学艺员不是那么急于表现这一非同凡响的功能的话。

"我不打算指挥你处理这件事,不过我也知道你们那边讨人喜欢的新人都很忙,所以只能请你这个可以信赖的老家伙亲自跑一趟了。"

"知道啦。"孝弘举起双手投降,很不情愿地说。

卡尔接着说:"下午一点到分析室来。没有要你马上过来,我这个人还是很通情达理的吧?至少你还能再喝杯咖啡。"

卡尔如柴郡猫般得意的窃笑残留在显示器上,随后便消失了。

博物馆行星有着平静祥和的午后。参观过雅典娜所属的美术馆，疲惫的游客坐在公园长椅上悠闲地舔着冰激凌；从德墨忒尔的广大领土返回的观光者，正因为夜晚到白昼的急剧转换交头接耳。至于距离足以让音乐·舞台·文艺部门"缪斯"忙碌不堪的音乐会召开，还有一段时间。

但是疲惫不堪地走在街道上的阿波罗职员脑中，莱茵哈特·毕契科夫的人物数据正在翻滚沸腾纠缠不休。由于负责招募的马修连来自上级的通讯请求都拒不接受，孝弘不得不通过摩涅莫辛涅一点点调查图形学者的履历。

莱茵哈特·毕契科夫是与地面上的图形科学数据库"标记"相连接的直接连接学者，好像是毛遂自荐要来帮忙分析希达尔戈的五边形。孝弘一边走，一边展开薄膜显示器，上面显示了莱茵哈特的照片。照片上，他穿着有点落伍的白色紧身衣，看上去有点傻气，不过这份傻气和他的年龄比较相称，再加上能让人信任的沉稳目光，似乎很容易让人产生好感。

根据地球上最大的人物数据库"点名"的资料，莱茵哈特对工作非常努力，而且很热心。他最擅长的是数理学，不过兴趣非常广泛，还取得过设计和美术史的网络教育学位。从这些资料看来，莱茵哈特应该是同柯尼斯伯格合作的最佳人选。

孝弘咬着指甲，离开大路，朝着缪斯官署背后四四方方的分析楼走去。让人感觉性格沉稳的优秀王子到底引发了什么问题呢？孝弘摸着下巴沉思着。

一推开分析室的门，孝弘便注意到房间里有股不寻常的气氛，他不禁停下了脚步。

平日里欢声笑语的分析室，今天却是一片肃杀的寂静，包含着简直可以说是杀气腾腾的紧张感。十八个职员全都目不转睛地盯着自己的桌子，看那样子恨不得要将自己从这个世界中隔离开来一样。

"这到底是怎么了？"

孝弘不禁低低呻吟了一声。这时候只见从房间里面隔间的挡板后冒出一个乱蓬蓬的脑袋，那是高个子卡尔的脑袋。他走过来时，脑袋就像是在器材上漂浮着似的。到了孝弘的面前，卡尔一把抓住了他的手臂。

"你终于来了。我已经给你备了特等席，就等着让你好好看看那个小子了。"

"什么——？"

"好了好了，来吧来吧。"

卡尔半拽着把孝弘拉到房间的一角。孝弘跨过地上的各种电线，绕过满满地堆着待分析物品的箱子，转出隔间的迷宫，最后被卡尔推进器材架和书柜的缝隙里。

"啊，快看。"

卡尔缩着身子，低声说，让孝弘透过缝隙往外看。

器材的缝隙间，可以看见一个金发被仔细盘扎起来的背影。那是柯尼斯伯格·默西迪丝。她的手肘架在桌子上，正按着自己的太阳穴，纤细的肩膀颤抖着，一定是在同雅典娜的专用数据库交换数据吧。

无聊地伫立在她左边的男子，正是莱茵哈特·毕契科夫。

他低着头，偶尔偷偷抬头迅速看柯尼斯伯格一眼，那两条并不太长的腿像是在画一个小小的圈似的慢慢向右侧移动一点，然后偷偷再瞟一眼，接着又赶快低下头……那动作、神情简直就像等待主人命令的小狗。

"他到底在干什么？"

"他好像以为自己是在帮忙。"卡尔用带着厌恶的声音回答说，"你看，孝弘，这家伙一天要拿近三百种彩片的组合方法过来，而且不等柯尼斯伯格确认结束他一步都不离开。整天都是这个样子。"

在希达尔戈发现的五边形彩片，准确的数目是 816 个。这些彩片并不是单一的色彩，彼此颜色都有着微妙的差异。从这点考虑，它们似乎应该可以组成一个大的马赛克之类的东西。

"柯尼斯伯格是要把彩片组合成正十二面体吧？"

五边形不是像六角或者三角那样正好可以填满平面的形状。孝弘听说，柯尼斯伯格假设完成品是立体物，但她无论如何组合都无法得到正确的结果。

卡尔皱了皱眉。

"其实说实话，我们都有点怀疑正十二面体假说了。不过因为害怕给那些耳朵尖又喜欢叽叽喳喳的长舌鸟听到，这话没有对任何人提起过。这些彩片的总数倒是可以分成十二堆，但是那样子会构成的角度会很怪异。"

"角度？72 度不是正好吗？"

"不是顶点的角度，是切面的。彩片本身就有 3 厘米的厚度，切面并不垂直，堆在一起看上去杂乱无章。每一片五边形彩片自身的曲率也很小，不知道是制作精度太差，还是故意做成这个样子的。"

"你是说，就算组成正十二面体，形状应该也是扭曲的？"

分析室室长愁眉苦脸地点点头。

"柯尼斯伯格也不知道该如何取舍。到底是该不管怎么样，哪怕得到一个扭曲的形状都要搞出正十二面体好呢，还是该考虑到有可能有些遗漏的彩片没被发现，不再拘泥于形状呢？"

"但如果没有正十二面体假设这一前提，事情大概会变得更加麻烦吧。可以想象的形状毕竟是无限的。"

"是啊，所以在踏入那个无限的领域之前，她才先确定了正十二面体的范围。她让欧佛洛绪涅模拟出数量巨大的组合，一个个观察这些组合的色彩变化与弯曲方向，焦急等待着那个能够说服她自己的瞬间，能让她这个专业美术研究人员信服的瞬间。这可是个消磨耐性的工作，要是换成我的话早就投降不干了，但是她……"

卡尔搔着自己蓬乱的头发，瞟着莱茵哈特。

"那家伙呢，一天到晚就知道拼凑出一堆奇形怪状的正十二面体的设计组合，然后一个个塞到她那边检查。因为他是特意聘请来的客座研究员，我估计柯尼斯伯格也期待他的视角能有什么不同凡响的发现，所以她总是一个个认真地确认——但忍耐度终究是有限的，照我的预测，他要是再有两回拿着这种垃圾过来，柯尼斯伯格就真的要冲他拍桌子了。"

孝弘扭着脑袋窥视着外面的两个人，一会儿看看左边，一会儿看看右边。

柯尼斯伯格一眼都没看过图形学者，莱茵哈特则是继续扭扭捏捏地挪着脚、搓着手。

孝弘抬头问室长："卡尔，莱茵哈特真的一点用处都没有？我看柯尼斯伯格也没有把他赶走嘛，是不是他拿来的九九八十一个组合里头有这么一个两个能够激发她的灵感呢？"

"为什么是九九八十一个？"

"呃，只是打个比方。"

卡尔瞪起眼睛看着孝弘，伸出一根手指在他的眼前竖起来。

"你给我好好听着，孝弘。自从接到希达尔戈的任务以来，我一次都没回过家——顺便说一句，我只有在上厕所和洗澡的时候才会离开这个房间，连饭都是在这里吃的，但我从来没有看见过柯尼斯伯格流露出任何发自内心地感谢那个图形学者的模样，反倒是听到过无数次说'被纠缠得什么都干不了'的抱怨。"

"好吧，好吧，我知道了。"孝弘瞅着居高临下、义正词严斥责自己的卡尔,投降了,"我去和莱茵哈特·毕契科夫谈谈,听他说说他对这个分析任务的打算。"

卡尔突然在孝弘的头上说:"打算?孝弘,你还打算装糊涂装到什么时候?"

"什么意思?"

"你真的以为那家伙是为了工作才整天围着柯尼斯伯格转?你要是真的这么想,那就难怪你媳妇从你身边逃掉了。"

这句话说得孝弘毫无心理准备。为什么突然牵扯到美和子?

"美和子不是从我身边逃开呀。她只是为了成为学艺员,到地球上进修学习去了。"

"哦哟,你要是也真的连这话都信,那你可真是无可救药的超级笨蛋了。"

卡尔的表情有点困惑,看起来他也不知道是不是该解释给孝弘听。正在这时,柯尼斯伯格说话了。

"我确认完了,毕契科夫先生。"

孝弘和卡尔同时把脑袋凑到架子的缝隙上。从缝隙里只能看见柯尼斯伯格的侧面,不过也足够看出她脸上带着疲惫的微笑。

"十分抱歉,您这一次拿来的组合当中也没有任何能让我产生想法的东西。"

"这样啊……"莱茵哈特的双肩耷拉下来,像是深受打击,"今天也没有能让女神看得上眼的东西吗?我果然理解不了您这天界的美学啊。"

"呀,您又来了。"柯尼斯伯格脸上笑着,眼神里却没有半点笑意,"和您说了许多次了,我们不是天界的居民,也不是住在星星上的宇宙人。我只是在把根据我的美学观筛选的结果原原本本地传达给您。所以呢,毕契科夫先生,我知道您很在意我的想法,不过您是不是可以不受我的影响，提出自己的见解让我看看呢？"

这么说着，柯尼斯伯格莞尔一笑，微微侧首。换一个熟悉她的人，都知道她的意思是说："够了，我受够了。你爱干什么就干什么吧！"然而，对纯情的王子来说，要分辨她的真实意思，需要的社交术未免太难了。

莱茵哈特像洗手一样搓着双手，怯生生地说："唔，这个嘛……哦，对哦，我是想给您帮忙啊……那个什么，等下我再拿些组合过来请您确认，您看可以吗？"

孝弘旁边的卡尔吓得往后一仰："天哪，不要！"

柯尼斯伯格看起来比室长要有耐心。她一边说着"嗯，当然没问题"，一边又露出了笑容……

王子满口典雅的告别辞令，终于从她身边离开了。

他前脚走出房间，柯尼斯伯格后脚便哇的一声哭了起来。

随着这一声哭泣，分析室里立刻像炸开了锅似的。气氛顿时恢复成了平时的模样，啊不，是比平时更加嘈杂。同情的语句、愤怒的声音，还有长长的吐气，全都爆发了出来。

卡尔猛推了一把孝弘。

"公主我们自己会安慰，王子那个混蛋交给你负责。你们反正一样迟钝，沟通起来比较容易。"

卡尔一边说着，一边夸张指着出口的方向。

德墨忒尔分析楼的中庭是由他们的庭院艺术专家设计的。对整天被困在器材堡垒里的分析员来说，可以算是异常难得的休憩场所。

草地散发着绿色的气息，暮色中溶解着花草的清香。

莱茵哈特坐在花坛边的长椅上，目不转睛地盯着草丛中的榆树。他沉默了好一会儿才说："是吗，奥芬巴赫先生说我有工作外的目吗？真是独具慧眼啊。"

"什么意思？"孝弘刚一说出口，便觉得自己很傻。

图形学者看起来很平静地接受了分析室室长的推测。他的表情变得柔和。

"我的动机的确不够纯洁。我只是陪伴在柯尼斯伯格·默西迪丝身边。对我来说，她是无比珍贵的女神，更是闪烁在天空中让我无法触及的星辰。"

孝弘硬生生把嗓子里啊的一声惊呼咽了下去。他可不想再展示一次自己迟钝的傻样。他小心翼翼地问："不好意思，我问个私人问题：您是不是为了能陪在柯尼斯伯格的身边，才主动申请要来帮忙的呢？"

"是啊。我第一次见到她大约是四年前。那是在植物科学画的网络授课上。我和她都修习了同一级别的学业。在听课的那么多时间里，我只在通信线路的屏幕上见过她一次，她真的很美……"莱茵哈特手肘撑在自己的膝盖上，放低了声音说，"她应该不记得我吧……"

他的蒜头鼻微微渗出汗珠，接下去又恢复到正常的声音说："植物科学画的网络教育对我来说，只不过是一种在图形学上正确认识花序的排列方式、蔓藤的扭转角度等的手段。但是她不一样。她的视野非常广阔，远不是我能比拟的。为什么人类有了记录图像的手段，还要拿着4H铅笔去画植物科学画？画家在面对自然的时候到底应该学习什么？画给人们欣赏的作品，同自娱自乐的绘画相比究竟有什么不同？为什么人类会认为花是美的？……这些被一般人认为无须多言、近乎本能一样的东西，在她看来却蕴含了美的本质。在退休老人和抱着消遣目的来学习的妇人们前面，她一点也不羞怯，原原本本、清清楚楚地陈述自己的想法。"

"唔，果然是柯尼斯伯格的风格。"孝弘这么说的时候，莱茵哈特像个孩子似的点点头。

"'植物画是艺术,是不可以同百科全书中的图版混淆的艺术。'她散动着她的金发,满怀热忱地这样说。那是画家一笔笔描画出的植物生命的形状,是人类誊写在画纸上的殷切期望,在每一笔每一画中都饱含着人类的企盼。嗯,对生命、未来的企盼啊,田代先生。我相信世界的本源是形状,只要理解了形状,就可以解读出世间万物的奥秘。但是学习着同一门课程的她,却在宣示人类的殷切期望。我只知道树叶的排列依照斐波那契数列,花蕾的形状可以用柏拉图立体解释。相比整天沉迷在这些卑俗趣味中的我来说,她是从艺术的高度睥睨着我呀。一生中,我再也没有见过任何一位女性能像她那样光彩夺目。"

图形学者的脸染上了一片殷红。孝弘难以判断这究竟是因为说的话太长憋红了脸,还是因为别的什么激昂了他的情绪。

莱茵哈特微微眯起眼睛,接着说:"讲座结束后不久,我听说她被录取为直接连接者,派到阿弗洛狄忒来了。这样一位女神般的人物真的去了神明居住的地方,我由衷感到欣慰。天空中那颗享有美神名讳的星辰,对视点绝高的她来说再合适不过了。从听到这个消息的那一刻起,我印象中的柯尼斯伯格就已经成了披着轻纱的美之女神……很可笑吧,我居然会想起那样的场面。"

孝弘尴尬地咳嗽了一声,移开目光看着榆树,小心翼翼地回答:"不,一点也不可笑。我明白你的意思,你是把她当作女神看待的,看她就像是在仰望天空的星星。不过,你是不是也该想想,这么长时间了,她的工作毫无进展,变得越来越焦躁不安,如果你提不出任何实质性建议,不管怎样的赞美恐怕都会起到反效果啊。"

莱茵哈特猛地盯住孝弘,他小小的眼睛里第一次闪烁起自负的光芒。

"田代先生,这一点您不用担心。我虽然动机不纯,但该做的事还是会好好去做。我在努力想办法帮她,只不过……"说到这里,莱茵哈特慢慢地摇了摇头,"只不过,好像我和女神总说不到一起去啊。"

"你是说,你们彼此间说的话对方都理解不了?"

"不是,没那么简单。与其说是言语无法理解,不如说是我们在根本意趣上就已经大相径庭了。对我来说,美的图形是所谓'无浪费的图形',或者说是'乍看多余,实际却必不可少的图形'。在我看来,美就意味着数学公式,比方说五边形——'标记',开始连接。"

莱茵哈特发出指令与地球上的计算机连接。左手用三根粗短的手指摆出左手定则的样子,也就是 XYZ 轴,举到眼睛的高度。

"距离太远,反应比较慢。"

莱茵哈特说话的时候,他的手指间逐渐显示出了图像。本来一无所有的空间里,浮现出散发着淡淡辉光的白色五边形。

"惊讶吗?我研究的图形学归根到底属于视觉范畴,为了讨论和研究的方便,手指里植入了影像的构造端口。"

他把手指搭成篝火堆一样三叉的形状。漂浮在空间里的白色五边形出现了五角星一样的蓝色对角线。

"田代先生是不是感觉到这个图像很美呢?还是说,这个过于数学化的图像远远没有踏入美学的领域呢?"

"说实话,我以为是后者。"

"是吧?"莱茵哈特低低一笑,"可是在我的眼里,这个五边形所具有的美,不亚于夜空里闪烁的真实的星星啊。五边形是无法填满平面的形状,它就像淘气鬼一样顽皮可爱。你看,它的对角线与边长的比例刚好构成黄金比,这是最美的比率啊。在美术史上,由正五边形的对角线构成的五角星还曾经被赋予了除魔的功能。之所以如此,我猜想应该是在久远的过去就有什么人注意到了五边形的完美吧,尤其是它没有任何多余的地方。"

莱茵哈特手中的五边形一边闪烁，一边缓缓旋转着。忽然间，他手中的五边形变成了正十二面体。应该是他此前组合的形状之一。

"至于说这个柏拉图立体，在我看来它有同五边形一样的魅力。但这对她没有任何用处。崇尚艺术性的她重视的是色彩和曲率。对我所认为的'无浪费'要素，柯尼斯伯格总要从中寻找美学上的意义。我明白她的理想，但说实话，我理解不了。她具有的那种将人类的殷切期望托付在植物艺术中的视角，换句话说，是那种神一般至高无上的审视物－人关系的视角，我没有。田代先生，我从心底想要帮她，但我终究是个无法理解美的愚人。除了频繁地把她感兴趣的组合运过去外，我什么也做不了。"

"这么说来，毕契科夫先生，您是因为一直想要帮助她，所以才放弃了自己的意向，不停按照她的想法去组合吗，即使她的理想和你自己的截然不同？"

莱茵哈特无言地点点头。咔嚓一声，他手指间的立体图像消失了。

夕阳挂在榆树的树梢上。暮光映着莱茵哈特的脸颊，在他的脸上洒下一片苦恼的影子。

孝弘看着垂头无语的他，轻轻叹了一口气说："就算不是爱情的追求者，至少从互相协助的角度上来看，我以为这种做法终究是不合适的。柯尼斯伯格自己的想法恐怕还是她自己实践更好。毕契科夫先生，您有没有想过，她真正需要的是她所没有的启发性思路呢？这次的研究对象毕竟不是人类。比起纯净的、近乎天真的美术理论，您在图形上的深入分析说不定才是正确的解答之道。如果你看重的是没有任何多余地方的五边形，那么为什么不将这个想法发展下去呢？"

"啊，不，发掘出来的物品上既然被赋予了色彩这种多余的属性，我想它们的制造者应该也像她一样对无用的美学情有独钟……"

孝弘又叹了一口气，抬起头望着博物馆行星的天空。

"我们以人类的爱美之心将那个形状看成是'星星',但是实际上没有人知道那些未知的生命究竟在其中托付了什么意蕴。退一万步说,外星人也生有艺术之心,谁也无法保证他们的'艺术'是不是能以人类的美学来解读。所以毕契科夫先生,您还是不要被学艺员的见解束缚了头脑,要从图形学者的角度仔细考虑任何一种可能。我们看不到的'星星'也许根本不是真的存在的星星,我希望您能为我们找到它。"

莱茵哈特像是弹簧一样猛然弹身站了起来,把孝弘吓了一跳。

"不存在的星星!"他高声大叫起来。

"啊,对不起,我说错话了,惹您生气了。"

孝弘赶忙向对方解释,但是莱茵哈特充耳不闻。

"是了!看不见的图形也是重要的'无浪费'!'标记',五边形镶嵌。丢勒和开普勒,还有伏见[①]。"

他用两只手的食指和中指构成框架,展开一个大型投影场。

延迟了一小会儿,在框架中浮现出三种杂乱无序的几何学模型。全都是几十个五边形铺在平面上的模型,但一眼看去就能发现排列的主旨截然不同。

莱茵哈特一边将画像放大,一边兴奋地说了起来:"用五边形铺填平面,不管怎么铺都会留下空隙。你看最右边的模型,五边形的边之间尽可能紧密贴合,但这样一来,中间却出现了十边形的空洞;左边的那个模型,五边形平均排列的结果是每两个五边形间都出现了半个尖锐的菱形缝隙,规则地朝五个方向放射;正中的模型则是所谓'伏见镶嵌'。"

"左边那个的中间缺少了一颗五角星啊。不过伏见镶嵌空出来的

[①] 此处指伏见康治,是日本著名物理学家、几何学家,在空间几何方面颇有建树。后文的"伏见镶嵌"是作者的创造。

菱形位置好像更没有什么意义。"

"是啊,我也觉得这个不对。"

伏见镶嵌消失了。孝弘不知道他这一回怎么变得这么爽快。

"毕契科夫先生,你到底注意到什么了?"

莱茵哈特不等孝弘说完就焦躁地抢过话头说:"多余,就是这个多余,星形缝隙就是多余。这就是看不见的星星。如果说制造这些东西的生命能够完美调配色彩和曲率,那么他们说不定也会认为彩片间的空缺同样有意义。我和柯尼斯伯格组合了那么多立体图形,恐怕一开始就走错路了。要是把这些五边形彩片的群体排列在平面上,说不定其中的空隙更值得人们品味。"

"品味空隙?那不就是和留白类似的思想么?不过这种想法太过东方化了吧?"

王子一副心不在焉的样子,似乎根本没听到孝弘的话。

"嗯,没关系。他们肯定限定在五边形里。只要是同样的宇宙、遵从同样的物理法则,那么……啊,这也就是为什么构成彩片的准晶体也……五边形、缝隙的五角星竟然是揭示'无浪费'的讯息……"

孝弘索性闭上嘴,等待莱茵哈特补充进一步的细节。但是图形学者深陷在自己的思考里,一直沉默着。

——摩涅莫辛涅,请将准晶体的资料输送到内耳。卡尔应该有文件链接。把重点给我就行了。

片刻之后,图形、几何、星星这些画面同时出现了。摩涅莫辛涅从模棱两可的指示中拣出确定的含义,给出了回答。

——了解了。检索结束。输出方式,A 监视器。准晶体最先由彭罗斯预言。他在研究五边形如何填补对称空间的时候预言了准晶体的存在。在结晶学中,理论上不存在正十二面体或者正二十面体,但准晶体的分子可以构成此类结构,它具有明确的五方对称性。在科学界验证了彭罗斯预言的时候,科学杂志将人类首次发现的准晶体比喻成了在金属的天空中闪烁的星星……

孝弘按住太阳穴,暂停了摩涅莫辛涅的输出。

连材质的说明都用上了"星星"这个词?

莱茵哈特既然突然重视起镶嵌的五角星,他是把如此多的偶然看作了必然吗?

为了用图像更直观地确定准晶体的构造,孝弘从腕带上取下了薄膜显示器。

突然之间,他的身子一轻。

不对,不是体重或重力的变化,是他脑中突然没有摩涅莫辛涅存在的气氛了。

不论怎么呼叫,孝弘的头脑里也没有任何回音。自从成为直接连接学艺员以来,这还是他第一次遇到这种情况。

"摩涅莫辛涅!"孝弘的叫声让莱茵哈特回过了神。

就在这时候,孝弘的内耳中传来含混不清的陌生声音。

——摩涅莫辛涅及其下属系统停止运行。行星博物馆辅助系统"阿弗洛狄忒"开始启动。

"什么?"

阿弗洛狄忒是只在行星博物馆黎明期投入使用过的古老系统。

在莱茵哈特惊讶的注视下,孝弘用尽全力才勉强稳住自己的身子,没有倒下去。

博物馆行星沉没在无边的黑暗中。那不是视觉上的黑暗,而是来自内心深处。

失去"伴侣"的学艺员们每一天都过得慌乱不安,一举一动都显得手足无措。虽然没有发生什么重大事件,但是这些直接连接学艺员们在和其他同事们一起工作的时候,总是会时常冒出"啊呀,那个红衣服的宗教画——该死,作者到底是谁?!"一类的自言自语,简直就像得了失语症。这些早已习惯了用思维发布指令的人们,一想到只能用原始的检索方式,坐在计算机前面采用手动输入检索指令,再从屏幕上指定中意的图像就感觉有些不寒而栗。每个人都眼巴巴地盯着系统管理部,恨不得早点知道系统恢复运行的消息。每天阿波罗官署前厅都聚满了翘首企盼的直接连接学艺员们。

除了这些人外,围在官署前厅里的人群当中还有很多人都抱有按倒马修·金巴利狠揍一顿的想法。导致系统故障的原因——和大家猜测的一样——正是这个家伙。

自己应该在马修拒绝联络的时候就找他当面好好谈一谈,看看他那边到底是个什么状况。那样的话,卡尔说的他要去"寻找老太太的失物"未必会成为电子犯罪的预言……

孝弘摇了摇头,赶走自责的念头。听说那个老太太告诉马修说,她丈夫"不久前刚刚去世",长期卧床不起的丈夫为了感谢一直陪护自己的妻子,为她准备了人生最具价值的礼物。但是那个东西在病房被偷走了。老太太自己也不知道那个东西到底是什么。

"感觉就像是唱儿歌《小星星》。"她只从丈夫那里听说是件钻石首饰,"据说是件很别致的首饰,我想要是这个东西被卖掉了,有可能阿弗洛狄忒会把它当作藏品收购下来,所以我才拼着老命到这里来找找。你能帮我查查吗?"

于是,马修就帮她调查了。结果发现,从被盗的那一天开始,所有拿到阿弗洛狄忒来的美术品中没有一件符合老太太的描述。这也就是说,如果真打算满足老太太的愿望,除了用"像是唱儿歌《小星星》"这样的暧昧提示去搜索全世界的钻石首饰外再无它法。

这完全不是人力能及的事。马修应该知道没有人能实现老太太的愿望，但这个自以为是的新人也许高估了情绪记录的能力，他好像很想尝试一下用《小星星》的印象究竟能不能搜索到对应的数据，随随便便地答应了老太太的请求。

这个天不怕地不怕的直接连接学艺员，真的跑到国际警察机构的电脑数据库"守护神"访问入口处开始哼唱起了儿歌。他以为配备了和他同一版本程序的直接连接警察在收缴赃物时产生的情绪数据会被写入到守护神。只要自己哼起这首儿歌，产生类似的情绪记录，就有可能在守护神里找到一致的数据。

就在他开始哼唱"一闪一闪亮晶晶"那一瞬间，摩涅莫辛涅死机了。这是女神监测到有黑客侵入时的自我防御措施。

此前孝弘也听说过有人通过脑白质切除术伪装成直接连接者侵入数据库的传言，但是谁也想不到女神居然会被最新版的情绪记录系统攻击，偏偏能够使用这个系统的又是爱出风头的马修——几个巧合凑到一起，只能说是摩涅莫辛涅的大不幸了。

重新开启女神神殿的钥匙就是"一闪一闪亮晶晶"。这是每个人牙牙学语的时候就都哼唱过的令人怀念的童谣。马修在头脑中回想起那份情感的时候，激活了与憧憬、眷恋这类感情相关的海马领域。这一变化完全在老太太背后那个黑客集团的意料之中。

根据被扣留在阿弗洛狄忒拘留所的老太太交代，在他们的团伙中有一个接受了模拟直接连接手术的家伙，那家伙预测哼唱《小星星》而产生的大脑内部电位变化必定发生在海马附近，所以他们要做的就只有在网络上等着某个蠢蛋上钩。他们漂亮地猜对了情绪变化区域，就这样，上钩的蠢蛋把黑客们带进了阿弗洛狄忒。

黑客们的入侵目标正是摩涅莫辛涅中储存的情绪数据。据说他们是打算盗取他人内心的情感活动数据，对某些人而言，他人的情感活动具有毒品一样的效用。

可能的话，孝弘真的也想一拳把马修打翻在地。然而，不幸中的不幸是，马修被抓进了医疗大楼的最深处，此刻恐怕正被医生的检查和系统管理部的调查狠狠折磨着，彻底与世隔绝了。

隔着长长的走廊，阿波罗官署的单人房里依旧隐隐传来前厅的喧嚣。

孝弘倚在窗边，看着外面的街道。

窗外的景色一如往昔，然而孝弘却感觉自己仿佛与外面的世界彻底隔离了。无论怎样呼唤，脑海中再也听不到木珠般清脆流转的回应。往日里总是陪伴在身旁的女神骤然隐去，这对孝弘来说就仿佛整个世界消失了。

孝弘痛切地感受到自己已经丧失了大半的现实感，更不用说知识的缺损了。自己早已离不开那个紧紧依偎在内心深处的女神了。无论何时何地，无论调查什么，正因为有那份女神陪伴在身边的安心感，孝弘才能勉强建立起自己作为阿波罗学艺员的形象。

女神不再回应呼唤的今天，孝弘连街边树木的学名都记不起来。虽然他隐约记得那些可能是白杨，但怎么也没有十足的把握。失去名字的树木如同梦中的存在般模糊不清。行道树虽然没有变，但孝弘觉记不起名字的自己似乎已经不再是自己了。

孝弘试图回想，在还没有接受直接连接手术的时候，日子究竟是如何度过的。但是那时候的记忆仿佛被女神一同带走了般，似晚霞般朦胧难辨。

自己的现实是与摩涅莫辛涅一同构筑起来的。她和我共同观察着这个世界，也共同体会着这个世界。她也好，我也好，尽管并非全知全能，但并肩携手时也不是近乎全知全能的么？然而，在她远去的今天，我却连最基本的现实感都要丧失了……这样的感觉一点点漫溢出来，让孝弘哀伤得几乎无法自持。

静静伫立在人们背后的、将人与世界结合在一起的存在。的确是与她们的名字相应的女神一样啊。

想起去了地球的美和子说过的话，孝弘终于深刻地意识到其中蕴含的真实意义了。她在偶然间说过："对你来说大约只要有摩涅莫辛涅就够了吧，那我也要去和摩涅莫辛涅成为朋友。"她丢下这样一句话就离开了家。计算机女神究竟是一种怎样的存在，妻子的理解远比那时的自己深刻啊。

卡尔管自己叫"迟钝的家伙"，那是再确切不过的。美和子确实是逃走了，她是再也无法忍受自己丈夫同女神的蜜月生活了。

失去了女神和妻子的孝弘，如今只能深深地叹息。

他不知道美和子等非连接者的日常生活是如此孤独。

真的，我真的不知道啊……

妻子是在羡慕陪伴在我心中的摩涅莫辛涅呢，还是在羡慕我的幸运呢？孝弘这样想着，脸上不禁露出了苦笑。他意识到自己眼下正羡慕着莱茵哈特。这个王子是如今这颗行星上唯一一个还保持着直接连接的人，只要在"标记"的能力范围里，他什么事情都能办得到，他绝不会像自己这样孤独。

不过即便是在这样的优越条件下，图形学者恐怕还是会一边和标记通话，一边为电脑迟缓的反应咂舌吧。他这时候应该正在分析室里解释五边形平面排列的想法。向"标记"发出无声的指示，"标记"将难以用语言描述的图像显示在指间。也许会是柯尼斯伯格在分析釉药的璺纹、色彩的构筑，不过能够接受她指令的却不是她的欧佛洛绪涅，而是王子的仆人吧。但愿她能够不受嫉妒和艳羡的干扰，心平气和地做出判断……

突然间，不知道从什么地方传来了电子铃声。

孝弘怔了两秒钟才明白那是桌上计算机终端的呼叫声。

他敲击键盘接通线路，画面上跳出德墨忒尔的罗布·隆萨尔有点呆滞的脸。

"吓了你一跳吧。我也没想到这东西居然也能通话。我们好像都忘记计算机通讯的方法了。"

"是啊，我半天才想起那是计算机发出的呼叫音。"

"远没有原先方便。"罗布笑了起来。看到罗布沉稳的笑容，孝弘总算感觉到稍稍安心了一点。"我的塔莉亚也是这副样子，没办法进行模拟计算，不过我对那个种子的真实来历差不多有了一点头绪。根据目前掌握的海上培养的情况，这种植物的茎干非常短，短到几乎没有。它的根生叶是肉质的长椭圆形，上面直接生长着像莲花一样的花。最让人吃惊的是，这种植物的叶片排布和花瓣生长全都是精确的137.5度，毕契科夫先生的斐波那契假说应该是正确的。"

"毕契科夫的假说？那是什么？那个斐波那契又是什么东西？"

罗布似乎很意外地挑起眉毛。

"你没得到消息吗？毕契科夫先生在系统死机之后不久就给我的电脑寄来了他的预言。他说，和五边形彩片一同发现的植物，它的叶序和花瓣的排列应该会严格遵守斐波那契数列。"

孝弘习惯性地向摩涅莫辛涅发出补充资料的请求，然后他想起了眼下的状况，无可奈何地垂下了双肩。

"对不起，罗布，你能不能说得简单点？"

罗布理解地点点头，说了声对不起。

"植物叶片的排列方式并非信马由缰，而是遵从一定的自然法则。大多数植物的叶片都是螺旋状排列在茎秆上的，这种排列顺序我们称之为互生叶序，而相邻的两枚叶片间的角度则被称为开度。在互生叶序的场合,开度受到有斐波那契数列的束缚,遵循所谓'辛普—布劳恩法则',也就是自然的法则。举个例子来说,五枚叶片围绕茎秆旋转两圈,这种排列类型称为五分二叶序,其开度为144度;八枚叶片旋转三圈,是八分三叶序,开度135度;十三分五叶序、二十一分八叶序也都是类似结果。这些叶序都是实际存在的。假如现在说十七枚叶片围绕茎秆旋转四圈,此类排列在自然界并不存在,可以说大自然就是如此喜欢斐波那契。至于希达尔戈的莲花,它尤其……"

"等等,斐波那契数列,这个词我应该听到过很多次……但是想不起来到底是怎么一回事了。"

"那你可仔细听好了哦。"罗布开心地笑了,"不管怎么说,你好歹算是和美术有关的人,要是连黄金率的出处都不能用自己的脑袋记住,可实在说不过去哟。斐波那契数列是这样一种非周期数列:第三项的值是第一项和第二项的和,第四项的值是第二项和第三项的和……依此类推。这个数列有个特点,它的相邻两项的比值平均下来大约正好是1.618,也就是说——"

罗布的视线垂了下去,从屏幕上看他的右手好像在写什么东西。过了一会儿,罗布举起一张令人怀念的老式纸,写着一个算式:$\Phi=(1+\sqrt{5})/2$

"黄金率。"

虽然晚了点,不过孝弘这时候也想起来了。他用力点了点头。对毕生致力于探寻美的本质的人来说,黄金率可以说是世上最重要的公式。它蕴含在米开朗琪罗的维纳斯中,它构成了希腊的帕特农神庙,它在北斋的《神奈川冲浪里》中显现,它是世界上最完美的比率。

"毕契科夫先生在发来的讯息中说:'从星界传来的物品中,是否蕴含了黄金率呢?'"

"黄金率吗?……这样说来,五边形的边和对角线好像也和黄金率有关……"

"是的，正五边形的一条对角线被另一条对角线分割出的两个线段，它们也符合黄金率。至于彩片，它们构成的空隙、作为原料的准晶体全都包含着五边形。五边形是黄金率的宝库。另外，准晶体的发现是在人类研究五方对称性非周期填补的彭罗斯镶嵌[①]时。在这个研究当中，黄金率也是研究者考察的一大要素，还有来自外星的花也严格遵守着黄金率的支配……"

"是吗……"

这样说来，人类在希达尔戈发现的东西里全都隐藏着无尽的黄金率啊。

"哦对了，关于花的事情刚刚才说到一半。"罗布的语气里透着抑制不住的兴奋，"我刚才说到叶片的数目和旋转数，全都是体现斐波那契数列的数字。数字越小、误差越大，而随着遵从辛普-布劳恩法则的叶片数和旋转数目增加，开度也就逐渐接近被称作黄金角度的137.5度，从这一点来说，可以认为人类已知的植物叶序全都受到黄金角度的支配。不过这只是问题的一个方面。另一个方面，自然界的生物毕竟要受到许多外界因素的影响，终究不可能非常精确地遵守137.5度，至于说连花瓣的排列都能如此精确……说实话我还真没有在自然界里见过这样的植物。可是，希达尔戈的花居然能够严格遵守角度限制，我虽然不是图形学者，也差不多可以断定这是外星生命在向我们传递讯息啊。"

黄金率，这是让人类钟爱到赋予其"黄金"之名的美的要素啊。那些将彩片和种子运送到希达尔戈的未知生命，他们也能像人类这样

[①] 彭罗斯镶嵌：Penrose Tiles，是由数学家彭罗斯首先提出的非周期性镶嵌。在此之前，科学界认为只有正三角形、正方形和正六边形三种图案才能周期性地铺满平面，但彭罗斯发现以两种图案组合也可周期性铺满平面。后者便被称为半周期性或非周期性镶嵌。

体会到黄金率的美吗?

看着呆呆出神的孝弘,罗布笑了。

"很不错吧,孝弘?这回你可以不用担心了。接下来的记者会肯定会在一片热烈的掌声中闭幕。既然可以准确预言叶序,那毕契科夫先生选的方向应该不会错。沿着这条路走下去,我们肯定能到达送来种子的神秘星球。至于说那些彩片到底会组合出什么东西,说实话,我对毕契科夫先生满怀期待啊。"

罗布的话里饱含热情,然而孝弘却是一副心不在焉的样子。他只是点点头,然后向罗布道别。

断开与罗布的通话,孝弘低低哼唱起儿时的歌谣:

"Twinkle twinkle little star, How I wonder what you are."[①]

童谣《小星星》的歌词出自简·泰勒的诗《星星》,这首诗的最后一节是这样的:你那小小的光明,照亮黑暗中的旅人。虽然触不到你,闪闪的光芒,小小的星星。

当孝弘通过恢复运行的摩涅莫辛涅从缪斯的系统"阿格莱娅"上读到这份说明时,不禁生出了一股夹杂着敬畏与虔诚的感觉。

黑暗中的旅人,虽然还不知道究竟是什么在指引着他们的前进方向,但是既然看到了前方那缕闪烁的光明,就会追随着它踏上自己的旅程。无论经历多少艰难险阻,我们都会朝着那缕光明的方向坚定地走下去。在这未知的旅途中,人类只有一个期望:在我们终于抵达光明的彼岸前,那一缕小小的光明,请你一直闪亮,请为我们留下无尽的憧憬和希望……

虽然此刻我们还不知道那个辉煌闪亮的东西到底是什么,虽然此

[①] 这首儿歌的中文通译是"一闪一闪亮晶晶,满天都是小星星",日文由英文原文译得,在文中有双关义,因此这里保留原文,下文同。

刻我们还不知道为何他们也如此爱恋黄金率，虽然此刻我们还远远没有找到美的本质，但只要我们能够怀着无比的热忱吟唱那一曲《小星星》，能够与计算机女神们携手并肩一同前进，总有一天，总有一天，我们也能抵达那充满圣洁光芒的美的神殿吧。

摩涅莫辛涅，在那之前，你也一定要不停闪亮你的指示灯啊，孝弘情不自禁地向摩涅莫辛涅祈祷着。无论如何，他永远也不想再一次被扔进那种无力和孤独的黑暗中了。

系统正常化的两天后，莱茵哈特·毕契科夫和柯尼斯伯格的工作结束了。

他们组合出的并不是最初预想的平面图形，五边形彩片的微小曲率逐渐积累构成缓慢凸起的形状，看上去就好像冰激凌勺。五角星和十边形规律地分布在最终构成品上。看着他们拿出来的这个模型，卡尔只说了一句："王子原来是做筭的工匠啊"。这话虽然听上去很像是在讽刺，但是熟悉卡尔的人都知道，"工匠"这个词实在是他最大限度的褒赞了。在这个最终构成品上，色调的变化微妙和谐，璺纹的连接也是天衣无缝，每个彩片的接触面也没有凹凹凸凸的地方。看到这个模型的人都情不自禁地捻着下巴叹息：为什么这样的组合方式此前居然会没有注意到呢？

接下来的问题便是这个物品的作用了。希达尔戈的筭甫一公开，便立刻成了让专家学者挠头不已的东西，同时也迅速成了坊间小报津津乐道的新闻热点。各类异想天开的解释层出不穷。谁都知道这个东西不会是真的筭，那么这东西到底是单纯的装饰品，还是遥远银河的地图呢？也许它是一个按比例缩小的制造者住所模型，再不然是外星人测试地球人智力的工具？

对孝弘来说，这些假说没有一个站得住脚。好不容易结束了主要的分析，可那些记者们非但没有放过阿弗洛狄忒，采访中的质问反而却比原先更加凶猛，孝弘不禁越来越讨厌这些家伙了。

同样没有得到应有回报的还有莱茵哈特。虽然所有报纸都在赞美他的远见卓识，但他最想得到的东西却还是没有得到。

"非常感谢您的帮助，毕契科夫先生。"柯尼斯伯格凝视着他的眼睛，脸上绽放着来自心底的笑容，然而也只有如此而已。她连他的手都没有握过，更不用说想起面前这个人曾经和自己参加过同样的网络教育讲座了。

莱茵哈特在乘坐穿梭机回地球前，提出要和孝弘再见一次面。孝弘反省着自己的迟钝，走进太空港的会客室。看到他进来，莱茵哈特慌慌张张地站起身欢迎，脚边放着他陈旧傻气的皮包。

"田代先生，这些日子给您添麻烦了。还有把我请来的金巴利先生，也请您替我向他传达谢意。"

身材矮小的王子一本正经地寒暄后，把自己的皮包移开了一点，将椅子往孝弘面前移了移。

"还有……感谢您直到最后都帮我隐瞒我的不纯动机。多亏您，我才能触到女神的裙裾，才能让我这么满足。"

"这样就够了吗？"

话一出口，孝弘就后悔了。不过莱茵哈特并没有在意，只是微微侧了侧头，腼腆一笑。

"是啊，只要她对我道谢，那就足够了。说实话，我本来就并不希望她有什么更进一步的表示。"

看到孝弘惊讶的表情，莱茵哈特禁不住窃笑起来。

"您不明白吗？这是我对她的憧憬，是我对这位足以比作星星和女神的人的期望啊。"

莱茵哈特望向接待室的玻璃窗外。外面是三三两两的观光客，跑道上停着穿梭机,等待着旅客们。不过莱茵哈特的目光似乎并没有追随任何东西。

"对我来说,回地球就像坠落深渊。要是能多和她说几句话,多看她一会儿就好了。不过反过来说,现在也是离开的最佳时刻,带着美妙的感觉坠落,会留下无尽的回味。来这之前,我一直不知道自己的心里缺少什么,用图形学来比喻,就是还不知道在我心里有着怎样的缺失。那是一种悬在半空焦躁不安的感觉,毫无来由,毫无用处,让我每天都难以忍受。但是来到这里之后,我发现了心中缺失的形状。我知道了自己可以向她奉献什么,知道了我的心缺少了什么。我能够认识到自己的缺失,并能以这种缺失为满足,这是多么幸运的事啊。"莱茵哈特这么说着,脸上浮现出陶醉的神情。

"而且我只要看着心的空隙,就可以看到这颗阿弗洛狄忒。我在这里组合出的形状深深地刻在心里,永远不会忘记。在这里住着'女神'们,我的女神柯尼斯伯格也在这里努力工作着。只要这颗星星还在天上闪烁,我这一生都会为自己曾在这里的工作骄傲。"

听着莱茵哈特的话,孝弘也望向会客室的窗外。

要是我也能像毕契科夫那样看待阿弗洛狄忒就好了,但是把这里当作日常生活场所的我恐怕永远也无法有地球的王子那样高雅的视点吧。

"我从雅典娜的老学艺员那里听过这样的话。"沉浸在难以言喻的思绪里,孝弘慢慢地开口说,"'雕刻的目的并不是为了显示雕塑本身的价值,而是要表现雕塑周围的空间。'换句话说,雕塑是为了表现虚无的空间才被雕刻出来的。要认识'无'首先要'有',要认识'有'需要先探索虚无的深渊。我想就是这样,这才是神一般至高无上的视角,就像你说的那种对'缺失'的探索,那些总是陪伴在身边的、看起来普通又触手可及的事物……"

妻子和女神——孝弘在自己的心中补充说。

"这些事物偶尔丢失一次，未必是坏事。我想，我们可以这样来安慰自己吧。"

"是啊，因为我们知道什么东西才是真正重要的。憧憬的对象不一定非得是实体啊。"

莱茵哈特莞尔一笑。这时，会客室里的广播响了。他慌忙掏出手帕擦了擦鼻头的汗珠，收回目光看着孝弘说："实际上我还有件重要的事情要说。有谁弄清那个笊的用途了吗？"

"没有，谁都弄不清楚，倒是冒出很多毫无意义的笑话。"

"我听说和它一同出土的种子是在海水里生长的吧？这样说来，那种种子生长所需的海水当中，盐分和矿物质到底是什么比例，应该也弄清楚了吧？"

"嗯，大概是吧。"孝弘不明白莱茵哈特的意思，含混地回答了一声。

"那样的话，有件事情请务必试验一下。你们从笊高的一面，也就是应该接上冰激凌勺的那一面，让海水一点点流下去。海水应该会顺着五边形彩片的接缝和釉药的璺纹往下淌，最后从空隙中滴下去。你们不妨把水滴转化为数据看看。可能的话，最好在不同的重力环境下多试几次，我想这样更保险。"

孝弘不停眨着眼睛，疑惑地看着莱茵哈特。然而，莱茵哈特只是把手帕塞回口袋，站起身说："接下去应该就是音乐家的专业领域了。如果我没猜错，他们应该会对最终得到的结果很有兴趣。"

"你是说，那东西是……乐器？"

莱茵哈特用粗短的手指握住提手，以看起来很别扭的方式抓起皮包，向着孝弘露出会心一笑。

"我是个连贝多芬和柏辽兹都区别不了的粗人，这方面的问题请不要再问我了。不过，如果允许我做一个虽然大胆却也还算严谨的推测，那么我想，您最终能够听到的一定是闪烁着金色光泽的旋律。"

这样说着，莱茵哈特又微微一笑，朝着穿梭机搭乘门走去。

由孝弘牵头，阿弗洛狄忒上成立了一个由三部署人员共同组成的临时研究小组，按照罗布给出的海水构成比例，让摩涅莫辛涅模拟这种海水在筇上流淌的轨迹。

在摩涅莫辛涅生成的立体图像中，海水落到紫色的筇上，在五边形片的接缝处分成涓涓细流，再沿着彩片上的璺纹向下流淌，一直到五角星空隙的顶点、十边形空隙的边缘，再逐次滴落。

因为海水本身表面张力的影响，水流的运动相当复杂。有的地方落下一小滴水珠后，整条支流都会消失一段时间，直到滞留在接缝处的海水聚集到一定程度，才会重新冲开堤坝，延续刚才的支流，然后再滴一滴水珠下来。

"这声音听上去很杂乱啊。"柯尼斯伯格抱起胳膊，"感觉切分音的缠绕好像很复杂。"

"不，等等，你看那里。"

缪斯的艾德文指着立体图像的一角。摩涅莫辛涅在那里用图形方式表示着各个水滴滴落的时间间隔。

"这个旋律是黄金率。"

"什么？"

"就是说，每滴水滴的下落间隔都符合斐波那契数列。你看这条声音序列，一开始快速滴落，然后越来越慢，直到最后完全消失，每一滴与上一滴的时间间隔构成的正好就是斐波那契数列。再等一会，又会从头开始再来一遍。对了，说不定两个音之间的音程也符合……孝弘，换个更容易理解的方式显示图像，显示条件我从阿格莱娅传给你。"

下属部门的数据库无法直接对上级数据库摩涅莫辛涅进行存取,需要人工干预才能传输数据。孝弘集中精神,接受了艾德文的申请。

新的图像显示变成了X轴显示水滴的平均间隔,间隔时间由短到长自上向下排列;Y轴是时间,艾德文把时间的具体表示以一种既非语言又非数字的微妙方式通过摩涅莫辛涅传给了孝弘。

"啊。"看到按照艾德文的条件重新绘制出的图像,孝弘不禁赞叹起来。

表示滴落数据的横坐标,很明显构成了斐波那契数列;而且在现在的图像上,每个人都可以一目了然地看出,任意两滴水滴下落的时间间隔比例正是1.618。果然也是黄金率。

"这东西……真像毕契科夫先生说的,是件乐器?"柯尼斯伯格问。

艾德文用嘶哑的声音回答说:"我不敢这么断言……说不定是乐器,也说不定只是为了向我们表达黄金率才造出来的东西。"

"不管怎么样,至少有一点很明确。"孝弘微笑着,"制造出这东西的生命,是足以和图形学者匹敌的数字死脑筋啊。"

柯尼斯伯格跟着微笑起来。看着她脸上柔和的神情,孝弘不禁想起了莱茵哈特。

Twinkle twinkle little star, How I wonder what you are……

听着复杂缠绕的切分音,孝弘又一次在心中哼唱起这首童年的歌谣。

那居住在繁星上的未知生命,他们是在向我们传达黄金率的信息啊。在那闪烁着的繁星中,在那引导我们前进的星光中,笼罩在金色光芒里的美之真谛还在沉睡着。呢喃低语着 Φ 的究竟会是怎样的生命?要到什么时候才能和他们交流关于终极之美的感悟呢?到那个时候,与我们并肩携手的会是持有女神名讳的计算机吗,还是那些只在领悟了终极之美的生命面前显露形象的真正女神呢?

与女神一同生活在天界,但仍会在黑暗中迷惑不安的人们啊,至少一直有无形的向往照耀着你们。

情　　歌

——贝森多夫帝王大钢琴。维也纳贝森多夫公司制造的三角钢琴。琴键数九十七,比常规的八十八键音乐会三角钢琴的音域还要宽一组音阶。

"能用键盘对应声音吗?我想听听,输出设置为外部扬声器。"

——了解。声音数据与触感输出到空白键。请设定调音状态。

"我不是很懂,你来吧。"

直接连接大脑的数据库计算机"摩涅莫辛涅"对这个不负责任的回答也忠实地接受了。

——了解。键重50克,键后距离0.5厘米,音高为维也纳爱乐标准445Hz。

飘浮在第三拉格朗日点上的博物馆行星"阿弗洛狄忒"的学艺员田代孝弘,用右手食指敲击办公桌上的键盘。

非常悦耳的声音,但也仅此而已。孝弘是综合管辖署"阿波罗"的职员,不是缪斯的专家。

他用左手手肘撑着下巴,连续不断地敲击键盘发出声音——虽然再怎么敲也不能解决任何问题。

有人敲门。古老而典雅的拜访通知。顽固坚持这一传统的基本上都是直接连接者,意思是要亲手通知自己的到来。

打开门,和往常一样身穿一身黑色连衣裙的奈奈面带微笑。雅典娜资深学艺员奈奈·桑德斯用一种与中年不相称的灵巧动作轻巧滑进房间。

"到处都是钢琴的模拟声,我实在受不了了。什么时候这里变成孩子的音乐教室了?"

"从被人训斥说小孩子不能乱摸帝王钢琴的时候开始的。"

"哎呀呀,回答得真好,给你打一百分。"奈奈耸耸肩。

半年前,在多年的翘首企盼后,总算从小行星带开发基地送来了贝森多夫帝王大钢琴。这是别名"九十七键的黑天使"的历史珍品,拥有者是世界著名钢琴家娜塔莎·季诺维耶夫。这个豪华节目是为忒勒福斯海滨建设中的海上建筑——喀耳刻会馆的落成典礼准备的。

但不知为什么,娜塔莎不愿意配合阿弗洛狄忒的检疫工作。钢琴在仓库里不知道躺了多少天,连包装都没拆。检疫官员苦苦哀求,最后说"哪怕走个形式也行",这才终于得以拜见天使的尊荣,总算完成了手续。这是上个月的事。可是,检疫之后,老钢琴家立刻就把钢琴运到酒店的音乐家特别室,拒绝一切拜访,同时又对喀耳刻的公演提出无理的要求。学艺员对付不了这个任性的老婆婆,只能一边寂寞地敲打空格键,一边任凭思绪驰骋于尚无缘拜见的天使上。

也不完全是七十二岁高龄的老钢琴家脾气古怪,也是因为我们的问题,才让这个老婆婆更加不好取悦。孝弘真诚地反省。钢琴本来就该归音乐相关的缪斯负责,谁叫雅典娜和德墨忒尔都跳出来争抢管辖权?

很早就有消息说,久负盛名的"黑天使"会在娜塔莎身后转让给阿弗洛狄忒。换句话说,这一次哪个部门承办音乐会,下一次就很可能被任命为天使的守护者。三个部门之所以争得如此不可开交，也是这个原因。

相对于翻来覆去强调由自己负责是理所当然的缪斯，其他两个部门一口咬定这架帝王钢琴的特殊性不肯松口。雅典娜认为，经过五十年依旧可以发出洪亮声音的钢琴，已经进入了工艺美术品的领域。德墨忒尔则恳求说，这架钢琴有着最近愈发罕见的天然木材外壳和天然羊毛琴锤，是代表了自然美的杰出物品，请交给我们部门保管。

事态愈演愈烈，只得把这次音乐会交给负责调解的阿波罗来办，总算暂时压制了女神们。但是，钢琴主人原本期望的是钢琴的幸福，却目睹了这样一场在美之殿堂上演的争执，想必没留下什么好印象。

奈奈来到孝弘旁边，也敲了敲空格键。

"娜塔莎闭门不出，是为了自己的事，还是为了钢琴？"

"什么意思？"

"我觉得有点奇怪，你也有感觉吧？既然对钢琴那么爱护，连碰都不让人碰，为什么偏偏在音乐会的策划方案中提出那样的要求呢？真挺奇怪的。"

"你快别瞎想了。"孝弘举手投降，椅背发出咯吱咯吱的声音，"落成典礼平安无事就谢天谢地了。只要能让我安安稳稳地过这一关，不管她提出多古怪的条件，我全都答应。"

奈奈陷进沙发里，挑起眼角看孝弘。

"你这也太不负责任了。现在不好好调查，以后有你哭的时候。反正我是觉得很奇怪，怎么想都很奇怪。要开启喀耳刻会馆的活动墙来弹奏钢琴，这不是钢琴家的思考方式。喀耳刻是海上会馆，海风会盖住钢琴声，而且还有很多盐分。难不成她想给垂暮的天使洗一回盐水浴？"

孝弘耸耸肩，含糊地回答："谁知道呢，说不定她是想做个钢琴木乃伊。"

"她还说要把希达尔戈的莲花布置到周围海面上,是吧?"

"嗯,不过我有点担心花束能不能及时送到。"

奈奈咦了一声。

把这个要求告诉德墨忒尔的植物学家罗布·隆萨尔时,他也是同样的反应。不过他的表情要比奈奈稍微温和一点。孝弘苦笑起来。

小行星希达尔戈以十四年的周期公转,对它的首次探测发现了地球外植物的种子。通过罗布的努力,终于得知种子可以在海上开放出类似莲花的花朵。大众的兴趣原本都集中在如何解析同时发现的五角形彩色碎片上,对莲花不太关心。不过现在已经知道碎片拼成的笊是可以演奏出黄金律的东西,见异思迁的大众趣味便迅速转移到了克隆培养的一百五十株地外植物究竟会开出怎样的花上了。

记者们连续不断发来采访申请,甚至写出半威胁的词句,称"莲花的花蕾与大众的期待正在同时膨胀",让认真遵守保密义务的学艺员们都要胃痛了。如果他们知道万众瞩目的花朵将会成为老钢琴家的装饰,肯定会暴跳如雷。

"我怎么也想不通。"奈奈又说,"在报道希达尔戈事件之前,她并没有要求打开活动墙,也没有要求用莲花装饰,对吧?现在为什么突然提出这些要求呢?按照她的声望和才能,没必要在表演中搞这些花里胡哨的东西啊。是不是有什么隐情?"

"上了年纪的人总喜欢抓住一切机会展示自己的影响力吧。"孝弘搪塞了一句。

奈奈自嘲般地耸耸肩,说了声:"算了。"

"反正我们只求钢琴能保持最完美的状态。娜塔莎倒是想往钢琴上喷盐水,负责木工的欧尼斯正在恳求她别到海边去,可是她呀,哎……"

"缪斯的曼努埃拉也在哀叹。她说,打开外墙的喀耳刻,湿气非常重,对音色有着极恶劣的影响。可是娜塔莎连调音申请都不接受,这让她很抓狂。她抱怨说那个老婆婆是不是打算在没睡醒的钢琴上弹什么酒吧音乐。"

听到这个,沙发上的奈奈不禁绝倒。

"虽然是争夺所有权的对手,我还是想表示同情啊。那么相对来说,比较有把握的只有德墨忒尔了吧,他们只要准备好装饰品就行。"

"得了吧,那边也正闹得天翻地覆呢。又是忒勒福斯海滨环境保护问题,又是莲花的准备问题,一点也不省心——啊,等我一下。"

摩涅莫辛涅在孝弘的内耳告诉他有紧急通讯。

——田代先生,糟了。

以语音方式输出的罗布·隆萨尔的声音比平时高了八度。

——有人动了希达尔戈的莲花。

——动了莲花?是小偷吗?

——嗯。计算机系统和物理环境都动过。似乎有人骗过了安全系统,进入了莲花的培养槽。莲花虽然没事,可是到底为什么……至于说有嫌疑的人,我……

他连声叹息,说不下去了。

罗布·隆萨尔吞吞吐吐是有原因的。

那也是孝弘最不愿意面对的事态,但既然是工作,也没有办法推辞。

站在阿波罗官署最上层的所长室门前,孝弘深深吸了一口气,然后再用力吐出来。

"我是田代,抱歉打扰,可以进来吗?"

这是非常严肃的请示。门开了。

阿弗洛狄忒的最高责任人亚伯拉罕·柯林斯在桌子后面抬起头。

"什么事啊？"

瘦削的身体、庞大的圆脸，和稻草人十分相似。亚伯拉罕的脸上浮现悠闲的笑容。

但是孝弘对于悠然坐在沙发上的人物心存戒备，并没有笑。

"我有话想和芒斯克先生说，所以前来打扰。"

尤里乌斯·芒斯克的眼中闪过一道光芒。高个，消瘦，银发，还有浅蓝色的眼睛。每次被这个壮年男子盯住的时候，孝弘总有一种沐浴在威严的《芬兰颂》中的感觉。

"你找我有事？你们夫妻的家务事我可不想插手。好，你说吧。"

尤里乌斯用那双仿佛可以施展出魔法的手请孝弘坐下。

他是将大脑—计算机直接连接系统实用化项目的核心人员之一。他自己虽然不是直接连接者，但可以说直接连接系统的一切都掌握在他的大脑里。这次来访据说是为了给阿弗洛狄忒的数据库系统进行大规模升级，随行的还有许多技术人员。不过具体情况并没有对阿弗洛狄忒的员工们解释，这让大家觉得不是很舒服。

尽管知道尤里乌斯软硬不吃，孝弘还是对他露出营业用笑容，随即点燃了导火索。

"您可能已经接到了报告。有人闯入德墨忒尔的希达尔戈莲花培养区域。根据员工的报告，入侵者绕开了安全系统，而且没有留下痕迹。"

"这手段可真漂亮。难道你在怀疑我和我的团队？"

浅蓝色的交响曲夸张地鸣了一声。孝弘不为所动。

"不敢说怀疑，只是能够绕过摩涅莫辛涅严格安全措施的人，这世上没有几个。我能想到的人当中只有具备 SA 权限却又不是学艺员的您，或某个您协助的人。在寻找嫌疑犯前，我首先希望确认一下。"

奉行得过且过主义的稻草人小声训斥了一声："孝弘，说什么呢！"他对权力人物历来都很软弱。

尤里乌斯饶有兴趣地看了小心翼翼的稻草人一眼，朝孝弘轻轻耸耸肩。

"不是我，我也没对团队下过任何指示。我记得德墨忒尔是在小行星背面吧？如果只是破坏安全系统还行。要物理侵入，我们可没有时间去那么远的地方啊。"

"是吗？那么是我冒犯了。"孝弘迅速起身，"刚才的问题可能让您不快，十分抱歉，因为我们确实不知道您是通过何种方式接触数据库的。"

尤里乌斯再度耸肩，表现得落落大方。

"嗯，没关系。这么说来，关于嫌疑犯，你还有什么想法吗？"

迅速转了90度的孝弘，回头斜视了一眼。

"完全没有。芒斯克先生有什么线索吗？"

"线索谈不上。建议而已。"他扬起嘴角——他的嘴唇很薄，"安全系统的强度在前些日子的入侵未遂事件后又提高了。不过，如果是访问接口版本很高又很聪明的内部人员，并非不可能绕过。假如你非要找嫌疑犯，说不定最后会找到一个不想要的结果。"

"……您这话听起来像是断定直接连接者的内部犯罪。"

尤里乌斯呵呵地笑了起来，似乎很不屑孝弘的回答。

"我只是在说，这么忙的时候就别在我面前装什么侦探了。"

"是马修吧？"脸凑着桌子上显示器的稻草人突然插嘴说，"这小子之前惹出好多麻烦。"显示器上大概列出了各个员工的版本号吧。

孝弘耐着性子告诉上司："所长，马修现在还在反省中，也就是说，他对摩涅莫辛涅的访问是受限的。您没有看过入侵未遂事件的报告书吗？"

这句话让稻草人的脸变得一阵红一阵白。

"那……那……其他的嫌疑犯……"

"田代美和子。"尤里乌斯轻描淡写地说。听到妻子的名字，孝弘不禁张大了嘴。

"美和子？怎么可能！她哪有本事干出这么无法无天的事。说实话，我还没见过像她那么态度散漫的新人。都快变成麻烦了，要不怎么到现在还没分配到随便哪个部门呢？她的任性和以前一样，一点变化都没有，不管是展示会、音乐会，全都毛毛糙糙的。她哪能破坏安全系统。"

"不用拘泥于现有的研修体制，按自己喜欢的来，这是我告诉她的。你好像漏掉了非常重要的信息啊。"瘦削的 SA 权限者悠然跷起二郎腿，"你知道美和子的版本吧？"

"听说是 10.00。"

"没错。这就是还不能正式分配的原因。她的版本从 9 飞跃到了 10。虽然不太好听，但她是测试用的 00 版。"

"测试用？！"

00 版本还有这样的意义，孝弘第一次听说。

00 版本的人孝弘只见过一个。那就是 2.00C-R 的马桑巴·奥加坎加斯。他是阿弗洛狄忒黎明期的学艺员，搭载的是视网膜投影系统。系统的特殊性让他承受了颇为悲哀的命运。

"美和子到底有什么特殊之处？连数据小偷的本事都给了她吗？"

尤里乌斯用冷笑岔开孝弘的问题。

"到时候你自然知道。总之现在不要干涉美和子。这是直接连接者系统 SA 权限者的命令。"

狂啸的《芬兰颂》以摧枯拉朽的高强度轰响，让孝弘不禁怀疑自己的耳朵。

走廊里,领先几步的罗布特意回过头,用充满同情的眼神望向孝弘。

"这么说,你不得不怀疑自己的夫人是入侵培养槽的嫌疑犯啊。你特意大老远的到这里通报如此难以启齿的事,真是难为你了。对面还是半夜吧。"

午后的阳光映照在德墨忒尔的植物研究大楼上。虽说可以在穿梭机上小睡,但是穿越半个小行星的旅途还是让人很疲惫。不过现在不是发牢骚的时候。

"罗布,跟你说实话,美和子成为学艺员一大半责任都在我,全怪我整天围着摩涅莫辛涅转,冷落了她,弄得她也想和我变成一样的人。所以美和子做学艺员的动机可以说并不纯洁,然后又不知道尤里乌斯对她做了什么。总之,我难辞其咎。我本来想去问美和子,可是她说要准备研修成果的展示演讲,需要在这儿住一段时间,暂时不回家。通信线路的连接也不畅通。"

罗布吃了一惊:"摩涅莫辛涅的内部线路连接不畅?"

"是啊,恐怕是尤里乌斯在硬件上做了什么手脚。"

两个人同时叹了一口气。

"我奇怪的是为什么非要偷偷摸摸的。"罗布说,"我只是不想给那些无事生非的记者看,并没有连同事都隐瞒啊。如果她想看莲花,跟我打声招呼就可以进来看了。塔莉亚,开门。"

收到罗布的命令,德墨忒尔的数据库计算机打开了拦在走廊尽头的大门。

巨大的培养槽之海伸展在孝弘眼前。

半人高的海面上铺满了一百五十株希达尔戈的莲花。每一株都有十五片左右厚厚叶子,展开成直径约30厘米的莲座,中央是拳头般的蓝色花蕾,托在叶片上面,花瓣和叶序都是严格的黄金角度。

"浮在水面上的花。确实和水莲很像。"

"也就是外表相似。叶片的形状和通过毛状根在海水中摄取养分的方式完全是另一个物种。花倒是应该和真正的莲花很像。"

"也有种子吧？可不要繁殖得太多，把阿弗洛狄忒的大海都侵占了啊。"

罗布快活地笑了。

"没问题的。虽然也有这种担心，不过希达尔戈莲花的生殖能力其实很弱。我之所以一口气克隆培养一百五十株，也是因为这个原因。按计算机模拟结果，花的雄蕊异常少。如果不加干涉，只能产生出自花授粉的孱弱种子。"罗布一边解释，一边双手插入培养槽里，捧起其中一株。

"闯入者大概就是这样拿了一株起来。你看，拿起来之后，随着波浪一晃，缝隙就给填满了。闯入者大概没办法，只能把花塞到别的地方去，结果顺序就变了，所以我才能发现。"

"闯入者只是看了看？"

"应该是吧。花的数量没变化，也没有任何缺损。"

"这样啊……"

孝弘心中慢慢产生了对美和子的怀疑。她喜欢音乐会，喜欢看展览，喜欢一切热闹的东西。孝弘仿佛在脑海中看见她抱着世上罕有的莲花欢天喜地的样子。

恐怕一大半动机都是为了摸摸花吧。孝弘很郁闷。

自己的妻子不是用学术的眼光去观察珍贵的生物，而是带着天真引发骚动，真是令人羞愧。恣意挥洒感叹词的学艺员，和那些哗众取宠不学无术的记者有什么区别呢？

就在这时，门口有一个年轻人探头进来。

"罗布，能来一下吗？"那是罗布的助手萨尔蒙·达夫尼。

萨尔蒙在罗布耳边说了些什么，罗布的脸色变了。

"给我看看。"

助手把背在背后的手伸出来，手里拿着一个密封袋。

罗布抬头望了望，振作精神，挥手招呼孝弘。

"美和子委托我们鉴定这个。"

密封袋里装着棉絮一样的东西，大约1厘米左右。

"这是什么？"

"没做详细分析之前无法断言，不过看上去很像希达尔戈莲花的雄蕊上面的毛絮。花药上覆盖的就是这样的东西。"

"但你刚才说莲花没有缺损啊？"

"是没有，所以说不定并不是莲花。"

虽然罗布这么说，但时间未免太可疑了。

美和子自己有莲花？怎么可能。谜团让孝弘心乱如麻。

"总之交给你了，赶紧鉴定——"

内耳响起熟悉的女中音。

孝弘无言地和摩涅莫辛涅交流了片刻，用短短的一声"知道了"做出回答，脸上是一副吃到黄连的苦涩表情。

"罗布，对不起，我要回去了。我光顾着担心妻子，本职工作还在等着我。"

"是和喀耳刻一起登场的钢琴吧？"

孝弘叹了一口气算是回答。

那是来自帝王钢琴的调音负责人曼努埃拉·巴尔卡的召唤。

为了返回行星的另一侧，孝弘坐上阿波罗专属的那令人羞耻的金色小车，在尚未天明的路上飞驰。

等在缪斯官署的曼努埃拉，一头波浪黑发都顾不上梳理，样子非常兴奋。

"向小行星带开发基地申请的娜塔莎演奏记录终于送来了,不过只有非公开的沙龙演奏。"

"哎?首屈一指的钢琴家,而且还那么难伺候,居然也会演奏沙龙音乐?"

"我也很吃惊。她去小行星带基地的时候,虽然号称是为了社会公益,但是一切登台表演都不许录音,所以很多人都认为这是她的厌世行为。可是偏偏去了沙龙,把钢琴搬过去演奏,而且大方地放过了私自录音的职员,真是搞不懂——啊,现在不是说这个的时候,先听音乐吧。"

曼努埃拉不管孝弘的反应,眨了眨黑色的眼睛,把他推进了音响室,召唤自己的数据库"阿格莱娅"。

突然间,和音开始刻画出机械的节奏,形成癫痫般的旋律。

"姆里拉尔·达斯古普塔的《无题3》[①]。怎么样,很厉害的声音吧?"

"唔……"孝弘不置可否地应了一声。具有高水准调音技术的专业人士抱起胳膊。

"从帝王钢琴的年纪来看,可以说保养得很好了。恐怕是一直封在箱子里面的吧。听声音,琴胆维护得很好,可惜琴锤已经快不行了。虽然没有用过硬化剂,针的使用也到极限了。"

"针?"

"嗯。钢琴的琴锤,弹力是生命。调整弹力用的就是针。如果是琴锤非常坚固的钢琴,比如1962年的施坦威钢琴,极端情况下一个琴锤可以刺三千针,但是针用得太多毛毡会开裂。总之呢,虽然和走钢丝差不多,不过这个声音确实很厉害。不过接下来我放另一首曲子,

---

① 这里的音乐家和曲名均为作者的杜撰。

你比较比较。这是两小时之后的演奏。"

歌曲换了。这一次的旋律孝弘很熟悉。

"这是流行的钢琴曲吧，名字好像叫什么《馨若花名》。"

"哟，没看出来您对这个还有研究。这首情歌原本也没卖多少。"

曼努埃拉的讽刺后，大提琴的低音缓缓追上，又以圆润的速度重新低沉下去。钢琴的旋律天衣无缝地衔接上来。

"这次的声音怎么样？"

"唔……这次的声音更清晰。"

曼努埃拉的双手重重垂下，仿佛很失望。

"完全不一样啊，田代先生。这次的声音丰满有力，是具有不愧于贝森多夫帝王钢琴之名的丰富泛音。如果说刚才那声音是污水沟里的小小涟漪，现在这个就是大海的波涛。总之呢，我想说的是，没有经过调音师的调音，短短两个小时，这架钢琴的音色到底是怎么改变的？"

孝弘小心翼翼地说："也就是说，这到底是怎么改变的呢——"

"对。"曼努埃拉自己说出了结论，"我认为，娜塔莎·季诺维耶夫之所以闭门不出，原因必定在贝森多夫帝王大钢琴上。田代先生，那架钢琴有古怪。"

孝弘有种不祥的预感。

音色突然改变的钢琴、培养设施的入侵，这两个看似无关的事件放到一起，却明显地浮现出"小行星带开发基地"这个词，但是不管怎么考虑都想不出其中的关联。既然想不出，那最好的办法就是去问当事人，可是又总觉得会惹上什么不得了的事情。行了，不要害怕。老钢琴家只是有点老年人的任性，不就是要求用希达尔戈莲花装饰落成典礼嘛。孝弘如是给自己鼓气。

从缪斯官署所在地到商业区间有一条林荫道，眼下在气象台和德墨忒尔的携手努力下营造出一股秋意。通过量子黑洞维系的稀薄大气，凛然寒意令染上金黄色的白杨树叶格外耀眼。

娜塔莎·季诺维耶夫就住在面向这条林荫道的坦桑尼亚酒店。在阿弗洛狄忒的酒店中，这一家充分考虑了艺术家的需求，设有隔音效果很好的音乐家特别室。

孝弘直接按下特别室的通话按钮。他知道在前台申请必然会被拒绝。

紧闭的房门猛然打开了。

"不行，美和子。就因为不好联系，所以不能不来，快点开——"

"马修，你怎么在这儿？"

金发碧眼的后辈瞪着孝弘的脸，僵住了。

"美和子也来了？季诺维耶夫同意的？"

马修·金巴利整整张口结舌了三秒钟，随后又亮出了天生的好斗脾气，挺起胸恶狠狠道："当然，还是季诺维耶夫女士的主动邀请。"

"为什么只邀请你们？你们要干什么？你现在不是还在反省吗？"

马修露出洁白的牙齿，毫不畏惧地笑道："我在反省啊。但是现在整个阿弗洛狄忒里只有我一个人能协助美和子，请您不要见怪。"

孝弘勃然大怒。只能由马修协助的工作十有八九是情绪记录，也就是马修所谓的"直接连接系统的新纪元"。马修他们的版本都在8.80以上，具有直接记录情绪变化的能力。

通过对何谓感动的探索，普遍的终极之美将会从朦胧中显现。这是马修的主要观点。然而作为绝无仅有的麻烦制造者，他说不定又在搞什么麻烦事，这一次还要把美和子也卷进去。

孝弘一把揪住马修的衣领，正要让他坦白交代，房间深处忽然传来干枯嘶哑的女性声音。

"谁啊，马修？"

"是美和子的丈夫。我马上赶走他。"马修洋洋得意，就要作势关门。

"不，请进，喝杯茶吧。"

马修像是坏掉的魔术箱小丑一样僵住了。孝弘也是同样的表情，有些畏缩。尽管他是怒气冲冲来到这儿的，但是一想到要和这位举世闻名的钢琴家见面，实在不能不紧张。虽然大家私下里都管她叫老太婆，但是地球上的人物数据库"点名"中给出的娜塔莎·季诺维耶夫个人经历确实令人震撼。

娜塔莎·季诺维耶夫可以说是为钢琴而生、以五线谱为友的人。她五岁首次出版专辑，八岁首次在少年比赛中获胜。年仅十八岁的她便成为世界上唯一一位达成四大音乐赛大满贯的钢琴家。她举办过高达四十次的环球演出，每次都大获成功，更不用说历任了无数大赛的评委主席。

在她悠长的人生中，不用说，除了钢琴再也没有别的。她在二十八岁的时候得到了深爱的命运之物贝森多夫帝王大钢琴，此后便将整个身心都奉献给"九十七键的黑天使"。成年后曾一度有关于她和年轻的大提琴家之间爱情的传言，但最终她还是选择了将自己继续奉献给音乐这位皇帝。

"请随便坐吧，冷的话把窗关上。"

"不用，不用，不冷。"

"这样啊，太好了。白杨树很美，隔着玻璃看就太可惜了。我喜欢落叶的芳香。"

披着薰衣草色披肩的银发老太，有如皇太后般的雍容气派。深刻在眉间的皱纹充分表现了艺术家严格的自我追求，不过整体感觉却比想象中和蔼。这是因为她的表情很柔和吗？

孝弘毕恭毕敬地微微弯腰，坐在圆桌旁的哥白林挂毯椅上。

隔壁房间的隔音门紧紧关着，里面大约就是那架钢琴了。孝弘真想看看黑天使的模样。

"昨天——"娜塔莎的声音让孝弘努力把自己的视线从门上挪开，"美和子送来了阿萨姆的橙黄白毫。我已经很久没喝到这么上等的红茶了，这孩子真是体贴啊。"

娜塔莎用那双令世界倾倒的手摆弄起茶炊。那是圆锥形的俄罗斯传统茶具。她将浓浓的红茶从盖子上的小口分倒在杯子里，又拧开下部的栓倒满热水。

"美和子总是提起你。"

娜塔莎的喉咙深处发出优雅的笑声。她将两组茶和装有橘皮果酱的银器放在桌上。

"每次都很自豪。"

"安慰我的吧？我都没有好好照顾她，总是丢下她一个人。"

"可不是安慰你。她说你知识非常渊博，可以很有效地运用数据库，对工作也很认真负责。但是，太善良了，背负了太多的责任，做你的优秀学艺员都有点过了。怎么样，明白她在说什么吗？"

虽然孝弘想要问问这是什么意思，但他附庸风雅地喝了一口茶，没想到红茶太烫，让他没办法开口。不过也许不问最好，让他人解释自己的缺点实在太愚蠢了。

娜塔莎微微侧首，灰色的瞳中一片柔和。

"你来这里一定带着许多疑问吧？不过现在这个阶段，我一个都不能回答。所以实际上，这杯俄罗斯茶兼有相识的寒暄与歉意。"

"您是说，'现在'这个阶段？"

"嗯。"

"那么什么时候可以解释呢？"

"就在最近吧，喀耳刻会馆落成的时候。时间应该赶得上吧，前提是美和子与马修的努力工作卓有成效。"

孝弘飞快地瞥了马修一眼。他靠在壁橱上，故意把手指上勾的茶杯举高一点向孝弘示意。

孝弘的视线回到娜塔莎身上。她非常沉着，让孝弘感到再说什么也没有用。他用茶水沾了沾唇，慎重地说："即便如此，唯有一个问题还是想请您允许我问一问：您之所以只允许这两个人参与，是因为他们的情绪记录能力吗？"

"美和子能够处理无法诉诸语言的情绪，这对我很有帮助。但是，就算没有那种能力，我大概也会把一切托付给她。"

"这是为什么？"

在红茶与橘子的香气中的老太太莞尔一笑。

"因为她相信纯粹的爱情，因为她能理解。"

娜塔莎一边将披肩向上拉，一边望向窗外。因为这个动作，披肩边缘轻轻落下犹如白色羽毛一样的东西。孝弘自然而然将那个东西捡起来，低声唔了一下。

"这是……柳絮吗？"

虽然联想到柳絮，但雪白的毛丝比柳絮稀疏，而且已经快变成像是将要枯萎的茶色了。

"很像那个……"孝弘低声自语。美和子委托罗布鉴定的那个东西。尺寸比那个大，但是很像。

娜塔莎的表情第一次变得僵硬，求助般地望向马修。马修大步走到孝弘身边，哐的一声把自己的茶杯放到桌上，然后用空下来的手一把抢走了羽毛状的东西。

"你这是干什么……"

"啊，对了，"娜塔莎立刻打断了孝弘，"有件事情要告诉你。

去德墨忒尔的培养槽看希达尔戈莲花的人是我。"

"你！"孝弘情不自禁地站了起来。娜塔莎故作夸张地捂住耳朵。

"啊，对不起，但是……我以为……"

"以为是美和子吧？她只是陪我去的，关掉了安全系统。只做了这个。"

"只做了这个？季诺维耶夫女士，您与美和子的行为是标准的犯罪啊。"

马修慢吞吞地站到娜塔莎旁边，脸上一副怜悯孝弘的表情。

"田代先生，这件事情确实让罗布挺着急，但能说是犯罪吗？现在的美和子具有所谓的治外法权。不管怎么说，她的权限仅次于尤里乌斯·芒斯克，是 AA 权限。"

孝弘发出干涩的笑声。"别开玩笑了。AA 权限？我从来没听说过。一个新人，还是研修中的学艺员，怎么可能突然被赋予这么高的权限？"

"这是事实。"马修很强硬，"你不妨找摩涅莫辛涅确认看看。"

孝弘不记得自己是怎么告辞离开的。

太莫名其妙了，给美和子匆忙搞了一个 AA 权限出来？

他不相信自己的妻子——那个无忧无虑、天真无邪的美和子——竟然会成为学艺员中的特权人物。就算成了直接连接者，她还是什么都没有变。孝弘去机场接她的时候，她就在门口又蹦又跳，拼命挥手，根本不管别人怎么看。回来后没有做过任何一件可以算是研修的事，每天都拿着冰激凌去看街头艺人的表演。她一会儿吐着舌头说做了学艺员就有借口偷懒不做家务了，一会儿又叹气说成了专家以后再参加员工晚会就要穿晚礼服了。

身为自己的妻子——不不，正因为是自己的妻子，这些行为让孝弘恨不得捂住自己的眼睛。这样的美和子居然是 AA 权限的拥有者？00 版本的能力有这么强吗？

"哎哟，垂头丧气地退出来了呀。"薄膜显示器上映出奈奈的脸。

她那边的背景里也是稀稀拉拉如雨点般的钢琴声。奈奈所在的雅典娜里也有人在思念黑天使吧。

第二杯咖啡喝了一半之后，孝弘试着找了个笨拙的借口。

"脑子乱七八糟的，都没想到要把那个神秘的植物记录到摩涅莫辛涅里。"

奈奈苦笑说："这也没办法啊。"

"不过呢，你被嫉妒冲昏了头脑，我也能理解。"

"嫉妒？"

"是啊。你在嫉妒美和子吧？我年轻的时候也是那样。身为直接连接者明明知道总有一天会被新版本超越，但就是没法排解心中的郁闷。能做的只有在经验、审美能力上努力钻研，争取不要输给新人。你为什么同美和子结婚呢？你喜欢她什么地方？"

孝弘差点把杯子掉在地上。

"什、什么东西，怎么突然这么问？"

"没什么，我只是觉得如果你能回想起自己为什么喜欢美和子，大概可以变得冷静一点。你喜欢她什么？"

"这个……很难说啊……"

奈奈笑了起来。那是温暖的笑容，像姐姐，像妈妈。

"孝弘，虽然很难把 00 版本的美和子与作为你妻子的美和子区分开，但你还是好好想想吧，然后再重新追求她一次。不然的话，作为学艺员的田代美和子真正想要做的事情是什么，你永远都弄不明白——哎哟，我多嘴了吧。"

"不，没有，谢谢。"孝弘道谢之后，静静地切断了通讯。

奈奈的建议与冷掉的咖啡一起流淌进孝弘的心。是啊,不能乱,要冷静,否则,莲花和钢琴都不会有结果。即便是00版本,美和子还是我的妻子。我必须相信她,否则无法给她帮助。

孝弘深深叹了一口气,喝光了咖啡。

她很可爱。她做所长秘书的时候,只要自己一进去,就会啊的一声,满面笑容,就像可爱的小动物。不管是她那孩子气的动作,还是咬字不清的话语,都让孝弘心情平静。

还有她的直率和单纯。在德墨忒尔举办玫瑰展览会的时候,她花了一半的薪水,在房间里布满了玫瑰,然后满脸得意地说这是送给孝弘的礼物。男音乐家访问阿弗洛狄忒的时候,她把所有音源都从图书馆借出来,一天听到晚,连饭也顾不上吃。

她爱绘画,喜欢提问,但从不干涉丈夫的工作。这也是她的优点。

还有,她并不扰人。自己和摩涅莫辛涅交流的时候倒是有过几次缠着自己说话,挺烦人的,不过总体上说……

孝弘突然感到背后掠过一股寒意。不扰人?我到底在想什么?

孝弘召唤数据库。

——摩涅莫辛涅,连接开始。检索过往日记,非公开的那些……

剩下的内容,孝弘用图像的方式传给了计算机。

——有哪些展览是与美和子一同欣赏的?

——检索完毕,共125份。

——其中有多少关于美和子的具体描写?

——检索完毕。

孝弘心跳加快了。摩涅莫辛涅用沉静的女低音回答。

——没有符合条件的记录。

"把第一次检索的结果输出到薄膜显示器。顺序无所谓,一条条显示!"

孝弘一边叫嚷着,一边把薄膜显示器粗暴地抖开。显示器上逐一显示出文字。

"被美和子磨得没办法,又看了一遍20世纪法国绘画展。对秩序与构成的执着,能与节制而和谐的特性相容吗?或许正如奈奈所唾弃的马蒂斯……"

"唉,亏我居中调解那么辛苦,实在欣赏不了用普什图语写的戏剧,参考压感输出的翻译也没用。愚蠢的表演。若不是美和子非拽我来,我肯定不会来看的。不过听了摩涅莫辛涅的讲解,实际上……"

"讨论还是有收获的,虽然让美和子等了一会儿。不愧是专业的克劳迪娅,听她解说的时候仿佛感到自己亲手摸到了陶器似的。她正在整理关于触觉的数据,今后……"

怎么办?

怎么办?怎么办?

孝弘十分想哭。

没有一条对美和子的具体描述。明明是一起去的,明明就在自己身边,可是一条记录都没有留下。她是在看哪场戏剧的时候不停嘀咕的呢?她一连看了半个小时还不肯离开的雕像又是哪座呢?

孝弘完全想不起来欣赏艺术时的妻子是什么样子,只记得对眼前的东西加以分析的结果。展览会上的展品、音乐会上的节目,一个个都能回想起来,甚至连妻子过于吵闹时自己那副尴尬的模样都能想起来,偏偏想不起妻子的样子。她应该说过"太美了""太精彩了",可那是她什么时候说的,又是为什么说的呢?

在工作以外的时候呢?

孝弘焦躁不安。自己还记得两个人相处时的美和子吗?

当然记得。孝弘可以回想起许多趣事,但是他不敢确定那些记忆的时间。自己愈来愈重视工作,愈来愈轻视家庭,那些记忆也愈来愈淡薄。

孝弘想要反省自己没有多陪陪美和子的过错,但是这并不容易。很久以来,他都很轻视美和子那些发自内心的感叹,他对美和子的直率表达有种隐约的鄙夷……

在不模糊的记忆中,美和子的身影在摇曳。喜悦、欢乐、激动、悲伤,妻子如香氛般散发朦胧的氛围,整个身影都开始变得模糊。

"摩涅莫辛涅……"

女神犹如静静伫立的美和子,耐心地等待着孝弘说话。

"没什么……不,不是没什么,我想和田代美和子通讯。"

——无法通讯。

孝弘捏紧了杯子。"想办法!去撬、去撞、去把她拽出来,随便想什么办法!我要听美和子的声音,不然……不然……我会连她的声音都忘了……"

内耳突然响起了声音。那是希达尔戈的笊演奏的几重切分音。

"摩涅莫辛涅,为什么播放斐波那契旋律?"

孝弘刚刚这么一说,忽然感到一阵眩晕。

大脑中仿佛出现了一座急速上升的山峦。

那不是自己看到的东西,而是计算机传来的图像。虽然可以把触感和印象传给摩涅莫辛涅,但以自己的版本图像不可能逆流啊!

山峦鼓成了舌状,山色渐变,山顶已经是鲜红色的了。同时,"语言"纷纷弹出。

"呼唤""乞求""爱恋""高大""寻找""探索""追赶"

他们发着光,拖着多普勒之尾四处飞散。山顶轰然坍塌,倒在"这里"。这座山一定很甜,光滑又温暖。来吧,过来吧,再过来一点。

可是心中满是苦痛。

黄金比例的旋律在加速。音程在无限音阶上攀升,音量大得几乎要将大脑炸开。无法忍受的呼唤。

孝弘紧紧抓住自己的大腿。

刹那间，世界炸成了雪白的绒毛。

轻飘飘地飞落的都是心满意足的女声。

——我明白了。

声音落在山丘上，不，那已经不是山了，是绽放出桃色花朵的希达尔戈莲花。

——果然和娜塔莎说的一样，你想听情歌呀。

"美和子，怎么……"

刚说到这儿，孝弘便趴倒在桌上。

金属质的声音在响。

什么东西这么吵——这个念头还没转过，孝弘便发现这是现实世界的紧急警报声。

"紧急处理。紧急处理。以坦桑尼亚酒店为中心的20公里范围暂定为B等级生物危害状态。指定区域已经封锁完毕。目前正在请求德墨忒尔确认事态。发送者，气象台职员约瑟夫·康派尔，权限B。"

警报刺入还残留着钝痛的大脑。

"摩涅莫辛涅，发送现场状况。输出到薄膜显示器。"

看到薄膜显示器上的图像，孝弘怀疑自己连视力都出了问题。

被禁足的观光客们站在行道树下，不安地仰望天空。酒店周围正飘落着雪花。

"这不是雪吧？放大点。"

图像被放大，追踪其中一片雪花。孝弘再次怀疑自己的眼睛。

那是羽毛般的柳絮。是在娜塔莎的房间里看到的那种。

"棉絮"正从酒店的某个窗户往外喷。

"摩涅莫辛涅，住在那儿的是娜塔莎吧？"

——房间号 500，音乐家特别室。入住者，娜塔莎·季诺维耶夫。那是休息室的窗户。

"我是德墨忒尔学艺员罗布·隆萨尔，权限 B。"

所有的扬声器一齐响起罗布的声音。白杨树下的人们都吓了一跳。

"气象台送来分析的是已知植物，没有毒性。暂定 B 等级的生物危害警报与地面封锁解除，各位请恢复正常行动。"

画面上一片如释重负。

罗布单独向孝弘加了一句。

——这些东西与美和子送来的相同。我们刚好做完分析，真是幸运。

差不多也该请娜塔莎做个解释了。对了，还有美和子。这一次尤里乌斯也不能阻拦了吧？

孝弘的头还在嗡嗡地痛。他让摩涅莫辛涅打开通信线路。

坐在哥白林挂毯椅上的娜塔莎，沉静而寂寞地低语："我之所以跟谁也不说，是因为没人相信，除了美和子。"

"那美和子为什么没来？"孝弘问。

回答他的是傲慢地跷着二郎腿的尤里乌斯。"很抱歉，这一点请允许我行使 SA 权限。对目前的美和子来说，细枝末节的信息只会是干扰。"

"什么意思？不过就算问了，以我的权限也没办法强迫您回答。"

尤里乌斯第一次露出真挚的表情。

"她正在从事一项精密并复杂的任务。为了任务成功，我希望延期到直接连接数据库完全对应 10.00 版本的新功能后……这可以算是回答吗？"

冷风从打开的窗户吹进来，等候室里到处都残留着那种白色絮状物。

钢琴家用她的金手指摘下粘在披肩上的一个，慢慢拿给在座的人看。

孝弘、尤里乌斯、马修、坐在沙发上的雅典娜的木工负责人欧尼斯，还有缪斯的曼努埃拉·巴尔卡。

娜塔莎一边旋转这根羽毛似的东西，一边开始讲述："就像刚才德墨忒尔的专家所说，这是希达尔戈莲花的雄株。我和美和子的一切行动都是为了把雄花带来这里，让它们与雌花相会。"

罗布担心莲花的雄蕊太少，那是当然的，因为雄花在别处。

"我与雄株的相遇纯属偶然。"老妇人说。

人与物都无法逆转衰老，不管是空前绝后的大满贯钢琴家，还是钢琴中的绝世名品"九十七键的黑天使"。娜塔莎伤心于自己再也弹不出从前那样的声音，带着钢琴去了边境处的小行星带开发基地。这一趟旅程——正如世人传言的——是她自暴自弃的厌世行为。

事情发生在她抵达后的第三天。她为了给可有可无的慰问演出挑选曲目，随手弹了一曲古老的情歌，可是弹到一半，她惊叫一声，站了起来。

帝王钢琴的垂暮之声突然恢复了活力。生机勃勃的起奏，游刃有余的释音，宏大壮观的和声。沉闷模糊的音乐恢复了精妙的光辉，濒临破碎的最强音重新变得无比凶猛。那完全是壮年期帝王的声音。

娜塔莎按捺心中的激动，用虚弱无力的双手掀起钢琴盖板——并没有发现什么变化。她把曲子录下来反复播放，又用她弱化的视力仔细检查钢琴内部，最后终于找到了。在某种条件下，古老的琴锤上会生出白霉一样的东西。

琴锤的针刺已经到极限了。人类之手再也无法处理的琴锤，改由这纤细的植物来调音了吗？

最奇异的是,声音的复活只限于情歌。即使是同一个作曲家的小品,对机械节奏的曲子就没有任何反应。尽管曲子标题很生硬,自传中则说是在浪漫关系中写的,就会有皇帝寄居其中。

娜塔莎心中充满了疑问。这到底是什么植物?怎么来到这儿的?

不过,她喃喃自语道,没关系,只要理想的声音回来了就行。自己放弃了爱情、牺牲了一切还是没能挽留住的东西,如今竟然再一次回来了。被饥饿感苛责的耳朵,再一次听到了帝王的声音,这样就足够了。

"弹钢琴就像吸毒。时隔多年,我又可以为自己的表现力感到满足了。和着情歌的旋律,我的心中再度充满了苦恋的感觉。那声音听起来就像是盼望与某人相会的哭泣,仿佛充满了对远方爱人的思念。我一开始甚至怀疑自己怎么能够这么灵巧!"

她为重新回来的音乐皇帝神魂颠倒,弹钢琴的欲望又回来了,甚至主动提出要进行沙龙演奏。

在因为烦恼而产生厌世情绪时,她曾经和阿弗洛狄忒谈过钢琴转让的事宜,也安排好了访问日程。然而现在,她开始担心阿弗洛狄忒的优秀学艺员发现这个奇迹,一早把钢琴从她手中夺走加以研究。

第一道难关就是检疫。娜塔莎持续拒绝检疫,让帝王钢琴在包装里躺了好几个月。在没有听到情歌的时候,植物处于不可见状态,但娜塔莎还是担心被人发现。她一直耗到检疫人员哀求说"就算走个形式",才千叮咛万嘱咐着"真的只是走个形式哦,千万不要碰哦",同意了检疫要求。检疫人员连盖板都没打开就结束了调查,娜塔莎随即就把钢琴藏到了酒店里。

然后出现了新的奇迹。

"刚好是希达尔戈的笊和莲花引发骚动的时候。笊演奏的黄金旋律在街头巷尾反复播放,无休无止。"

每当沐浴在天界旋律中的时候，琴锤上的植物就会涌出轻飘飘的白色物体。

"每次听到旋律就会飞出这个东西，我猜想它是不是和希达尔戈有关，所以给喀耳刻的落成典礼加上了条件。"

"您是说打开海上会馆的外墙以及在周围布置莲花吧？"

"是的。不过那时候还不知道希达尔戈的莲花是雌雄异体，更没有想到这是雄花。我只是猜想，如果它与同一故乡的莲花相遇，不知道会发生什么。美和子就是在那时候发现的。"

对曼努埃拉和欧尼斯都拒而不见的她唯独答应与美和子见面，是因为美和子毫不害臊地请她在音乐会上演奏那支古老的情歌。这恰好就是唤醒皇帝的曲子。娜塔莎感到这是令人会心一笑的巧合。

"自从声音回来以后，我就一直想找个人聊聊情歌，像年轻时一样好好说说音乐和恋爱的话题。打开门后不到半个小时，我就深深喜欢上笑声爽朗的美和子。她在橱柜角落捡起这个东西，问我它是什么的时候，我差点连心跳都停了。不管看起来多么天真无邪，她毕竟是直接连接学艺员，立刻就说，这肯定是某种植物的雄花。我一边想'这是花吗？'，一边又想如果她继续追问我该怎么回答。不过她只是笑着说，真了不起，为了追女孩子，飞了这么远呀……"

这种让对方哑然无语的感想真是美和子的风格，孝弘想。

娜塔莎像是初恋少女一样，把一切都告诉了美和子。美和子看过琴锤，检查了雄花的模样后，眼睛闪着光说这很像模拟图像中的莲花花蕊。

"于是两个人胆大妄为地侵入德墨忒尔，捧起一株还没有开放的莲花。"

"对不起……"娜塔莎一边道歉一边笑，"但是这样的冒险确实很有趣。看到真正的莲花，美和子说她虽然不是植物专家，不过敢肯定在琴锤上定居的就是莲花的雄株。之所以那么自信,她的解释也很有个人风格。美和子说,考虑到雄株的心情,只能这么解释。"

"她说植物有心情?"

"美和子是这么说的:琴声只对情歌产生反应,这是雄花寻找雌花的心情的表现。在宇宙中悲伤分离的爱侣,雄性满怀思恋雌性的心情,受到了爱之歌的激发……"

孝弘大声笑了出来。

"请等一下。植物不可能理解音乐,那不过是美和子的浪漫幻想。"

娜塔莎没有笑。

"但是我相信。"

"我也相信,田代先生。"说这句话的是曼努埃拉。

"怎么回事,你们两位音乐专家都相信这种话?"

"正因为是专家,所以才相信。音乐之所以受人喜爱,正因为它是人心的镜子。长调'明亮',短调'灰暗',上升音阶让人感觉'解放',下降音阶让人感觉'消沉'。作曲家将情绪变化托付到音乐中。听众在听的时候,就会感受到与作曲家相同的感动。"

"但那是因为双方都有相同的感受能力,才能产生这样的交流。植物没有心灵。就算是地球外的植物,总不可能具有听觉吧?"

曼努埃拉微微一笑:"既然音乐的本质是振动,那么为什么不能和人类之外的生命对话呢?运动速度快的物体会发出高音,如此说来,高能状态不就是呼应高潮的部分?不规则的混乱能量变化,恰如不规则的混乱旋律,不就是在传递'烦恼'吗?"

"曼努埃拉,你说的意思我理解,但是无法接受。"

"田代先生,"马修在橱柜旁边嘻嘻笑着说,"浪漫原本不就是你的专利吗?请不要意气用事。身为学艺员最重要的不正是以坦率的气度去接受眼前的事物,以及用自己引以为豪的审美能力去处理那时的情感吗?"

傲慢的后辈说话时,脸上的笑容逐渐消失了。

"至少我自己就决定向美和子学习她的坦率。我要抛弃先入为主的观念和虚荣,像个单纯的孩子一样敞开怀抱,接受面前的事物。"

孝弘愕然无语。这不正是马桑巴·奥加坎加斯孜孜追求的学艺员的理想吗?唯有如此,才能获得科学的钓钩钓不到的真切感动。

孝弘再一次感觉到自己的疲惫。被记者们的愚蠢比喻轰炸得太久了,自己已经养成了否定他人的思维定式。他感到自己仿佛不再是美的理解者,变成了单纯的客观主义者。

马修继续一脸认真地说:"美和子比你更适合做学艺员。她既有纯真的思想,又有与数据库直接连接的非凡分析能力。她很冷静地做了判定实验。"

"实验……"孝弘也知道自己的视线游移不定。

"美和子预演过恋人的约会。雄花在笊演奏的黄金旋律中奋起,而雌花则通过叶片和花瓣的排列来表现斐波那契数列,所以她想,说不定雄株是通过视觉来识别雌株。于是她一边播放它们故乡的旋律召唤出雄花,一边播放雌株的全息图像。"

"结果就是那反季节的雪?"

"不,那次实验没成功。雄株的反应和平时一样。"

美人照片不起效果,可能是因为没贴在卧室里,对植物来说就是缺乏海水的接触。不用洒水,粒子接触就足够了。刚刚打开容器的盖子,让海水的气息飘出来就立刻显出了效果。大雪般的雄花涌了出来,引发了很大的骚动。这是我们的失误。"

"我也有失误。"尤里乌斯面无表情地插嘴,"美和子做实验的时候录下的情绪记录也传到了你那里。她好像非常盼望和你一起观看这场邂逅。你当然没有接受情绪记录的能力,但 AA 权限的命令下,摩涅莫辛涅动用一切能力，做了模拟变换。我们不希望摩涅莫辛涅再做这么危险的事。阻止信息逆流是我们团队眼下最重要的课题。"

上升的山峦，甜美与心痛。那些就是美和子看到雄花对情歌产生反应时的情绪吗？

孝弘瞪大眼睛，什么也说不出来。

尤里乌斯用大提琴般的声音宣布："别去干扰美和子。喀耳刻的落成典礼按照目前的企划继续进行。可以吧？"

黄昏的忒勒福斯海滨上挤满了正装的男女。乘坐穿梭机赶来的游客们放眼眺望漂浮在海上的白色喀耳刻会馆，目光都集中在贝壳型的开放舞台上。浪漫的人们交头接耳，都说是长发裸体的维纳斯将要出现了。

舞台上虽然没有维纳斯，却有一架宛如黑珍珠般久经岁月的贝森多夫帝王大钢琴。

左侧台后面，两个学艺员正一心一意指着灯光映照的海面讨论。一百五十株莲花勉强得到了喀耳刻的顽固反对派阿历克斯的点头认可，此刻正围绕着舞台摇摆。使用通过加速型进化分子技术调整到即将开花的花蕾，花瓣都染上了浓烈的桃色，仿佛马上就要绽放。

孝弘伫立在海岸上遥望喀耳刻，来回比较远方的莲花和钢琴。

也许只有莲花开放，其他什么都不会发生。这对美和子到底是好是坏，孝弘也不知道。

他的心底依然没有认可美和子的安排。即使在实验中证实了她的推测，他还是很抗拒美和子的过度移情。如果自己亲眼见到美和子表现出符合学艺员身份的举止，也许情况会不一样吧。但是直到今天，孝弘始终未能见到美和子。

冲到脚边的海浪反反复复地在问："怎么办呢？""会怎样呢？"

这样形容海浪确实像曼努埃拉所说的，不断反复的能量表现的是"迷惘"的心情啊。孝弘在夜色中苦笑的时候，摩涅莫辛涅提示他马修发来通讯请求。

刚一接通，孝弘就听到他尖锐的叫喊声。

——田代先生！你知道美和子在哪里吗？芒斯克先生去哪儿了？

——美和子我不知道。尤里乌斯的话，我看到他刚才和稻草人一起去 VIP 包厢了。

孝弘还没来得及问一声"怎么了？"，马修又叫了起来。

——你也快来会馆吧，不好了！摩涅莫辛涅的情绪区域正在消失。

——你说什么？

——也找不到美和子。她在摩涅莫辛涅的信息不见了。

——说什么蠢话。难不成她不当学艺员了吗？

——不知道啊！

马修快要哭出来了。

孝弘一边在通往喀耳刻的栈桥上飞奔，一边让摩涅莫辛涅呼唤美和子。

但是女神用没有感情的声音这样回答：

——摩涅莫辛涅及下属系统中没有找到该人员记录。

孝弘跑上被灯光照亮的大厅台阶，推开等待演出的客人们。当他经过铺设红毯的螺旋楼梯跑向二楼的时候，耳中听到距离开幕还有五分钟的预备铃声。

同一时间，孝弘的大脑中闪过一种轻微的"呲"的感觉。

"摩涅莫辛涅？"

——上部数据库"盖亚"启动。摩涅莫辛涅、美惠三女神将与盖亚协调行动。

走廊对面，马修喘着粗气跑过来。

"田代先生，'盖亚'是什么？"

孝弘没有回答，用力推开 VIP 包厢的弹簧门。

"尤里乌斯！你对美和子还有摩涅莫辛涅做了什么！"

稻草人吓得跳了起来，被粗鲁地喊了名字的 SA 权限所有者却十分悠然地回过头。

"哦，对了，启动时间到了。"

"美和子怎么了？！"

尤里乌斯用沉稳的视线迎向孝弘怒视的目光。

"转移到盖亚了。我们把分散在现有数据库中的情绪记录模块分离出来，把它们放到新天地去发展。这可是泛地球规模的系统哟。"

交响乐尚未响起，尤里乌斯的声音沉稳清晰，但孝弘的大脑却迟迟不能理解其中的意义。

尤里乌斯缓缓地在膝上叉起手指，继续说道："我们在图像检索的地平线尽头找到了保存感动的线索。但是，马修，就像你几次受挫的情况，情绪记录也有危险的一面。具有感受能力的人类与分析仪器间的距离，远比想象的更加遥远。为了让两者结成更亲密的关系，不仅要提升机器的性能，人类也要主动接近。孝弘，交给美和子的任务，就是教育盖亚。换句话说，她将成为盖亚的母亲之一，负责把美的感动传授给盖亚。"

"美和子在这样宏大的项目……"孝弘怔怔地喃喃自语。

尤里乌斯长长出了一口气，手换了个交叉方式。

"难以置信，是吗？其实正因为是她，才能做到。盖亚正在动用全部能力学习情绪记录。她是刚刚诞生的婴孩，接下来她会记住什么是'美丽'，什么是'喜欢'，什么是'期盼'，什么是'梦想'。要将她养大成人，最需要的不是别的，正是能将这一切以最纯粹的方式加以表现的美和子。"

马修紧紧握住自己颤抖的双手,问:"您是说,像我这样,对感动情绪进行分析的教育者类型并不合适,是吗?"

"也不是不合适。盖亚也需要理性的支持。只不过她还是个婴儿,如果现在就对她说道理,她会糊涂的。再等等吧。"

观众席的灯光逐渐暗淡下去,开幕的铃声响了。

"孝弘,"尤里乌斯一边将身子转回舞台,一边说,"你是美和子的丈夫,与她的心灵最接近,你也是浸淫在美中的前辈学艺员,你要好好守护她,协助她完成她自己选择的第一项任务吧。"

娜塔莎·季诺维耶夫穿的是如婚纱般的纯白晚礼服。

老钢琴家以优雅的仪态行过一礼,在挚爱的钢琴上放了一张照片。照片上的人物太小,音乐会用的望远镜看不清他的容貌,只能隐约看出那人的膝间夹的是大提琴。

娜塔莎眯起满是皱纹的眼睛,面向虚空露出笑容。

伴随着海风,响起了情歌的旋律。

孝弘在后台找了很久,又凑到大厅的观众席监视器上看了半天。

哪儿都没有美和子。她到底在哪里呢?

——第一首是《草原的丝带》。准时开始了。

曼努埃拉的报告通过摩涅莫辛涅传来。

——钢琴声还没有什么变化……不,音质变了!啊,好厉害的声音,深沉广袤!照这样子,到高潮的时候……

牧歌般的旋律流淌到大厅。

孝弘还在寻找妻子。

——我是罗布。莲花出现了开花的征兆。太好了。我本来有点担心要是一株都不开该怎么办。舞台旁的一圈眼看就要开了。花蕾的顶端有点蜷缩……等等，喂喂，不会吧！混蛋，灯光！

植物学家的声音突然急促起来。

——不可能吧，真是这样？不止周围的一圈，是一百五十株一齐开花吗？

喝彩声隐隐透出隔音墙。孝弘恍恍惚惚地出了会馆。

——第二首开始了，《伴我身旁》。音质从一开始就很好。

孝弘来到前庭，琴声还在追来。不知道是不是出了大楼的缘故，开放的舞台上传来的声音听起来反而更大了。

孝弘机械地迈着脚步，向栈桥另一头的岸边走去。

犹如赋格一般追逐着上升的高潮中，响起曼努埃拉混着叹息的报告。

——太响了。和声破了。娜塔莎，抑制强音！琴锤会坏的！

栈桥对面走来一个黑影。

"是孝弘吗？晚了吧？"是奈奈·桑德斯。

"已经开始了吧。"

"奈奈，你看到美和子了吗？"

"美和子？"黑豹在黑暗中露出意味深长的笑容，"她在海滩上。"

"谢谢！"孝弘赶忙道谢，飞奔出去。

——莲花开了。

罗布刚一说，只听见"咚"的一声，轰然响起长长的低音。

观众们齐声惊叫，声音一直穿到孝弘这里。

——竟然有声音！

连一向沉着的罗布都不禁叫喊起来。

——开花的声音这么大……一百五十株雌花，每朵花都同时展开了一片花瓣。汤勺型的花瓣打在叶片上，产生共鸣，又传到平静的海面，声音被放得更大。难怪雄株会对斐波那契旋律产生反应，原来是雌花开放的声音……第二片又要开了！

伴随着比刚才略高一点的声音，莲花展开了第二片花瓣。

海滩上聚满了没有拿到票的人，每个人都望着光彩夺目的喀耳刻会馆。孝弘挤开人墙，努力寻找妻子的娃娃头。

海上花的第三弹轰然响起。罗布带着叹息说，

——果然。开花的间隔比约为1.618，也是黄金律。花瓣应该也是以斐波那契数列的规律展开，接下来的速度大概会越来越快。你听，已经第四片了。

曼努埃拉惊叫了一声。

——娜塔莎不等鼓掌就直接进入第三首了。《馨若花名》呈示部。

熟悉的旋律随着波涛涌到孝弘这里。

——第五片。

与开花声同时传来的还有观众的齐声欢呼。

——曼努埃拉，看到了吗？

——嗯，罗布。现在雄花飞起来一朵，但是声音已经不行了，E1完全破了。

——别担心，来得及。第六片了。马上就是第七片……

娜塔莎进入了《馨若花名》的展开部。

和着低音部的大提琴，钢琴的旋律逐步增强，一气上升。

"这是……"孝弘停下脚步，回头望向会馆。

在记忆深处，美和子曾经开心地说过："这首曲子好美"。

自己当然会觉得耳熟。不，应该奇怪的是，自己为什么没有早点想起来。这支曲子是第一次去她房间的时候她放给自己听的。

"你请娜塔莎弹的是这一首呀。"孝弘忽然想哭。

花开的声音伴随辉煌喧闹的情歌一路加速，愈来愈快。

——雄花……越来越多，从钢琴里溢出来了。

——花开完了，雌蕊露出来了。

上升到顶点的旋律奏出长长的和音。那是清澈透明的钢琴声，听上去却也像是喜悦的咆哮。

雄花如白柱般疯狂喷出。从"九十七键的黑天使"中飞出来的雄花，乘着夜风高高飞舞，将喀耳刻的贝壳用纯白的雾包裹起来。

观众的欢呼声摇动海滩，夹杂着发生了什么的询问。

在喧闹人墙的缝隙间，孝弘看到了妻子的背影。

"美和子！"

孝弘强行挤过人群。他要到她的身边去。

舞台上的娜塔莎，静静地将手挪离键盘。

雄花无休无止地向外喷涌，沿着她雪白的头发、瘦削的脸颊、鳞峋的肩膀滑下，落到脚边，堆积起来。

砰砰的尖锐声中，钢琴的铁弦断了好几根。

皇帝的新娘将左手轻轻放在完成了使命的帝王钢琴上，那动作仿佛温柔的爱抚。

她用右手把照片紧紧抱在胸口，脸上露出满足的笑容，仰头望向雪白的夜空。

雄花依靠轻飘飘的绒毛和风在空中停了半晌后，终于开始静静地下落。

在海上摇曳等待的是敞开了桃色花瓣的新娘们。凹陷的花瓣是他们的床褥，仍未停息喷涌的雄花同伴是祝福的米粒。

自从在不毛之地分别以来，它们终于靠纤细的歌声指引再次相会。

"美和子……"

美和子手背在身后,仰头望天。她笑吟吟地回过头,齐刘海的发梢在海风中摇曳。

要说什么呢?该说什么呢?

向着犹豫不决的孝弘,美和子的脚步近乎跳跃。

他的左臂被妻子的手臂缠住。

"真美呀。"妻子抱着丈夫的胳膊,陶醉地说。

"我没办法像你解释得那么好,总之就是很美很美。"

美。这个词在孝弘的心中静静着落、堆积。

这是自己心中没有的词,是自己遗忘了很久的情绪。自己一直都当作名词或形容词使用,上一次用作感叹词是多久以前的事了?自己沉陷在调解纠纷、艺术品分析中,却把这种犹如呼吸般自然的情绪都给忘了。

美和子低声呢喃:"盖亚,记住了吧?这就是'美'呀,你要把我现在这种幸福的心情也一起记住哟。"

孝弘好不容易想出了回答:"是啊,非常、非常美。"

——摩涅莫辛涅。

你也要记住。好好记住,永远永远都别忘记。

不用分析,只要记住我的感受。

终极的美学、天界的音乐、无上的幸福,此时此刻,就在这里。

EIEN NO MORI—HAKUBUTSUKAN WAKUSEI
Copyright © 2000 Hiroe Suga
This book is published by arrangement with Hayakawa Publishing Corporation

图书在版编目（CIP）数据

博物馆行星 /（日）菅浩江著；丁丁虫译 . —北京：新星出版社，2015.7
ISBN 978-7-5133-1837-2

Ⅰ.①博… Ⅱ.①菅… ②丁… Ⅲ.①短篇小说—小说集—日本—现代
Ⅳ.① I313.45

中国版本图书馆 CIP 数据核字（2015）第 142724 号

博物馆行星
（日）菅浩江 著
丁丁虫 译

选题策划：雅众文化
特约编辑：陈　彻
责任编辑：汪　欣
封面插画：刘光超
装帧设计：hanyindesign

出版发行：新星出版社
出 版 人：谢　刚
社　　址：北京市西城区车公庄大街丙 3 号楼　100044
网　　址：www.newstarpress.com
电　　话：010-88310888
传　　真：010-65270449
法律顾问：北京市大成律师事务所

读者服务：010-88310811　service@newstarpress.com
邮购地址：北京市西城区车公庄大街丙 3 号楼　100044

印　　刷：北京盛源印刷有限公司
开　　本：910mm × 1230mm　1/32
印　　张：9
字　　数：224 千字
版　　次：2015 年 7 月第一版　2015 年 7 月第一次印刷
书　　号：ISBN 978-7-5133-1837-2
定　　价：36.00 元

版权专有，侵权必究；如有质量问题，请与印刷厂联系更换。